今まで我儘放題でごめんなさい！
これからは平民として
慎ましやかに生きていきます！

登場人物
ライアス
幼い頃、死にかけて
エレンに救われた。
以来、彼の従者となり
深く想い続けながら
公私ともに支えている。
エレン
元・我儘公爵令息で
断罪されたことを機に
前世の記憶が蘇った。
今後は慎ましく(?)
冒険者生活を送ることに。

デイビット
冒険者ギルドの
ギルドマスター。
気風のいいイケオジ。
ランドルフ
エレンの兄で次期公爵。
弟のことを思って
ずっと口うるさく
説教をしていた。
イアン
エレンから婚約者を
奪った男爵令息。
見た目は美しいが
自分勝手で腹黒い。
クリストファー
エレンの元婚約者で王子。
エレンに冷たく
当たり続けたあげく、
イアンに心変わりした。

プロローグ

「綺麗……」

初めてライアスを見た時、自然とそう思った。俺を縋（すが）るように見つめる青い瞳。ボロボロな服にボロボロな体。倒れ込み、今にも天に召されそうなその姿。だというのに吸い込まれそうなほど力強く輝くその碧眼。

それに囚われた俺は彼を欲しいと思った。

クリステン王国。俺が生まれ育った国。そこそこの国土と人口があり、歴史も古く建国されてからおよそ三百年が経つ。王国という名の通り王制で、臣下として公爵をはじめ貴族の各階級が王に忠誠を誓い仕えていて、中には土地を治める領主もいる封建制度をとっている。

この国は割と平和で過ごしやすい一方、貴族階級と平民階級に分かれた格差社会でもある。そのせいで王都の中にはスラム街も存在し、それはこの国の問題の一つでもあった。そして目の前に倒れている子供も恐らくスラム街にいた子供なのだろう。

「父上！　僕、この子を従者にしたい！」

気が付けば俺は自然とそう口にしていた。子供だった俺はこの子が孤児だとかスラム街の子供だとか全くわかっていなかった。ただこの綺麗な青が欲しいと思ったのだ。

俺はこのクリステン王国でも屈指の公爵家の次男。そろそろ従者を選定せねば、という父上の言葉をつい先日聞いていた。どうせ従者が付くのならこの青い瞳の子が欲しい。

「あっ！　この子生きてる！　綺麗……父上！　僕、この子を従者にしたい！」

「何を言うんだエレン！　ダメだ、死にかけのこんな汚い奴は。従者ならエレンに相応（ふさわ）しい子を探しているから諦めなさい」

「やだ！　僕はこの子がいい！　この子の目が綺麗なの！　綺麗な青色で、だから、だからこの子がいい！」

父上は俺に甘い。最初はダメだと言いながらも、俺が必死でお願いをすれば聞いてくれるとわかっていた。だからこの子供が孤児で身元がよくわからなくとも、俺が望むならとうんうん悩んでいる。

「ぐぅ……はぁ……わかった、わかったよエレン。その子を連れて帰ろう。だが見込みがなかったら諦めるんだよ」

「うん！　ありがとう父上！　父上大好き！」

そうしてライアスはフィンバー公爵家に引き取られることになったんだ。

たまたま父上と外に出かけた帰り道。偶然通りかかったところにライアスは倒れていた。いつもなら気にかけることもなかったのに、どうしてかあの青い瞳から目が離せなかった。

もしかしたらそれが『運命』というやつだったのかもしれない。今になってそう思うほど、ライアスとの縁はこの日から始まり、後に大きく交わることになる。

◇

「フィンバー公爵令息エレン！　私、クリストファー・ダウニー・クリステンは、お前との婚約を破棄することをここに宣言する！」

「え……？　な、に……？」

今、なんて……？　僕の、僕のクリス様が、僕との婚約を破棄……？

今日は貴族の子息が通う王立貴族学園の卒業パーティーだ。僕もクリス様も主役である卒業生。そしてこのパーティーが終わった一年後に僕達の結婚式があげられる。なのに婚約、破棄……？

「っ⁉」

これはなんだ⁉　知らない男の……記憶……？　え？　僕の頭の中に、知らない男の記憶が流れていく……？　なんなんだ……僕の頭の中は一体何が起こってるんだ……

手で頭を押さえ、ぶんぶんと横に振ってみてもそれは一向に止まる気配がない。ただひたすらにとある男の記憶が目まぐるしく場面を変えて流れていく。

「お前がここにいる、ラウラーソン男爵令息イアンに非道な行いをしたことはわかっている！　そんな人物を王子妃にすることは我が国にとっても不利益でしかない！」

クリス様が何か仰(おっしゃ)っているけど、僕は頭の中に知らない誰かの記憶が嵐のようにぐるぐる回っていてそれどころじゃない！

なんだこれは⁉　お前は一体誰でなんなんだ！　新手の呪いか？　ふざけるなよ！　公爵家のこの僕に対してこんなことして許されるとでも思って………ッ⁉

違う……これは……俺、だ。僕の……俺の記憶。俺の……前世の記憶……

こことは違う別の世界。地球の日本という国に生まれ育ち、そして死んでいった男の記憶。

「そして私は、ラウラーソン男爵令息イアンとの婚約をここに宣言する‼」

クリス様の声ではっと正気を取り戻す。未だ頭の中は混乱しているが、一旦考えるのはやめよう。それよりも今の状況だ。

姿勢を正し視線を前に向けると、クリス様の隣で彼にぴったりと寄り添うイアンの姿が目に入る。薄いピンクの髪に小柄な体。大きな茶色の目をうるうると潤ませ、クリス様の服をギュッと掴む彼は誰もが守りたくなるような庇護欲をそそる姿だ。

婚約破棄……そうか。まぁ、なんと言うか……

実際酷いことをしていたのは事実だし、俺の記憶が戻る前の僕は、マジで我儘で傲慢（ごうまん）でヒステリックな手を付けられない奴だったしな。婚約を破棄されても仕方がない。今思い返してみても、よくあんなことを平気でやっていたなと驚くくらいだ。

イアンが現れてからというもの、『ブス！』だの『貧乏人！』だのの暴言なんて当たり前。まぁよくある、教科書などの私物の損壊や足を引っかけて転ばせるなんかもやってたな。転んだイアンの体を思いっ切り踏んづけたこともあったっけ……それから泥水を頭からぶっかけたり、食堂では手に持っていたランチのトレーをひっくり返したり。

そこまでならまだしも、最近じゃ、父上にお願いして暗殺計画なんかも立てようとしていたくらいだしな……いや、マジで前の俺やべーだろ……

確かに以前の俺は本当にバカでアホで、人の迷惑なんて知ったこっちゃないとくだらないことばっかりする我儘放題な野郎だったさ。

だがな!! 俺という婚約者がありながら、そこのイアンと堂々とイチャイチャしてたお前も悪いんだぞ!! わかってんのかこの野郎!!

クリス様、いやクリストファー王子はこのクリステン王国の第二王子だ。そして俺はその王子様と子供の時に婚約した。金髪翠眼のザ・王子様! な風貌のこいつに僕はあっという間に恋に落ちた。

だがこいつは婚約してからというもの、普通婚約者同士ならあるであろう贈り物や手紙、パーティーでのダンスだって、何一つとしてしてくれなかった。月に二度ある交流会という名のお茶会もいつもいつもすっぽかされる。たまに気が向いた時だけ訪ねてきて、滞在時間わずか五分とかで帰りやがる。

なのにそこのイアンとは毎日毎日イチャイチャベタベタと異様なほどくっつき、俺を無視してパーティーでの衣装を贈るわ、エスコートはするわダンスをするわで俺のプライドは粉々にされた。

だから僕は寂しくて悲しくて、クリス様になんとか振り向いてほしくてどんどん我儘になったんだ。……今にして思えば、それもおかしいのだと痛いほどにわかるのだけど。

あー……俺って本当に今まで何やってたんだろ。こんな男のどこがよかったんだ、前の俺。

「おいエレン！　なんとか言ったらどうなんだ!!」

　おっと。今は婚約破棄の断罪真っ只中だった。姿勢を正して慌てて意識を切り替える。

「……クリス様。いいえ、クリストファー殿下。婚約破棄を承諾いたします。今までご迷惑をおかけして申し訳ございませんでした」

　そう言って俺は深々と頭を下げた。

　途端に周りがざわざわと騒がしくなる。それはそうだろう。今までの俺ならば、きっと癇癪を起こしてこの場で誰が見ていようと関係なく喚き散らしていたに違いない。……実際今までの俺はそうだったからな。

　公爵家の人間だったことと王子の婚約者だったことで、俺はかなり好き勝手にやってきた自覚がある。

　でも前世の記憶が戻った俺は、それが如何に自分の首を絞めるはめになるかをよくわかっている。今回の婚約破棄だって俺の性格が悪いことが原因の一つでもあるのだから、ここは素直に受け入れた方がいい。それに記憶が戻って冷静になった今、本当になんであんな男が好きだったのか全然全くわからないしな。

　確かに顔はいい。素晴らしくいい。ものすっごくいい！　背も高いし筋肉だってしっかりついてて、立ち居振る舞いも流石王族と言わんばかりの美しさだ。そりゃーもう絵に描いたような王子様なんだ。見てくれだけなら惚れ惚れするくらいにめちゃくちゃ格好いい。

　だけど今までされてきたことを考えたら中身はマジでありえねー奴だなって思うし、最低だなって思うじゃん。婚約者がいるのに見せつけるように堂々と浮気してるんだぜ？　ありえねーだろ。

「本気で、言っているのか……？　こ、婚約破棄だぞ!?」

俺の態度が予想の遥か斜め上を行きすぎていたのか、思わず確認してくる第二王子。隣に寄り添っていたイアンも驚きすぎて目玉が落ちそうになっている。ま、そうなるのもわかるわ。

「はい、ご心配なさらずともわかっております。クリストファー殿下との婚約破棄、しかと承りました。婚約破棄に際しての書類は後日お送りくださいませ。イアン様との未来が幸多きことをお祈りいたしております」

そう言って、これ以上ない満面の笑みで俺は二人に背を向けた。

するとまた一斉に回りが騒がしくなる。父上の「エレン待ちなさい！」という声が聞えるが、ここで話すよりも家で話した方が断然いい。だから俺は足を止めない。向かう先は会場の出口。

「エレン様……本気ですか？」

会場の出入り口まで来ると、俺の従者であるライアスが呆然と佇んでいた。

「どうして……どうして素直に受け入れたんですか？」

質問には答えずにそのまま横を通りすぎる。

前の俺は従者であるライアスにそれはもう酷い真似をしてきた。子供の時に街で孤児だったライアスを拾い、奴隷のようにこいつを扱った。だからライアスの俺への心証は最悪だ。

でも俺は、こいつが屈辱に顔を歪める様を見て優越感に浸っていた。誰も僕に逆らえない。皆僕の言うことを聞くんだって。

こいつにこんな仕打ちをしていたのは、単なる俺のストレス発散だ。婚約者である愛しい王子と上手くいかないストレスを、ただただこいつにぶつけていたんだ。ホントになんて酷いことを平然としていたんだ俺は……ごめんな、ライアス。

「……とりあえず、家に帰って話をしよう」

黙って後ろを付いてくるライアスにそう声をかける。そしてそのまま公爵邸に帰る馬車へと乗り込んだ。

家に着いてしばらくすると、同じ会場にいた父母も帰ってきた。その知らせを聞き俺は自分の部屋から出る。

公爵家当主である父上ヴィラードと、公爵夫人である母上のヴィンス、公爵家嫡男の兄上ランドルフに使用人トップの執事チェスター、そして兄上の従者バイロンと俺の従者のライアス。応接間にその全員が集まりこれから家族会議が開かれる。

「エレン、私は前から言っていたよな？　こんなことを続けていたら大変な結果になると。それが現実になったんだぞ！　お前はこの公爵家に泥を塗る真似をしたんだ！　わかっているのかッ!?」

口火を切ったのは兄のランドルフ。いつもは冷静な兄上も、今回の件にはかなり怒り心頭で目の前にあるテーブルをバン！　と叩き怒鳴りつけてきた。俺は兄上に嫌われている。品行方正で真面目な兄上は俺が我儘放題やってきたことを決して許さなかった。

それとは違い、両親は俺を溺愛している。俺の我儘も何もかも許して止めることはしなかった。

だから俺に苦言を呈してきたのは兄上だけ。そのせいで俺と兄上の兄弟仲は最悪だ。

今の俺だからわかるけど、こんな俺を止めようともしなかった両親も最悪だ。俺の我儘放題を「いいよいいよ」と受け入れてきたせいで俺の態度は増長したんだから。

なんというか、俺の見た目はそりゃあ傾国の美女、いや男だから美男？　と言われるくらいの美形だ。さらっさらのつやっつやの腰まで届く銀髪に、アメジストと見紛うかのような煌めく紫の瞳。肌は陶器のように白く滑らかで、唇は口紅を差していなくともほんのりと赤く瑞々しい。体つきは華奢で小柄。身長が百七十センチほどしかなく、平均身長が百八十センチを超えるこの世界ではかなりの小柄だ。

そして俺は自分の見た目が人の目を惹くことをよくわかっていた。それに第二王子の婚約者だからと美容には人一倍気を遣ったし、髪は特にこだわっていた。

俺の銀髪や紫の瞳はお祖母様から引き継いでいる。お祖母様は他国の王族に連なる、それはそれは美しい人だったそうだ。俺が生まれた時には既に他界していて直接会ったことはない。

だからお祖母様の色を引き継いだ、お祖母様みたいに美しい俺を、両親はまさしく目に入れても痛くないほど可愛がっていたんだ。

とはいえ。見た目が信じられないほどよくとも中身が最悪だったせいで友達なんて一人もいない。公爵子息でいくら美しかろうと、寄り付く人間はゼロだった。そうなるほど、前の俺がやってきたことが悲惨だったたってことなんだけどな。

「兄上、返す言葉もございません。全て私の不徳の致すところです。申し訳ございませんでした」

「なっ……⁉　エレンが……謝った、だと……⁉」

俺が喚きも反論もせず、ただ静かに過ちを認め頭を下げると、兄上だけじゃなくこの場にいる全員がぎょっとしているのが手に取るようにわかった。

まぁそういう反応になるよなぁ……こんな俺、人が変わりすぎて気持ち悪いって思うよね。当事者の俺だってそう思うもん。

「エレンちゃん！　あんなに大好きだった殿下と婚約破棄なんだよ⁉　嫌ならお父様とお母様が撤回するように言うから心配しないで！　ね？」

「そうだぞエレン！　こんなにも可愛い我が家の至宝であるお前に婚約破棄だなんて、殿下は一体何を考えているんだ‼　しかもめでたき卒業パーティーの会場で婚約を破棄した挙句、末端の男爵家の子息と婚約だと⁉　我が公爵家を侮辱している‼　今すぐ抗議文を持って――」

「父上‼」

今にも王宮に乗り込んで暴走しそうな両親を止めるために声を張り上げ話に割り込む。確かに父上の仰る通り、あんな場所で婚約破棄を宣言するなんて、この国屈指の公爵家を侮辱する行為だ。でもこれ以上この件で騒ぎ立てればうちが負う傷はますます深くなる。

「父上、母上。これは私の自業自得です。確かに殿下の行動は褒められたものではございません。それはあの場にいた皆様にもご理解いただけているはずです。ですが、こうなったのは今までの私の行いが原因であることに間違いありません。ラウラーソン男爵令息に嫌がらせをし、暴言を吐いたことは事実です。殿下の仰る通り、そのような人間が王子妃となることは認められません」

「エレンちゃん、どうしちゃったの⁉　きっとあんなことがあってショックでおかしくなったんだよ！　そうに決まってる！」

「母上。おかしかったのは今までの私です。……本当に、申し訳ございませんでした」

「エレン……」

呆然とする家族と使用人達。頭を下げているから皆の顔は見られないけど、きっと驚きすぎておかしな表情になっているだろうことは想像出来る。

執事も俺と兄上の従者二人も口を挟むことはなかったけど、いつもの冷静な顔じゃなかったもんな。もう『こいつに何が起こっているんだ』と言葉にせずとも顔が語っていた。

今までの俺が酷すぎて、急にまともな人間になると皆こんな反応になるんだな。本当に今まで好き勝手やりまくってごめんなさい……

「……それで、問題はこれからどうするかだ」

しばらく無言の後、兄上が冷静にそう言った。そう。問題はこれからどうするのか。

「それにつきましては私から提案がございます。まず、私エレンを勘当してください」

「「「っ⁉」」」

もう皆驚きすぎて声が出なくなっている。まさか自分から勘当してくれだなんて言うとは思っていなかっただろうから。

「今までの行動は公爵令息として問題がありすぎました。しかも、それは隠すことが出来ないほどに貴族社会に広まっています。そして今回起こった婚約破棄。公爵家にとってはもう無傷とはなりませんが、私を勘当することにより一定の体裁は保てます。公爵家は優秀な兄上がおりますし、後継についても問題はありません。ですので私を勘当、そして国外追放とし、それをもって王家へ忠誠を示してください。それである程度は公爵家を守ることが出来ると思います」

もう俺がこの家に出来ることはこれくらいしか思いつかない。

今後まともな人間となって生活したとして、周りの貴族が俺を認めてくれるようになるまでにかなりの時間を要するだろう。その間に公爵家の威信がどこまで落ちるかわからない。それだけはどうしても防ぎたかったし、俺にはそれをする義務がある。

今まで散々迷惑をかけてきたんだ。最後は出来る限りのことをしたい。

「いや待てエレン！　勘当すればお前は平民になるのだぞ!?」

「はい、そうですよ父上。私は平民として一人で生きていきます」

前世は至って普通の庶民だったし、普通のサラリーマンとして一人暮らししていたから仕事さえ見つかれば生きていくことは出来ると思う。むしろ貴族生活ってのは堅っ苦しすぎて一般庶民だった記憶が戻った俺は続けたいとは思わない。

確かに裕福な暮らしではあるけれど、それと同時に自由はあるようでないしな。パーティーだ社交だなんだと面倒くさいことが多すぎるんだ。

しかもこの世界、なんと男しかいない摩訶不思議な世界なんだよな……今までの俺だったら、何も不思議に思わなかったし、男同士の恋愛や結婚にだってなんの疑問も持たなかった。

でも前世日本人だった俺にはどうしても抵抗がある。前世の俺は異性愛者だったし男との恋愛や結婚はなんと言うか……友達に同性愛者の奴がいたからそれについて偏見はないけど、いざ自分が、と思うとどうしても無理だ。

それにこのまま貴族として生きていけば、政略としてどこかの誰かと結婚することは想像に難くない。傷物になった俺でも見た目だけは極上だからな。公爵家との縁を結ぶついでに見目のいい俺を貰いたいという、そんな下心満載な奴はきっといくらでもいるだろう。

だから平民になってしまえば、俺は俺自身で結婚しないという選択が出来るのだ。

「そんな……そんなのエレンちゃんには絶対無理だよ！　貴族として生きてきたのに平民の生活なんて出来るわけない！」

「母上の仰る通りだ。平民の生活がどんなものかお前はわかっていない。今まで散々贅沢してきたお前が耐えられるわけがないだろう。その自慢の髪もいつものように手入れが出来なくなるんだぞ」

皆が言うことはごもっとも。今までの俺ならば、平民の生活なんて一日と保たないだろう。でも今の俺ならばなんとかなるだろうし、男と結婚なんてしたくないから意地でもどうにかする。ただ、皆から反対されるなんてことは予想出来ていた。納得してもらうためには俺の覚悟を見せるしかないか。

「父上、母上、兄上。皆の言いたいこともわかります。ですが公爵家の名誉を守るためにも必要なことなんです。私もなんの覚悟もなく言っているわけではありません。今から私の覚悟をお見せしたいと思います」

そう言って腰まで届くさらっさらの髪を一つに束ね、予め用意していたナイフで躊躇なく、思いっ切りザクッと切り落とした。

「いやぁぁぁぁぁぁ!!」

「っ!? ………嘘、だろ……?」

自慢の銀髪は肩より少し上の長さになった。

あーさっぱりした。頭が一気に軽くなった感じがする。それにしてもこうやってまじまじ見ると、やっぱり俺の髪ってすっげー綺麗だな。銀髪なんて珍しいし、この髪もしかしたら売れるかも。髪を買い取ってくれるところがあるのかはわからないけど、こんなに綺麗で珍しい銀髪なんだ。きっとどこかが買い取ってくれるはず。

それに平民としてこの国を出た後、すぐに仕事が見つかる可能性は低いかもしれない。だったらしばらくの生活資金のためにこの髪は大事に保管しておいた方がよさそうだな。うん。そうしよう。先立つものは必要だしな。うん。

なんて自分じゃ別になんとも思っていないのに、家族と使用人の皆は顔面蒼白。髪は特に気を遣って大事にしてきたのは皆知ってるしな。だからこそ、この髪を切ってしまうことが俺の覚悟を見せるのに丁度いいと思ったんだ。

「これでわかっていただけましたか? 平民となればこんな長い髪は邪魔でしかありません。生活は苦しくなることも理解しています。ですが公爵家を守るためにも、どうか勘当していただくようお願い申し上げます」

そしてまた、俺は皆に向かって深々と頭を下げた。しばらく無音の時が流れる。

「……父上、母上。本人がこうまでして言っているんです。エレンの言う通りにするしかないでしょう」

この無言を打ち破ったのは、ため息とともにそう発した兄上だった。

「ランドルフ！　だがそれではエレンがっ……」

「こうなったのはあなた方の責任でもあるんです!!」

「っ!!」

兄上は今まで一度として現当主である父上に声を張り上げたことはない。俺について考えを改めるよう言いはするが、こんな風に強く出たことはなかった。どちらかというとどこか諦めているようにさえ感じていた。だけど、初めて父上に大きな声で反論した。それを見た両親も思わず体を竦(すく)ませる。

「私は今までに何度も何度も何度も何度もあなた方に言いました！　エレンの我儘や傍若無人(ぼうじゃくぶじん)ぶりを止めなければ取り返しのつかないことになると！　なのにあなた方はエレン可愛さに私の言うことになど耳を傾けなかった。そしてそれは現実となったんです。一番の元凶はエレン本人です。それは間違いありません。ですが、止めるべき親であるあなた方が何もしなかったから……何もしなかったからエレンはこうなったんです！　そのことを理解しているんですか!!」

「ランドルフ……」

「そしてそれは私も同罪です。家族として、兄として。エレンを止めることが出来ませんでした。

不甲斐ない兄ですよ、私は……」

「兄上……」

はぁ、と大きなため息をついて額に手を当てた兄上。兄上は以前の俺に対し、こんなことはやめろと強く言い続けていた。そして俺は、兄上は俺のことが大嫌いなんだと思っていた。

いいや、思い込んでいた。でもそうじゃない。家族として兄として、愛情を持って俺と向き合ってくれていたんだ。ただ一人、家族として向き合ってくれていた。

「今日の件はもう既にほぼ全貴族に伝わっているでしょう。そしてこれから公爵である父上がどう対応するのかも注目しているでしょうね。エレンの言う通り、しっかりとした制裁を行わなければ他の貴族からどう見られるか。当主であるあなたならわかるはずです。そうでしょう？　父上」

「………………」

兄上にここまで言われて渋い顔で黙り込む両親。きっと両親だってわかってるはずだ。俺に対しては親バカ丸出しだが、先祖代々続くこのフィンバー公爵家を盛り立ててきたのは現当主だ。

「…………そうだな。お前の言う通りだよ、ランドルフ」

がっくりと肩を落とし、ため息とともにそう言葉にした父上。母上は、父上の腕にそっと手を当てて気遣うように身を寄せていた。その母上の手に自分の手を重ね一つ頷くと、すっと姿勢を正し俺へと向きを変える。

「エレン、すまなかった。お前がこうなったのは私達の責任だ。ならば最後にしっかりとその責任は取ろう」

「エレン。フィンバー公爵家当主として言い渡す。これよりお前の貴族籍を剥奪、勘当し、国外追放とする」

「父上……」

「委細承知いたしました。私の我儘をお聞き届けいただき感謝いたします、当主様」

正式な手続きを踏んでいなくても、こうなったら俺はもう公爵家の人間じゃない。父上ではなく公爵家当主への感謝の気持ちを込めて、俺は静かに頭を下げた。

明日から早速、父上達が諸々の手続きのために動いてくれるという。それに数日中に殿下との婚約破棄の手続きも行われるだろう。しばらくは家族に迷惑と手間をかけてしまうが、俺が手を出せることじゃないから素直にお任せすることにした。

自室へと戻り、切り落とした自分の髪をまとめながら先ほどのことを振り返る。

『家族として、兄として。エレンを止めることが出来ませんでした。不甲斐ない兄ですよ、私は……』

兄上のあの言葉。まさか兄上が俺に対してそう思ってくれていたなんて想像もしていなかった。

今回の件は公爵家にとっては大事件で、俺にとっては自分でやったことの尻ぬぐいだ。兄上に罵詈雑言を吐かれることは覚悟していた。なのにそうではなく兄としてのあの気持ちを知れた今は、とんでもないことがあったのに胸の中が少し温かく感じている。

髪を箱に収めそっと蓋を閉じる。するとそのタイミングで扉がノックされた。誰だろうと思ったら、俺の従者であるライアスだ。

「エレン様……先ほどのお言葉は真でございますか？」

部屋に入ってくるなり開口一番そう聞いてきた。こいつはずっと俺の一番近くにいた。そして俺が今までやってきたことも、今まで俺にされてきたことも、何もかも全部わかっている。

だから俺が自分から勘当してくれなんて言ったことに一番納得出来ていないんだろう。そんな俺が最後に口にしたあの言葉も。

「もちろん。今まで本当にごめん。こんなことを言える立場じゃないけどお前はもう自由だ。なんにも縛られずに自由に生きてほしい」

さっきの家族会議の最後に、俺は従者であるライアスを解放することをお願いした。公爵家を勘当された俺にもう従者は必要ない。公爵家に残るもよし、出て自由に生きるもよし。今後ライアスがどうするのか、それを彼自身に選ばせてほしいとお願いしたんだ。

俺が連れてきておきながら、今まで理不尽すぎる扱いをしてしまっていたライアスを自由にしてやりたい。もう俺という檻から解放してやるんだ。

「どうして……どうして今更!?　あなたは今まで俺を……！」

「うん、本当にごめんなさい。謝っても許してもらえるとは思っていないよ。ライアスにしてきたことは許されることじゃない。本当に、本当にごめん」

「……確かにあなたには酷いことをされてきました。ですが……食べるものにも困っていた俺を、ここまで養ってくれたことには感謝しています。それに俺はあなたを……」

最後はちょっと何を言っているのかよく聞こえなかったけど、あんな酷いことをされたのに感謝してくれるなんて。ああ、本当になんてていい奴なんだ。

俺はこんないい奴に奴隷みたいな真似をさせていたっていうのに……前の俺、ホントに最低な野郎だな。あ、そうだ！

「ライアス、これを受け取ってほしい。今までの罪滅ぼし、になんてならないけれどお詫びとして渡したいんだ」

「これは……」

ライアスに渡したのは、自分が持つ宝飾品の中でも一番価値のあるもの。大きな青い宝石が付いたネックレスだ。これを手に取った時、まるでライアスの瞳みたいだなって思ったんだよな。だからか俺はこのネックレスが一番気に入っていた。それに宝石の等級だってぴか一だ。

「それを売ればかなりの金額になると思う。ここを出てもしばらくは生活出来る資金になるだろうからお前の好きにするといい。……今まで本当にありがとう」

「エレン様っ……！」

「さ、お前はもう僕の従者じゃないから世話はしなくていいよ。部屋に戻ってゆっくり休んで。おやすみライアス」

俺がそう言うとライアスは何か言いたそうにしていたが、しばらくの後、黙って部屋を出ていった。

ライアス side

俺は今までエレン様に何をされようと何を言われようと、それに耐え続けることでエレン様の御心が少しでも救われるならと必死に毎日を過ごしてきた。

なのにまさか、今後自由に生きていいと放逐されるなんて想像もしていなかった。


俺がエレン様の従者となったのは、八歳ごろにエレン様に拾われたことがきっかけだった。

四歳くらいの時に親が流行り病で死んで、家は元々貧しかったために食べるものもすぐに底をついてしまった。腹が減ったが幼すぎた俺はどうしていいかもわからず、彷徨っているうちにスラム街へと足を踏み入れていた。

どうか食べ物を、と出会った人間にそう乞うも、自分達の食い扶持すら満足に得られない彼らが快く渡してくれるはずはなく、逆に俺はその人達に襲われ殴られる羽目になった。大人に殴られた俺は一気に恐怖に襲われ命からがらその場から逃げ出した。

痛みと空腹で鳴り続ける腹を押さえ、のろのろと毎日街を彷徨った。めちゃくちゃに走り逃げ回ったことで家があった場所はとっくにわからなくなっていたのだ。

空腹に耐えかねた俺は市場で野菜や果物をくすねたり、店のごみを漁ったりして、腐りかけのものだろうが食べられるならなんでも食べていた。

毎日人気（ひとけ）のない裏通りを転々としながら、小さな体をさらに小さく縮こまらせ一人ひっそりと眠っていた。

今なら孤児院という存在だって知っている。だが親切にそんなことを教えてくれる人はおらず、むしろ汚い、邪魔だと邪険にされ続けてきた。

あの時は確かに辛かった。でも孤児院の存在を知らなかったからこそ、俺はエレン様に出会えたのだ。きっと知っていたらあの運命的な出会いが訪れることはなかっただろう。今はそれでよかったのだと思っている。


俺が八歳のある日、とある飲食店の裏にあるごみ箱を漁り食料を探していた時だ。その時の俺は既にボロボロだった。こんな生活をしていてまともな体になれるはずがない。それに数日食べることが出来ておらずもう限界だった。

必死にごみを漁っていたら店の人間が出てきたことにも気が付かなかった。その人間に見つかった途端、俺はボコボコに殴られ蹴られ地面に這いつくばった。痛みと空腹とで朦朧（もうろう）とする中、体を必死に動かし、その場からなんとか逃げ出した。店の人間は追いかけてこずそれ以上の暴行を加えられることはなかったが、既にボロボロだった体は耐えられずまた地面へと倒れ込んだ。

その時はもうここで死ぬのかと、父さんと母さんに会いたいと、ただぼんやりと命が終わるその時を待っていた。その時だ。耳に心地いい綺麗な子供の声がしたんだ。

「父上、この子どうしたの？　酷い怪我してる……」

「エレン、この子は孤児だろう。汚いから近づかないように。もしかしたらもう既に死んでいるかもしれないからね。さ、帰ろう………あ、エレン⁉」

　こちらへ向かって走ってくる足音に気付き、うっすらと目を開けた。視界に飛び込んできたのは天使だった。

　驚いた。天使が俺に向かって走ってくる。ああ、俺を迎えに来てくれたのか。おとぎ話に出てくる天使様が見えるようになったのは、俺がもうすぐ死を迎えるからだろう。この綺麗な銀の天使様に連れていってもらえるなら、殴られ蹴られたのもよかったのかもしれない。その姿を凝視しながら頭の中ではそんなことを考えていた。

「あっ！　この子生きてる！　綺麗……父上！　僕、この子を従者にしたい！」

「何を言うんだエレン！　ダメだ、死にかけのこんな汚い奴は。従者ならエレンに相応しい子を探しているから諦めなさい」

「やだ！　僕はこの子がいい！　この子の目が綺麗なの！　綺麗な青色で、だから、だからこの子がいい！」

　天使様はエレンというのか。目が綺麗なんて初めて言われた。こんな俺の目なんかより、天使様の方がずっと綺麗なのに。

「ぐぅ……はぁ……わかった、わかったよエレン。その子を連れて帰ろう。だが見込みがなかったら諦めるんだよ」

「うん！　ありがとう父上！　父上大好き！」

天使様は満面の笑みで父親に抱き付いた。その笑顔もその姿も何もかもが綺麗で、きらきらと光が舞って見えた。

「ねぇ、君はこれから僕と一緒に家に帰るからね！　早くお怪我を治してね」

天使様がそう言うと、いつの間にか現れた大人に毛布をかけられそっと抱きかかえられた。抵抗する体力も気力もない俺は、されるがまま連れ去られ口元に瓶を当てられた。流し込まれる液体を反射的にゆっくりと嚥下（えんげ）する。すると不思議なことにあんなに強かった痛みがすーっと引いていった。

これは何？　そう聞きたかったが限界だったのだろう。そのまま意識を失ったのだ。

ふと気が付けばどこか知らない部屋で寝かされていた。寝ている場所は数年ぶりのベッドの上。今思えば決して柔らかくないそのベッドも、まるで雲の上にいるかのようで、温かかった。今まで地面の上で寝ていたのだ。そう思うのも道理だろう。

ゆっくりと体を起こすと痛みはすっかり治まっていて、綺麗な服を着せられていた。袖をまくると包帯が巻かれていて、治療をされていたことがわかった。

あの時はわからなかったが、流し込まれた液体はポーションで、死にかけの俺の命を繋ぎとめるために使われたらしい。ポーションは非常に高価だ。得体の知れない俺を完治させるほどのポーションを使うわけにはいかなかったのだろう。ある程度の回復をポーションで済ませた後は、自然治癒に任せるために怪我の手当てをされていたのだ。

何故こんなことになっているのかわからなかったが、起きてすぐに部屋に入ってきた人間が色々と教えてくれた。ここはフィンバー公爵家の使用人部屋で、今後は怪我を治しながらエレン様の従者となるための勉強をするのだ、と。

それから出されたのは具のないスープだった。まともな食生活を送れていなかった俺が、いきなり普通の食事は無理だからと用意されたものだった。スプーンを握り締めゆっくりとそのスープを口に運ぶ。

「美味しい……」

具の入っていないただのスープ。だけど温かいそれは体の隅々まで染みわたるようで、これ以上なく美味しかった。生まれて初めてこんなに美味しいスープを食べることが出来た俺は、いつの間にか滂沱の涙を流していた。泣きながらゆっくり、でも必死にそのスープを味わうようにして飲んだ。

今までゴミや腐ったものを食べていた俺は、その具のないスープがとんでもないご馳走に感じた。こんな俺がこんなに美味しいものを食べることが出来るなんて思わなかった。

ここは天国だろうか。温かいベッドに綺麗な部屋に綺麗な服。そして温かくて美味しい食事。この天国に連れてきてくれたのは他でもないあの銀の天使様であるエレン様なのだ。

だから精いっぱいお返しをしていきたい。こんな汚い貧しい俺に手を差し伸べてくれた天使様に、俺は命を懸けてでもそうしなければいけないのだ。俺はスプーンを握り締め、この先どんな困難が立ちふさがろうともエレン様へご恩をお返しすることを誓ったのだ。

それから俺の毎日はがらりと変わった。字も書けない読めない俺は、まずそこから勉強を始めることになった。

生まれて初めて握ったペン。始めは上手く扱えなかったが段々と慣れてきた。字を少しずつ覚えて書けるようになると、文章を読めるようになった。やがて文字がたくさん並んだ本を読めるようになった。

こうして一つずつ出来ることが増えていき、凄く楽しかった。従者となってエレン様をお助けしたい。ご恩を返したい。その想いはもちろんだが、知らなかったことを知る喜び、楽しさ、困難、出来なかった時の悔しさ、出来た時の達成感、何もかもが俺にとって幸せだった。

勉強だけではなく武術訓練も始まった。従者は主人の日常の世話から仕事の管理や護衛まで、常に側にいて何も不自由ない生活を送れるようにするために存在する。だから従者として学ぶ内容は多岐にわたった。それが出来なければエレン様の従者になれない。俺を救ってくれた銀の天使様にご恩を返すことが出来ない。だから俺は必死に食らいついた。

剣術に体術、そして魔法。この世界にいる者なら必ず持っている魔力だが、残念ながら俺には魔力があまりなく魔法を扱うことは難しかった。だからその代わりに剣術と体術を必死に磨き、魔法が扱えない欠点を補った。

俺には剣術と体術の才能があったらしく、メキメキと腕を上げていった。師も驚くほどの上達ぶりで、大人と模擬戦を行えるほどになるまでにそう時間はかからなかった。

座学に関しても俺は貪欲だった。今まで学ぶことが出来なかったから、学べることがありがたかったし何よりも嬉しかった。自分の世界がどんどんと広がっていく感覚がこれ以上なく楽しかったのだ。

日々出される食事も内容は質素なものだ。だが俺に不満などは一切ない。あんなゴミを食べて生きてきた俺にとって、美味(おい)しい温かい食事を毎日腹いっぱい食べられるのはとても幸せなことだった。

まともな食事が出来るようになったお陰で枯れ枝のようだった体も肉付きがよくなり、日々の武術訓練で筋肉が付き、そして背も段々と伸びた。

孤児で日々地面で寝ていた俺は当然汚かった。しかしここに来てからというもの、風呂に入ることが出来るようになり、見た目も臭(にお)いも何もかもが改善された。

平民は風呂に入るなど普通は出来ることじゃない。だが流石(さすが)は公爵家。使用人専用の風呂が用意されていて、自由に使うことが許されていたのだ。

今まで孤児だった俺には信じられないほどの厚遇。俺を雇い教育を施してくれた公爵家、そして何よりその機会を与えてくれたエレン様への想いは日々膨れ上がった。

エレン様とはあれ以来なかなか会うことが出来なかった。始めの頃は寂しいと思ったが、公爵家の次男であるエレン様が使用人棟まで来ることはない。お会い出来るようになるには早く従者になるしかない。その思いで日々の勉強と訓練に力を入れていった。

公爵家に引き取られて二年後のある日。エレン様が俺をわざわざ訪ねてきてくださったことがあった。久しぶりに見たそのお姿は少し背も伸び、ますます美しくなられていた。

「ライアス！　久しぶりだね！」

「エ、エレン様……お、お久し、ぶり、です……」

　この時のエレン様は、素直で可愛らしく同じ人間とは思えない本当に天使のような方だった。初めてお会いした時と同様にキラキラとしたエレン様に久しぶりにお会いした俺は、嬉しさと恥ずかしさで緊張し、まともに返事をすることが出来なかった。

　ああ、銀の天使様が目の前にいる。俺の顔を見て俺に話しかけている。もうそれだけで俺は随分と舞い上がっていた。

「あのね、聞いて聞いて！　僕ね、クリストファー様の婚約者になったの！　クリストファー様はね、綺麗でカッコよくて僕のあこがれの人なんだ！　うふふ。そんな人の婚約者になったんだよ！　凄いでしょ？」

　エレン様に婚約者……？　その事実を知って俺は激しい胸の痛みを覚えた。愚かにも俺は天使様であるエレン様に恋をしてしまっていたのだ。その事実を知るとともに、それは決して叶わぬ想いだと決まった瞬間だった。

　だが平民で孤児だった俺がエレン様と恋仲になるなど恐れ多く、天と地ほども身分差という壁がある以上、あり得ないことだと自覚も出来た。

　それに俺がしたいことはエレン様にご恩を返すこと。そして俺の幸せはエレン様が幸せでいてくださること。それは決して変わることはない。お側にいることが出来るのならば、そっとその幸せを見守ろう。この先の人生が、幸福で溢れた道であるようお手伝いしよう。

それがエレン様に拾っていただいた俺が出来る唯一のことなのだから。

そしてエレン様の婚約者となったクリストファー様、というのは確かこのクリステン王国の第二王子殿下の名前だったはず。公爵家の次男であるエレン様の婚約者となるならば、これほどまでにピッタリの相手もいないだろう。エレン様もその王子殿下を慕っている。ならば俺はそれを黙って見届けるだけだ。

エレン様は興奮気味に、第二王子殿下が如何に凄い人なのかを熱弁されている。それに相槌を打ち「ご婚約おめでとうございます」と祝いの言葉を口にした。すると「ライアスありがとう」と花が咲いたように微笑まれた。このキラキラとしたお顔を見られるだけで俺は十分幸せ者だ。

「あ、そうそう！　ライアスってお勉強も訓練も頑張ってるんでしょ？　家庭教師の先生がそう言ってたんだ。先生に褒めてもらえるライアスは凄いね！　僕もライアスに負けないように頑張るね！」

まさか俺のことを言われるとは、ましてや凄いと言ってもらえるなんて思っていなかった俺は、一気に心臓がドキドキと高鳴った。そんな俺に負けないよう自分も頑張るんだと決意をされたことも本当に嬉しいと思った。

そうだ。俺の気持ちを伝えることが出来なくても、俺の想いが叶わなくても。こうやってエレン様を支えていくことは出来るのだ。だからもっともっとエレン様をどんなことからも守り、支えていける人間にならなければ。

それからの俺はますます勉強も訓練も今まで以上に励んだ。婚約について聞いたあの日以降エレン様にお会いすることは出来なかったが、早くお側にいられるようになる、そのためだけに必死で日々の課題をこなしていった。

そして俺が十一歳、エレン様が八歳の時、とうとう従者になることを認めてもらえた。といっても始めは見習いだが。しかしこれでやっとエレン様のお側に仕えることが出来る！　これからたくさんご恩をお返し出来る！　と内心興奮してエレン様にお会いした。

だがその時のエレン様はあの時の眩しいまでのキラキラを失ってしまっていた。元気でにこやかだった表情は鳴りを潜め、悲しい目をされていたのだ。

一体どういうことかと思い、自分なりに色々と調べてみた。すると王子殿下との婚約は父親である公爵家当主の旦那様が権力を使い、半ば無理やりに決めたものだとわかった。

王宮でのお茶会で王子殿下にお会いしたエレン様が「素敵……」と呟いたことがきっかけだった。王子殿下もエレン様に初めてお会いした時は、エレン様のあまりの可愛さ美しさに真っ赤になってしまわれたそうだ。

エレン様が王子殿下のことが好きならば、そして王子殿下もエレン様を快く思っているならば、と他にも婚約者候補がいたにもかかわらず公爵家の力を使い、旦那様が押し切ったそうだ。

そしてエレン様と王子殿下が婚約のことで再びお会いした日、お互い真っ赤になり初々しくも微笑ましい姿だったために、満場一致で正式に婚約が結ばれたそうだ。それなのに——

王子殿下は自分が王族であることを笠に着たなかなかの傲慢ぶりで、エレン様の外見に惚れたものの素直になれず意地悪ばかりしていたらしい。それを見ていた使用人曰く、エレン様がにこりと微笑まれると真っ赤になりながらも「そんな不細工な顔をするな！」と怒鳴ったそうだ。

大人から見れば照れ隠しともわかるその言葉もまだ幼いエレン様にはかなりの衝撃だったのか、その後は泣かれてしまい慰めるのに苦労したという。

またある日は庭を散策しに出かけた際、エレン様が手を繋ごうとしたところ「触るな！」とその手を叩かれたそうだ。驚いたエレン様は涙を滲ませるも、零さないよう必死に堪えていたらしい。だがそれを見た王子殿下は「すぐに泣く奴は嫌いだ！」と仰り、エレン様はとうとう泣いてしまわれた。そのまま王子殿下は一人でどこかへと行ってしまわれエレン様はそこに残されたのだとか。

結局はそれも王子殿下が照れ隠しでなさったことだ。しかしエレン様は酷く傷つきしばらく食事も喉を通らなかったという。

旦那様や夫人から溺愛されているエレン様は、誰かにこんな冷たい態度を取られたのは初めてだったのだろう。落ち込み方が凄かったそうだ。

王子殿下からの謝罪は一切ない。旦那様も陛下に物申したそうだが一度もエレン様に謝罪されることはなかった。それでもエレン様は健気にも王子殿下を慕っていた。冷たいことを仰るのは自分が不甲斐ないからだ、と。

どう考えてもエレン様に非はない。だがエレン様はもっと王子殿下と仲よくなれるよう頑張ると日々努力されているそうだ。

その話を聞いて俺はエレン様が不憫でならなかった。自分のことじゃないのに、胸が痛んで苦しかった。婚約が決まった時のあの眩しいまでの笑顔。本当に嬉しそうにされていたのに今ではかなり思いつめた暗い表情だ。なんとかしなければ。

けれど俺もまだ学ばなければならないことも多く、従者見習いのうちはずっと一緒にいられるわけじゃない。それでも一緒にいる時間はエレン様を元気付けようと奮闘した。そのお陰かまた笑ってくれるようになり、俺もその姿を見て喜んだ。

「ねぇライアス。クリス様にお手紙を送ってみようと思うんだけど、どうかな？」

「いいと思います。エレン様が心を込めて丁寧に書かれたお手紙を受け取ったら、きっと王子殿下も喜ばれます」

そうしてエレン様は手紙を送るようになった。手紙ならば優しい言葉をくれるかもしれない。そんな淡い気持ちを抱いて送ったが返事が来ることはなかった。

それからエレン様は何度も何度も手紙を書いては送り、王子殿下からの返事を待っていた。しかし一度として返事はなかった。

王子殿下とエレン様の関係は平行線のまま日々が過ぎていく。やがて王宮での王子妃教育も始まりエレン様は忙しい日々を送ることになった。

公爵令息として身につけていた教養のお陰とご本人の努力により、難しい内容でもどんどんと吸収されるエレン様。教師の覚えもよく、褒められるとエレン様は嬉しそうに微笑まれていた。「クリス様と結婚するんだから頑張らないと」と必死に努力されるその姿を見た者は皆、エレン様に好意的な目を向けてくれていた。俺もそんなエレン様を間近で見ていてとても誇らしく思ったものだ。

だがその一方で王子殿下は一切変わることはなかった。それどころか定期的に行っていたお茶会にすら姿を見せなくなった。一人用意されたテーブルで待ち続けるエレン様の姿を見る度に、胸が締め付けられるように酷く痛んだ。

パーティーに出席する時は、王子殿下は不満顔ながらもエスコートをされた。ところがある程度の挨拶が終わればエレン様から離れ、その後ダンスをすることもなかった。それどころか「お前となんて恥ずかしくて踊れるわけがないだろう！」と詰る始末だ。

その時のエレン様は、泣きはせずとも悲しい目をされていて、パーティーが終わるまでずっと虚空を見つめて立っていた。

何故！　どうして！　どうしてエレン様だけがこんな目に遭わなければならない！

俺はそんなエレン様を見ていることが本当に辛かった。代われるのなら代わって差し上げたかった。抱きしめられるなら抱きしめて差し上げたかった。エレン様の幸せを願い、守り、支えて差し上げたいのに。

だがエレン様に触れることも、王子殿下に進言することもただの従者である俺に許されることではなかった。俺が出来るのは慰めの言葉をかけることと、側にいることだけ。それしか出来ない自分が歯がゆかった。結局俺はエレン様にご恩を返すどころか何も出来ないのかと。

王子殿下にここまでされても尚、エレン様は王子殿下を信じ続けていた。だが心が疲れ果てたエレン様は少しずつ態度に表わすようになる。王子殿下と上手くいかないイライラとした感情を俺にぶつけてくるようになったのだ。

「お茶が温い！　もっと熱いの淹れてよ！」

「これじゃない！　今日はクリス様に会うんだからもっといい宝石がついたやつにして！」

「なんでアップルパイなんて出したの？　今日はベリーパイの気分だったのに！」

「クリス様から返事が来ないの？　まさかお前が隠したりしてないよね？」

「クリス様と庭園を歩く予定だったのにどうして雨なの！　今すぐ止ませて！」

など些細なことから無理難題まで、気に入らないことがあるとそれを俺にぶつけてくるようになった。だがエレン様の気が済むのならばそれでいいと、俺はそれを甘んじて受け入れていた。

それにこの時はまだよかったのだ。むしゃくしゃした気持ちを俺にぶつけた後は、決まって謝ってくれたのだから。

「ごめん……ライアスが悪いわけじゃないのに僕……」

「いいえ。何かあれば全て俺に仰ってください。一番側にいるのは俺ですから」

「ありがとうライアス。いつもごめんね」

そう言って悲しい表情で笑うのだ。その度に俺は胸が潰れる思いになる。それと同時にいつまで経ってもエレン様を大切にしない王子殿下に、不敬なのは承知で怒りを覚えるようになった。

そして十六歳になると、エレン様は貴族の子息達が通う王立貴族学園へ入学した。入学直前のエレン様は「毎日クリス様にお会い出来る！」と大変嬉しそうにされていた。だがここで大きな変化が起こった。

ラウラーソン男爵令息イアンと王子殿下が急速に親密になったのだ。エレン様がクリス様へ会いに行けば邪魔だと邪険にされるが、ラウラーソン男爵令息のことは自らお呼びになり側へと置くようになった。エレン様が近くにいる時は決まって見せつけるようにラウラーソン男爵令息の肩を抱いたり抱きしめたり。ラウラーソン男爵令息もまんざらじゃなく、うっすらと頬を染めていた。

どうしてこんな急に親密な関係になったのか疑問を持ち、エレン様のために調べることにした。

すると、王子殿下はエレン様の外見に惚れてはいたものの、しつこく送られてくる手紙や贈り物の催促にうんざりしていたらしく、しかもそれを他の人にエレン様を蔑む形で語っていたとわかった。

「あいつは顔はいいが、所詮はそれだけだ。私に惚れているのはわかるが、ああまでしつこくされると興ざめだな。それにこの私に謝罪を求めてきたのだぞ。私はこの国の王族だ。何故一番偉い王族の私があいつに謝罪しなければいけないのだ。私の婚約者なのだから、私がどう扱おうと勝手ではないか。お前達もそう思うだろう？」

そう語っていたことを知った時は怒りで我を忘れそうになったものだ。王子殿下が仰る通り、確かにエレン様が送った手紙などはしつこかったとは思う。だが、それも王子殿下が一度として返事を書かなかったことが原因だ。

贈り物にしてもエレン様はしっかりとお送りしていたが、王子殿下からは些細なもの一つだって贈られたことはない。婚約者同士なら普通に行われるであろうことが一切なかったのだ。
ラウラーソン男爵令息はエレン様の足元にも及ばないが見目はいい方だ。エレン様に対し嫌気が差していた時、ラウラーソン男爵令息と出会い、その天真爛漫さに惚れ込んだのか王子殿下は彼を側に置くようになったらしい。

当主の旦那様にお聞きしたことだが、陛下ですら王子殿下のエレン様に対する態度は目に余るものがあると仰っていたそうだ。陛下や王妃殿下も王子殿下へ謝罪をするよう、そして態度を改めるよう再三伝えているとのことだ。なのに王子殿下は一切エレン様の扱いを変えることなく、むしろ周りにそう語っていたのだ。

勝手なことを。エレン様をそうさせたのは他でもないお前だろう。

口が裂けても言えないが、心の中では常にそう思っていた。俺ならエレン様をこんな風に悲しませることはないのに。俺なら絶対に大切に扱い愛する自信があるのに。

そして王子殿下がラウラーソン男爵令息と仲を深めれば深めるほど、エレン様はさらにおかしくなっていく。俺だけにぶつけていた感情を周りの人々にもぶつけるようになったのだ。

それは当事者であるラウラーソン男爵令息にも当然向く。直接手を出し、大きな声で暴言を吐くようになったのだ。その姿を見た周りの人間は自然とエレン様から距離を取るようになった。エレン様は、完全に孤立してしまわれた。

「エレン様、周りの方々にそのように仰ってはエレン様のお立場が――」

「うるさい！　お前は僕の従者だろう！　僕がすることに反論をするな！」

たまった鬱憤を俺相手だけに発散するなら問題はない。だが周りにもぶつけてしまうとエレン様のお立場も、公爵家の評判にも問題が出てくる。エレン様のことを思えば苦言を呈さずにはいられなかった。

しかし俺のそんな気持ちが伝わるはずもなく、むしろエレン様はさらに感情を昂ぶらせるようになっていく。

俺に対する態度もより悪い方へと加速した。一番近くに常にいる俺はエレン様にとって溜まった鬱憤を発散するいい的だった。

癇癪を起こすだけじゃなくなり、近くにあったものを投げつけられるようになった。直接手を上げられ殴られることも出てきた。寒い冬の日に氷が張った池の中に落とされ、それを見て楽しそうにケタケタと笑われた。髪を引っ張られ引きずり倒されたこともあった。街を歩いていた時に、通りがかった馬車の目の前に突き出されもう少しで轢かれそうになったこともある。

だがどれもこれも俺だったから大した被害もなく受け止めることが出来たのだ。エレン様の力で殴られてもさほど痛くはないし、風邪をひいて高熱が出ても、執事から高価なポーションを渡されそれで完治した。馬車に轢かれそうになった時が一番危なかったが、剣術や体術を学んできた俺にとっては瞬時に躱すことなど造作もない。こんな危険なことをされたとしても俺ならば問題はないし、むしろそれで多少なりともエレン様の御心が晴れるのならばそれでよかったのだ。

けれど、それでエレン様が落ち着かれるはずはなく。公爵邸でも使用人に当たり散らすことが当たり前になった。見かねて嫡男であるランドルフ様からも度々叱責されてはいるが、それを聞き入れることはなくますます増長していく。

しかしそんな中でもたまに、エレン様が俺にだけ見せる顔があった。

エレン様は元々とてもお美しい方ではあるが、王子殿下の婚約者としてその美しさに磨きをかけるよう美容に力を入れていた。そしてその見事な銀髪には特にこだわりを持っていらっしゃった。

その手入れは他でもない、俺が一任され、毎日行っていたのだ。

洗った髪の水気をそっとふき取った後、その髪に丁寧に香油を塗り込んでいく。櫛でとかした後、魔道具を使い髪を優しく乾かすのだ。毎日使うその香油も俺が選別したものだ。香りも数種類用意し、エレン様の気分で選んでいただいていた。

手入れが終わるとそっと髪に手を伸ばされ「やっぱりライアスにしてもらうと仕上がりがとてもいいね」とほんの少しだが優しい笑顔を見せられるのだ。


一番苦しんでいるのはエレン様だ。その苦しみから守るために、華奢な体を抱きしめたい衝動に駆られたことは幾度もあるが、俺はただの従者。そんな真似は許されない。

「エレン様。俺はどんなことがあってもあなたの味方です。それだけは絶対に変わりません。ご不満もご要望も、どんなことでも俺に仰ってください。あなたのために出来ることがあるだけで、俺は嬉しいですから」

だから言葉でこう伝えるしか出来なかった。そしてその言葉の通り、エレン様の癇癪を受け止め宥めるのだ。

だが俺の力不足でエレン様はどんどんと悪い方へと変わっていく。俺はもう王子殿下のことを許せなくなっていた。エレン様が幸せになってくださるなら、俺の気持ちなど蓋をしてその二人を応援しようと思っていたのに。

だが本当に許せないのは俺自身だった。エレン様の御心を守り通すことが出来なかった俺が一番許せなかった。

そしてエレン様は苦しみながらも三年間の学園生活を終えられた。一年後に、エレン様と王子殿下の挙式が行われる。これから式に向けての準備をするんだと、クリス様と結婚するのは自分なんだと、それだけを希望に学園生活を送ってこられていた。

学園の卒業パーティーで、多くの貴族が集まるその会場で、エレン様は王子殿下から婚約破棄を言い渡された。

王子殿下は愚か者だ。エレン様という婚約者がいながら平気で不貞を行う愚か者。だが腐っても王族だ。最低限の常識くらいは知っているはずだ。だから人が大勢集まっていたあんな場で、堂々と婚約破棄を宣言するなど想像もつかなかった。

しかも隣に立つ、散々不貞を行っていたラウラーソン男爵令息と新たに婚約を結ぶとまで宣(のたま)った。会場も一気に騒がしくなる。王族が王族らしからぬ行動をとったのだ。さっと周りに視線を送ってみれば、何が起きたと驚く者、修羅場を楽しそうに見るにやけた者、信じられないと嫌悪感を滲(にじ)ませた者といろんな面々がいたが、誰もかれも好奇心を覗かせている。そしてその好奇心はエレン様へと向けられていることもわかった。

この会場にいる人間は、エレン様が癇癪を起こし暴れることを期待しているのだ。この国でも大きな力を持つフィンバー公爵家の次男が、どんな浅ましくみすぼらしい惨めな姿を見せるのかと。目の前に立つラウラーソン男爵令息にありとあらゆる暴言を吐き、最悪手を出すことだって容易に考えられた。俺もあんな非常識極まりない奴らに制裁を与えたい気持ちでいっぱいだ。

だがそれを今ここで、多くの人の目がある中で行うのは愚策中の愚策。エレン様だけでなく、フィンバー公爵家の名誉すら地に落ちる。止めなければ！　そう思い、エレン様をお止めしようと一歩足を踏み出したその時――

「……クリス様。いいえ、クリストファー殿下。婚約破棄を承諾いたします。今までご迷惑をおかけして申し訳ございませんでした」

そう言葉を発し、静かに頭を下げたのだ。

一瞬会場が静けさに包まれるも、瞬時に騒々しさに満ちた。エレン様の癇癪は貴族連中の誰もが知るところだ。だからこの場にいる全員が、エレン様の哀れな姿を想像していたのにまさかの事態。

常に一番近くにいた俺ですら何が起こっているのかわからなかった。怒るでもなく泣くでもなく、ただ淡々と婚約破棄を受け入れるとそう言ったのだ。

「本気で、言っているのか……？　こ、婚約破棄だぞ!?」

「はい、ご心配なさらずともわかっております。クリストファー殿下との婚約破棄、しかと承りました。婚約破棄に際しての書類は後日お送りくださいませ。イアン様との未来が幸多きことをお祈りいたしております」

そしてくるりと二人に背を向けたエレン様は満面の笑みを見せていた。もうずっと見られなかった天使のようなエレン様の美しい笑顔。悲愴感は全くなく、むしろこの先に希望があるかのように生き生きとして見えた。

一体何が起こっている？　今までのエレン様と違う言葉ににこやかな顔。あのいつもの苦しそうで悲しそうで怒りに呑まれた顔じゃない。戻ってきた。あのキラキラが戻ってきた！

だけどどうしてこんな急に？　どうして婚約破棄を受け入れた？　どうして笑顔でいられるんだ？

頭の中はたくさんの疑問で埋め尽くされる。動けない俺とは違い、エレン様は迷いなく会場の出口へと向かわれる。そして俺の目の前までやってきた。

「エレン様……本気ですか？」

気が付けば自然と口に出していた。

「どうして……どうして素直に受け入れたんですか？」

俺を見るエレン様の目が違う。暗い色はもうない。

「……とりあえず、家に帰って話をしよう」

その場では答えてもらえずすっきりとしなかった。だが俺が好きだったあのキラキラとした輝きを取り戻したエレン様を見て嬉しい気持ちとで内心がごちゃごちゃしたまま公爵邸へと戻ったのだ。

屋敷に戻ってからも衝撃の連続だった。公爵家に引き取られて以来、勉学や武術はもちろん、従者としてどんなことでも対応出来るよう精神だって鍛えてきた。ちょっとやそっとで動揺はしない。

なのに開かれた家族会議では信じられないことばかりが起き、俺はどうしていいかわからなかった。

エレン様は自ら勘当されることを望み、平民として生きるために自慢の髪を切り落としたのだ。

それを見た奥様は悲鳴を上げ、旦那様とランドルフ様は絶句。俺も驚きすぎて息をすることも忘れ呆然とした。

だってあの髪はどんなことがあっても決して怠ることなく手入れをしてきたんだ。俺が一任された髪の手入れ。気に入らなくて怒鳴られたことだってある。香油の質も香りも一級品でなければ満足されなかった。なのに、なんの躊躇もなく切り落とすなんて……

もう何を話していたのかよく覚えていない。従者として平静を保つ訓練をしたはずなのに、今やそれは全く役に立っていなかった。だがとある一言を聞いて俺ははっと我に返る。

「それから私の従者であるライアスですが、この先の人生を彼に選ばせてあげてください。私にはもう従者は不要となります。彼には散々迷惑をかけてきました。理不尽なことをたくさんしました。散々苦しめてしまった彼へ、どうか自由な選択をさせてあげてください。公爵邸に残るのもここを辞めてどこか他へ行くのも、全てライアスが望むようにしてほしいのです。どうか、どうかよろしくお願いいたします」

そして俺のためにまた頭を下げた。

エレン様は俺を必要としていないという現実を突きつけられたのだ。

俺がエレン様を守り切れなかったから？　エレン様の癇癪を受け止め切れなかったから？　だから俺はエレン様に捨てられる……？

頭の中が真っ白になった。信じたくなかった。エレン様が公爵令息だろうが平民だろうが、そんなことはどうでもいい。俺はエレン様にご恩を返したい。側にいたい。それだけなのにそれすら叶わないのか。

信じたくなくて認めたくなくて、エレン様が部屋に戻った後、どうしても確認したくて直接尋ねてみることにした。

「もちろん。今まで本当にごめん。こんなことを言える立場じゃないけどお前はもう自由だ。なんにも縛られずに自由に生きてほしい」

本当だった。聞き間違いなんかじゃなかった。俺はエレン様に捨てられるのか。

「どうして……どうして今更⁉　あなたは今まで俺を……！」

俺を頼っていたのではなかったのですか？　俺はどんなことがあってもあなたの味方だと言ったのに。どんなことでも言ってほしいと言ったのに。

「うん、本当にごめんなさい。謝っても許してもらえるとは思っていないよ。ライアスにしてきたことは許されることじゃない。本当に、本当にごめん」

違う！　謝ってほしいわけじゃない！　むしろ謝らなければならないのは俺の方だ！　あなたの心を守り切れなかった俺が悪いのに！

「……確かにあなたには酷いことをされてきました。ですが……食べるものにも困っていた俺を、ここまで養ってくれたことには感謝しています。それに俺はあなたを……」

あなたが俺を拾ってくれたから。あなたが手を差し伸べてくれたから。だから今、俺はこうして生きている。酷いことをされたって、酷いことを言われたって、あなたのためならどんなことでも耐えたのに。俺はこんなにもあなたを愛しているのに。

動揺とショックがごちゃ混ぜで、心に思っていることが言葉に出来ない。いつもなら言えることも声に出せない。

「ライアス、これを受け取ってほしい。今までの罪滅ぼし、になんてならないけれどお詫びとして渡したいんだ」

「これは……」

手渡されたのは、青い宝石が付いたネックレス。エレン様がとても大事にされていた品だ。

「それを売ればかなりの金額になると思う。ここを出てもしばらくは生活出来る資金になるだろうからお前の好きにするといい。……今まで本当にありがとう」

「エレン様っ……！」

俺が大好きだったキラキラとしたエレン様の笑顔。それが見られて嬉しいのに、どうしてこんなにも胸が苦しいのか。

「さ、お前はもう僕の従者じゃないから世話はしなくていいよ。部屋に戻ってゆっくり休んで。おやすみライアス」

平民として生きるということは、貴族として育ったエレン様にすれば並大抵のことじゃない。

どうして一緒に来てくれと言ってくれないんだ。どうして俺を頼ってくれないんだ。どうして俺を置いていこうとするんだ……

口に出せない言葉を呑み込んで、俺はエレン様の部屋を出た。

部屋の扉を閉めたもののそこから動くことが出来なかった。俺の右手には上品な輝きを放つ青い石。昔、綺麗だと言ってくれた俺の瞳の色。

このままでいいのか。俺はどんな困難が待ち受けようともエレン様にご恩を返すことを、あの具のないスープを飲んだ時に誓ったはずだ。それが今なんじゃないのか。今こそやるべきじゃないのか。エレン様は俺を自由にすると、この先の人生を俺に選ばせると言ったんだ。だったら俺は俺の意思でエレン様の側にいることを選ぶ。ならば今しなければならないことはただ一つ。

ぐっと青い宝石を握り締めて、するべきことのためにその場を離れた。

◇

婚約破棄騒動があった日の翌日から俺は部屋から出ることはなかった。街へ出かけることは流石(さすが)に出来ないが、家の中や庭を歩くくらいは問題ない。だが俺は反省の意を示すために自室で自主謹慎していた。

婚約破棄や俺の勘当手続きなんかは今日明日で終わることじゃない。あまりあるその時間を有効に使おうと、平民になった後のことを色々と考えることにした。

その数日の間に母上が訪ねてきて一緒にお茶をしたり、兄上と話をしたり、父上が来てわんわん泣かれたりもしたが。

母上はしきりに俺に謝ってきた。「もっと親としてしっかりしていればエレンちゃんをこんな目に遭わせることはなかったのに」と、兄上に言われたことが相当堪えているようだった。

もちろん両親が俺の我儘放題を窘めることもなくやりたいようにやらせていたのには問題がある。でも、俺にももちろん問題はあって、やっていいことと悪いことの分別はついていたんだ。それを親が許してくれるからと甘えていたのもいけなかった。

前世の記憶が戻った俺だから冷静になってわかることだし、前の俺だったらきっと今でも暴れていたんだろうけど……

だけど本当に王子妃になる覚悟があったのなら、自分の気持ちばかりを優先しないでもっと周りを見る必要があったはずだ。なのに出来なかった。

どうして自分ばっかりが、どうして皆わかってくれないの、どうしてクリス様は僕を見てくれないのってな。そんな奴、あの王子様じゃなくたって見てくれるはずがない。

友達が一人もいないこの状況がそれを物語っている。でも追い詰められた僕にそんなことを考える余裕はなかった。僕の心はとても冷えていた。ま、それもこれもあの王子の態度が悪かったからだけどな！　そこはぜってぇ許さねぇ。

「母上、僕はもっと自分で考えればよかったんです。そうしなければならなかったのです。母上達だけのせいじゃありません。本当にすみませんでした」

「うん……私達もごめんなさい」

泣き笑いの顔でそう言った母上。俺は親不孝者なのだろう。申し訳なさでいっぱいだった。

兄上が訪ねてきた時は驚いたのと同時に嬉しかった。婚約破棄をされたあの日、兄としての気持ちがわかったあの日から俺は兄上が嫌いじゃなくなった。今じゃ普通に会話することが出来ている。

「今のお前が信じられないよ。どうしてもっと早くにこうなってくれなかったんだ……」

ため息とともにそう零した兄上。うん、その気持ち痛いほどにわかるよ。俺だってどうせならもっと早くに前世を思い出したかった……

「本当にすみません。本当は僕もわかっていたんです。殿下が僕を好きじゃないってことくらい。だけどそれを認めたくなくて意地になっていました。それでたくさん迷惑をかけてしまって恥ずかしい限りです。婚約破棄されたあの時、目が覚めたんです。もうどうしたって殿下の心は手に入らない。そして僕が今までやってきたことは許されることじゃない。なら自分で出来るだけ責任をとってこの国を離れようって。最後に少しでも公爵家のためになることをしたかったんです。それと兄上の気持ち、今まで気付けなくてすみませんでした。不甲斐ない弟ですみませんでした」

前世の記憶云々は頭のおかしい奴としか思われないから言わないけど、もっともらしいらしい理由を作って説明した。それと家族会議の後、兄上に伝えることが出来なかった言葉。それを今自分の口でちゃんと言えた。それが一番言いたかったことだ。伝えることが出来て本当によかった。

「エレン……そうか。そう言ってくれてよかったよ。本当はこんな形じゃなくて伝わったら一番よかったんだがな。お前が平民になったとしても私はずっとお前の兄だ。それを忘れるなよ」

一体何年ぶりだろうか、兄上は俺の頭をぽんぽんとするように撫でると静かに部屋を出ていった。

父上はもう、うん。話にならなかった。

「エレン～～っ!!　すまなかったっ！　本当にすまなかったっ！　こんな父親でごめんなぁ～～っ!!

うわぁぁぁぁぁぁ!!」

こんな調子で最初から最後まで泣いて泣いて大変だった。

いや、俺の部屋を訪ねてきた時はこんなんじゃなかったんだ。椅子に腰かけ「エレン、気分はどうだ？」と爽やかな笑顔で話し出したと思ったら、見る見るうちに目に涙が溜まりすぐにそれは決壊した。

それからはもうずっとこの調子だ。周りにいる使用人だって父上を見て引いている。そりゃそうだろう。この国屈指の公爵家の当主が、息子に向かって人目も憚（はばか）らずわんわん泣いてるんだぞ。

「あー……うん、いえ、その……僕もすみませんでした。貴族籍の除籍や婚約破棄の手続きなどお手数おかけして……」

「うわぁぁぁぁぁぁ!!　嫌だぁぁぁぁ!!　本当は除籍なんてしたくないぃぃぃぃぃぃ!!　ずっとここにいてくれぇぇぇぇぇぇ!!」

とうとう父上は俺の膝に縋（すが）りつき至近距離で泣いてしまう。あー……これどうすりゃいいんだ？

正直言えば鬱陶（うっとう）しい。めちゃくちゃ超絶鬱陶（うっとう）しい。もし許されるなら「うるせぇ！　いつまでもグダグダ言ってんじゃねぇ！」と言ってやりたいくらいだ。まぁ、そんなことが出来るわけはないのだが。

　一応こんなんでもフィンバー公爵家の当主だからな。こんなんだけど。

　母上と兄上との落差が酷い。でも紛（まぎ）れもなくこれが今世の俺の父上だ。こんなんだけど。

　まぁそれだけ俺を大切にしてくれているんだということはわかる。こんなんだけどな！

「……父上、僕が自分で決めたことですから。僕は大丈夫です。ね、だから泣かないでください。お願いですから」

　と怒鳴りつけたい本心を呑み込んで、優しくやさし～く肩を撫でながら言ってあげた。

「エ゛レ゛ン゛～～!!」

　だが努力空（むな）しく俺の膝に思いっ切り抱き付くと、父上はまたわんわんと大声で泣いてしまった。

　この時の俺はきっと宇宙が見えていたと思う。使用人に視線を向けるとそっと目線を外された。

　おい。頼むから見て見ぬ振りしないで俺を助けてくれ。頼むから！

　そんな俺の願いは届くことはなかった……


　そんなこんなで家族との時間を過ごしながら、俺は今後どうするかの計画も立てていた。

　平民となって国外へと出た後はまず住むところと仕事を探さなければならない。住み込みで働けるところが見つかれば一番いいが、わけありの俺をすんなりと受け入れてくれるところがあるかわからないし、それに俺も誰を信用していいのかもわからないから、住み込みという線はなしだ。

　じゃあ宿を借りるとしてその資金の調達をどうするか。今俺の部屋にある宝飾品を持っていくわけにはいかないし、そうなると無一文だ。

だがこの前切った髪があるから、それを売ったら金額次第にはなるが宿には泊まれそうだ。そして早いうちに仕事を見つけることが出来ればとりあえずの生活の目途は立つ。

公爵家での勉強だけじゃなくて王子妃教育も終えている俺は一般人以上の教養がある。この世界で仕事をしたことはないが、前世はサラリーマンだったし事務仕事も出来るだろう。それにファミレスでのバイト経験だってあるし、飲食店でも問題はなさそうだ。

周りはそうは思わないだろうが、何も知らないおぼっちゃまというわけじゃないからな。きっとなんとかなるはず。

それにこの世界は魔法だってあるし冒険者ギルドだってある。ファンタジー万歳！　俺にはまあまあな魔力量があるから魔法を扱うことだって出来る。

魔力はこの世界の人間なら誰しもが持っているもので血液のように体中を巡っている。体内だけじゃなく空気中にも似たようなものが漂っていて、『魔力の磁場』と呼ばれている。魔法は体内の魔力を練り上げ、『魔力の磁場』の力を借りて火や水といった現象を引き起こすことが出来るんだ。ただ魔法の扱いは自分が持っている魔力量に左右される。魔力量には個人差があって、少ない人は魔法を扱えない。魔法として何かを顕現させるには必要な魔力量というのがある。それに到達していないと魔法を発動することが出来ないのだ。

そして魔力量が多くても、魔法を乱発し魔力が枯渇すれば当然魔法は扱えなくなる。だから長く魔法を扱うためには魔力量を計算しつつ、魔法に練り込む魔力量を調整しなければならない。それには訓練と個人のセンスも必要だ。

魔力をひたすら詰め込み大きな魔法をドン！　と使うことはさほど難しくない。だがそんな真似をすればあっという間に魔力が枯渇して魔法が扱えなくなる。だから魔法使いとして戦闘をする者には魔力調整がもの凄く重要だ。

戦場で魔力枯渇して戦力外となったら敗北の危険性が高くなるからな。魔法は強い。だが制限もあってそこまで便利というわけでもないのだ。そして魔力量が多い人間もそこまで多いわけじゃない。

そんな理由で、魔法を扱えるようになるためには、それなりの訓練が必要となる。俺はその訓練をちゃんと行ってきた。だからいざとなれば冒険者として働くことも出来るだろう。ただ実戦経験がないことだけが不安要素だが。

せっかくファンタジーな世界に転生したんだ。一度は冒険者だってやってみたい！　と思ってはいるが、俺は戦闘狂じゃないし戦うなんて正直怖い。となると冒険者は保留だな。

どうしても仕事が見つからなかった時は冒険者をするしかないだろうが、それ以外の仕事をとりあえずは見つけよう。

そして国外追放なわけだから他国へと行くのだが、行き先は隣国のリッヒハイム王国にしようかそれとももっと遠くの国にしようか。って金がないんだった。リッヒハイムがせいぜいかな。もう一つ隣国があるけどそこはあまり治安がよくないらしいし、なしだな。

それにリッヒハイムはクリステンに似て気候は過ごしやすいし、治安もいいし、クリステンとの仲も良好だし、現国王は賢王として有名だし移住先としてはかなりいいだろう。

不安要素をあげるとすればリッヒハイムの隣国ガンドヴァ王国がちょっと怪しいってことか。ま、何かあったらその時に考えよう。それまでしっかり金を稼いでおかなきゃだな。

あとは隣国への行き方だな。転移門っていう滅茶苦茶便利なものもあるけど俺には使えない。転移門は文字通り、他の地域の転移門へ瞬間移動することが出来るところだ。だが事前の予約が必要なのと、利用するのに結構な金額がかかる。金のない俺には無理な話だ。

残された方法は一般的な乗合馬車を利用すること。時間もかかるし貴族が使う馬車と違って乗り心地はよくない。でもその分安く乗れるし俺が取れる手段はこれしかないだろう。徒歩で行くとかは無理だからな。

となったら早々に俺の髪を売ってしまうしかないか。家を出たらまずはどこかで髪を売ろう。そんで出来たお金で馬車に乗ってリッヒハイムへ。リッヒハイムに着いたら宿と仕事を探す。うん、これでいいかな。

どうか俺の髪が高く高ーく売れますように！　神様頼むぜ！　この世界で通じるかわからないが、柏手(かしわで)を二回打って拝んでおいた。

そして俺が乱暴にナイフでぶち切りにした髪だが、当たり前ながら毛先はバラバラだ。見るも無残な形になっている。俺は結んでしまえば別にいっかくらいにしか思っていなかったんだが、周りはそうじゃなかったみたいで……

婚約破棄の翌日、ライアスが髪を切りに来てくれた。ずっと俺の髪を大切に扱ってくれていたし、腰まで届く長い髪の時も毛先を綺麗に整えてくれていたのはライアスだ。こいつは本当に器用な奴で、なんでも人並み以上に出来る。今回も安心して身を任せておいた。

「ライアス、ごめんね。僕の髪、ずっと手入れをしてくれていたのにあんな風に切ってしまって……」

「いえ、気にしないでください。俺に気を遣うことはないんですから」

チョキチョキと鋏が動く音が心地いい。櫛を入れながら丁寧に、少しずつ切り揃えられていくただそれだけの時間が俺にはとても安らげた。平民となればこんな風に丁寧に扱われることもないだろう。これが最後の手入れになる。ライアスがずっと俺のためにしてくれたことを忘れないようちゃんと覚えておきたい。

「……さ、出来ましたよ。これでいいでしょう」

切り落とした時は肩より少し上の長さだったものが、今は顎下くらいに揃えられてる。俺としてはすっぱりさっぱりもっと短くてもよかったんだけどな。

「エレン様のお顔立ちならばこのくらいの長さは必要でしょう。あまり短くてもお似合いになりませんから」

「そっか……一回くらい短くしてみたかったけど、ライアスがそう言うんならそうなんだろうね。綺麗にしてくれてありがとうライアス。相変わらず腕がよくて助かるよ」

この長さも子供の時以来だ。腰まであったことを考えれば十分短いか。さっぱりしたのはさっぱりしたし、似合うんならこれでいいや。流石ライアスだな！

そして俺の婚約破棄の手続きも滞りなく終わった。俺の性格が悪かったことが発端での婚約破棄だったから慰謝料請求があることも覚悟していた。それに俺を勘当してほしいと言っていた理由の一つに、少しでも慰謝料の減額があってほしいというものもあった。だが、慰謝料は不要とのことだ。

なんでも婚約成立してからの王子の態度にも問題があったこと、婚約者がいる立場でのイアンとの関係、卒業パーティーでの王族として恥ずかしい自分勝手な行動も問題視されているのだとか。

俺一人だけに責任があるとは言えず、公爵家による制裁で勘当と国外追放となることも踏まえ、慰謝料が不要となったそうだ。

よかったぁ〜……王家側に俺のことだけじゃなくて王子の問題もちゃんと考えてくれる人がいて。しかも減額どころか不要だなんて本当にラッキーだった。最悪、俺が百パーセント有責になることだってあり得たからな。

おまけに兄上が教えてくれたことだけど、今は王子とイアンの婚約を認めるわけにはいかないと王家側は揉めに揉めているそうだ。けっ！　ざまぁみろ！

ただ俺が『婚約破棄された』事実はなくならないから、そういった意味では公爵家は無傷とはいかない。今までの俺のやらかしで既に傷を負っている状態ではあるが、さらに傷を増やしてしまったことになる。そこは家族には本当に申し訳ない気持ちしかない。

そして俺の貴族籍の除籍手続きも終わった。これで名実ともに俺は平民となった。もうエレン・フィンバーではなく、ただのエレンだ。手続きが終わったことを父上から報告された時、またしても大泣きされて大変だったとだけ言っておく。その時は母上も一緒に泣いてまさしくカオスな状態だった。俺は家族に愛されていたんだなと再認識出来た一方、親不孝者で申し訳ない気持ちにもなった。

平民となった俺がいつまでもこの家にいるわけにはいかないからな。手続きが終わった二日後、この家を出ることに決めた。婚約破棄が宣言されたあの卒業パーティーから二か月後のことだ。俺が所有していた宝飾品は公爵家の資産だから持っていくことは出来ない。少しの簡素な服と切り落とした髪を鞄に詰めてしまえば、荷造りはすぐに終わった。

この家に帰ってくることはもうない。最後に俺は家の中を全て歩き、一つ一つの部屋や間取りを確かめていった。天気がいい時はライアスを連れて散歩をした広い庭。庭師がいつも丁寧に世話をしていたお陰で、鮮やかな花が咲き乱れ綺麗に揃えられたトピアリーが並んでいる。

その美しい道をゆっくりと踏みしめ歩く。鳥のさえずりや大きな噴水の水音、頬を撫でる心地のいい風、花の香り、緑の匂い。見慣れたこの庭も、住み慣れたこの家も、俺はもう二度と目にすることはない。だから忘れないよう、出来る限り全てを心の中に刻み込んだ。

そして隣国リッヒハイムへと出発するその日。俺は着替えを詰めたたった一つの鞄を手に持ち一人玄関へと進む。ライアスとは髪を切ってもらったあの日以来会っていない。俺がこの国を出るまでにはもう一度くらい会えると思っていたのに。最後の別れの挨拶も出来ないまま、俺は一人隣国へと旅立つことになった。

ライアスはどうしたのだろうか。とっくにここを辞めてどこか他の場所へ行ったのだろうか。ライアスに散々酷いことをしてきたから、俺という枷が外れて清々しているだろう。

　最後に感謝と別れを伝えられなかったことが心残りだが、嫌いな俺にもう会いたくなかったのかもしれない。決して態度に表すことはなかったけれど、あんな目に遭って俺のことを好意的に見ているわけはないだろうから。少し残念だけど、ライアスの好きなようにしてほしいし、それならそれでいい。

　玄関へ行くと父上と母上、そして兄上までもが見送りに来てくれていた。

「父上、母上、兄上。今までお世話になりました。そして不肖の息子で申し訳ありませんでした。これからの皆様のご多幸を離れた場所でお祈りしております。どうかお体にお気をつけて」

「エレン……こちらこそ今までありがとう。お前がどこへ行こうとも私の息子であることに変わりはない。私達もお前が健やかに生活が出来ることを祈っている。それでお前に用意したものがあるんだ。受け取ってくれ」

　父上が俺に用意したものは——

「は？　え？　な、なんて言いました？」

「リッヒハイムのソルズという街に、お前のための家を用意した。王都ほどではないがソルズもなかなかに大きな街だ。それなりに生活はしやすいだろう。それとソルズへの転移門も予約してある。それを使って行きなさい」

　う、嘘だろ……!?　一軒家を購入!?　転移門も予約済み!?　おいおいおいおい！　国外追放の意味！　勘当の意味！　こんな至れり尽くせりな国外追放なんてあるわけないだろ!?

「ち、父上！　あのっ……それは確かにとってもありがたいことではあるのですが、僕はもう平民で、勘当されて国外追放される身で……」

「エレン、これは私達からの家族としての最後の支援だ。確かにお前は貴族として人として、やってはいけないことをやってしまった。だが心を入れ替え、自ら勘当され国外追放となることを選んだ。それに今回の婚約破棄については王家側にも問題があったことだ。この支援については王家側からも了承を貰っている」

「兄上……」

「それに一応は監視という名目だ。だからお前が気にすることはない」

そっか。なるほど。いくら国外追放となってもまた元の木阿弥（もくあみ）に戻ってしまわないように、公爵家が俺を監視するということか。そしてそれを建前（たてまえ）にして、俺が平民としてちゃんと生活出来るよう、安心して送り出せるよう家を買って転移門の予約もした、と。

本当に、俺に甘いんだから……

「それとこれを。家や転移門は父上達からだが、これは私からの餞別（せんべつ）だ。大事に使えよ」

そう言って俺の手に握らせたのはずっしりと金貨が詰まった袋。

「これだけあれば、贅沢をしなければだが一年くらいは生活出来るだろう。その時間でしっかり生活出来る基盤を作れ」

兄上が俺のためにこんなにもたくさんの生活資金まで用意してくれたなんて……今じゃわだかまりもなくなって仲よくなれたと思う。だけど今まで散々迷惑かけて、兄上に反発して言うことなんて聞かなかったのに。こんな……

「兄上っ！」

　感極まって俺は兄上に抱き付いた。兄上もそんな俺の背中に腕を回し優しく抱きしめてくれる。

「兄上っ……今まで本当にごめんなさい！　ありがとう、ございましたっ……」

「お前が平民であっても、私はずっとお前の兄だと言っただろう？　最後くらいは格好つけさせてくれ」

「エレンちゃんっ！　よかったね、よかったねぇ……！」

「ゴレジ～～っ！」

　そして家族全員で俺を抱きしめてくれた。最後の最後に皆で大泣きして家族の温もりを感じ合う。この家に生まれてきてよかった。この人達が家族でよかった。俺が今までしてきたことは取り返しがつかないけど、最後はこんな風に思えたのならそれはそれでよかったのかもしれない。このことは一生忘れないだろう。

　そして用意されていた馬車に乗って、全員で転移門へと向かった。

　転移門。今まで何回か利用したことがある。父上が仕事で他の地域へ行く時に一緒に付いていったり、王子の婚約者として地方へ視察へ行ったりした時なんかに。

　それにしても今にして思えば転移が出来るって凄いな。記憶が戻る前はそれが普通だったから何も思わなかったけど、魔法のない世界の記憶がある今は不思議で不思議で仕方がない。魔法ってすげぇ。ファンタジーってすげぇ。

でも自分で魔法を使って転移するってことは出来ないんだよな。着地点の目印、いわゆる座標が必要で、予め（あらかじ）それを設定した場所じゃなければ転移が出来ない。だから転移門と転移門の間でだけ移動が出来るってわけだ。しかも転移するには膨大な魔力も必要になる。魔石という魔力を封じ込めた、所謂（いわゆる）電池みたいなものを使って膨大な魔力を補っている。

そんな転移門が設置された施設へ到着し馬車を降りる。乗合馬車で隣国へ、と考えていたのにここへ来て利用することになるとは思わなかった。

中へ入るとまずは受付だ。予約済みなことを確認してもらい、それが出来たら奥へ案内される。大きな扉を潜（くぐ）るとその先には転移門だ。そして転移門に入れば、家族とは本当にお別れだ。勘当するよう言ったのは自分なのに、もう会えないと思うと寂しさが込み上げてくる。でもこれは俺が今までやってきたことの尻ぬぐいだ。散々迷惑をかけてきた家族への罪滅ぼし。

扉が開き部屋の中へ一歩足を踏み入れる。転移門はかなり大きく存在感が凄い。そしてその大きな転移門がある部屋もかなり広く造られている。天井は高く、そこには大きな魔道具のシャンデリアが吊るされていて、そのお陰で室内であっても煌々（こうこう）とした灯りで照らされている。

この世界は前の世界ほどじゃないけどそれなりに便利ではある。電化製品の代わりに魔道具がその役割を担（にな）っているからだ。といっても前の世界の文明を知っている俺からすれば、まだまだ不便だと思うことが多いけどな。

一歩一歩転移門へ向かって足を進める。近づけば近づくほど、その存在感に圧倒される。そしてもうあと少しというところで、見覚えのある姿がそこにあることに気が付いた。

「エレン様、お待ちしておりました」

「ライアス……？」

え？　なんで？　なんでライアスがここにいるの？　公爵家を辞めて、どこか他のところへ行ったんじゃなかったのか？　あ、そっか。最後に見送りに来てくれたのか。あんな理不尽な真似をした俺を見送りに来てくれるなんて……っていやいやいや。そうじゃないだろう。

最後の最後に俺に物申しに来たのかもしれない。ライアスとの主従関係はもう解消されているし、今の俺は平民だ。ライアスが不満や鬱憤を俺に向けたって罰せられることはない。それにライアスにはその権利がある。よし、そういうことならどんとこいだ！　たとえ殴られたって別にいい！　今までの恨みつらみをぶつけてこい！　さぁ遠慮なくやってくれ！

「エレン様、俺も一緒に行きます」

「………………ん？　なんて？」

あれ？　恨みつらみは？　鉄拳パンチは？

「俺も一緒に行きます。連れていってください」

「え？　えー⁉　なんで⁉　一緒に行く？　は？　なんでなんでなんで⁉　もう俺の従者じゃないし付いてこなくていいんだよ⁉　自由にしていいんだよ⁉　自分のやりたいことやっていいんだよ⁉」

「はい、知っています。俺はもう自由なんですよね？　だったら俺はエレン様と一緒にいることを選びます。だから連れていってください」

「なんでー⁉　それでいいの⁉　本当にいいの⁉　俺に恨みがあるでしょ？　俺のこと嫌いでしょ？　今まであんなことされてきたのに、なんでそんな俺と一緒にいたいって思うの⁉　ダメだよライアス！　自分をもっと大事にして！」

ライアスは自分で何を言っているのかわかってるのだろうか。散々いたぶられてきたのにそんな俺についてくるだと⁉　もしやお前はMか？　ドMなのか？　知らなかったぞ、その真実……

「俺があなたを嫌いだなんてそんなことあるわけがありません。俺はどんなことがあってもあなたの味方だと言いました。それに俺はあなたに命を救われました。ここまで生きてこられたのはエレン様が俺に手を差し伸べてくださったからです。そんなあなたの側にいたい。ご恩を返したい。それが理由です」

父上が困惑する俺の肩に手をポンと置き、にこりと笑いかけた。

「あの卒業パーティーの日、ライアスが自分で言ってきたんだ。エレンの側にいたい、エレンに付いていきたいと。ライアスはエレンに大きな恩を感じている。エレンが気に入って連れてこなければ、間違いなくあそこでライアスは死んでいた。お前は命の恩人なんだよ。それに今のライアスはかなり強くなっている。私もここまで育つとは思わなかったくらいだ。必死に訓練を重ねてきた結果だな。恐らく騎士団に入ったとしてもすぐに上に昇れるほどの実力がある。そんなライアスなら護衛としても安心だし、今まで通りエレンを支えていってくれるだろう。お前が一人平民として生きていくよりよほど安心だ。だから私もライアスの申し出を受け入れた。それに、ライアスに今後を自由に決めていいと言ったのはエレンだ。このまま連れていきなさい」

そんな……命の恩人だとしても、俺がライアスにしてきたことは許されることじゃない。あんなことされたのに、俺に付いていきたいなんて思えるわけがないのに。

「エレン様。どうか俺が一緒に行くことをお許しください。俺の命はあなたのものです。あなたのために生きることが俺の生き甲斐です。ですからその生き甲斐を奪わないでください。どうかお願いします」

「ライアス……」

こんな俺にそんな生き甲斐持たなくてもいいのに！　お前いい奴すぎるだろ！　なんで皆こんな俺にここまで優しく出来るんだよ！　あんな我儘で意地悪で性格クソ悪かった俺なのに！

くっそ涙が止まらない。前世はこんなに泣き虫じゃなかったのに。今日はずっと泣いてばっかだちくしょー……

「エレン様。俺は絶対にあなたを裏切りません。どんなことがあっても、何が起こっても、誰に何を言われても。俺が信じているのはあなただけです」

そう言って胸元からハンカチを取り出して俺の涙を拭いてくれた。今までと同じ優しさで。

ここまで言ってくれたんだ。それにライアスに自由にしていいと言ったのは他でもない俺だ。だったら俺はそれを受け入れる義務がある。

「うん、ありがとうライアス。俺ももうライアスにあんな酷い真似しない。酷いことも言わない。お前が俺を信じてくれるなら、俺もお前を裏切らないよ。一緒に来てくれるか？」

「もちろんですエレン様。どこまでもお供させてください」

そう言ったライアスは、惚れ惚れするくらいのいい顔で笑ってくれた。こいつは背も高いし体も逞しいし、本当にイケメンだ。こいつのこんな眩しい笑顔、久しぶりに見たな。そんなに喜んでくれるなら、こんな俺を信じてくれるなら。お前をがっかりさせないように精いっぱいやらないとな。

「さ、エレン。そろそろ時間だ。体に気を付けて頑張ってこい」

「はい兄上。今までありがとうございました」

「エレンちゃん……」

「ライアス、エレンをよろしく頼む」

「お任せください旦那様。エレン様をしっかりお守りします」

最後にもう一度家族皆を抱きしめた後、涙は止められなかったけど出来る限り笑顔で手を振って、ソルズの街へ繋がる転移門を潜り抜けた。

一人で旅立つと思っていたのに俺の隣には頼もしい相棒。気心知れたライアスが一緒なら不安も寂しさも感じない。

これから平民としての新生活だ！　付いてきてくれたライアスのためにも、ここまでして送り出してくれた家族のためにも、俺は一生懸命生きてやる！　さぁどんなことでもかかってこい！

「あの……ライアスさん？　これは一体どういうことでしょうか……？」

「こちらが旦那様が購入された一軒家です。旦那様と奥様のご要望を踏まえて俺が探してきました」

転移門を抜けてからの俺達は、乗合馬車に乗って家の近くまでやってきた。そしてライアスに連れられて辿り着いた先で、信じられないくらい大きな家がその存在感を主張していた。

「いやいやいや！　これ大きすぎない？　大きすぎるよね？　これが平民の一軒家？　え？　違うよね？　絶対違うよね!?　元々俺一人で生活するつもりで、今はライアスが一緒だけど！　二人で住むにしても絶対大きすぎるよね!?」

「さ、入りましょう」

「ちょっと!?　え？　何？　これ俺がおかしいの!?　ねぇ！　ちょっと！　聞いてる!?」

ライアスは勝手知ったる感じで家の鍵を取り出すと、なんの躊躇もなく鍵を開け中に入っていった。俺も慌てて追いかける。

「あり得ない……」

家の中に入るとライアスが中を案内してくれた。その間取りたるや……

これのどこが平民の家だよ!?　部屋が十部屋！　しかも庭付き！　立派な応接室！　執務室まで！　素敵なキッチンに素晴らしいお風呂！　綺麗なトイレも完全装備！　おまけに新品の家具だってばっちりついてる！　ベッドも全部ふかふかだ！　やったね♪

ってちがーう！　こんな平民いるかぁぁぁぁ！　俺は！　国外追放された！　へ・い・み・ん！　どう考えてもやりすぎだろ!?　父上！　あんたは一体どこまでぶっ飛んでんだ！

転移門を潜った時はどんなことでもかかってこいや！　な勢いだったけども！　こんなこと誰が想像出来る!?　想像出来る奴がいたなら今すぐここに連れてきてくれ！

俺はがっくりと床に崩れ落ちた。こんな家、どう考えても平民の一般的な家じゃないことくらい、この世界の平民の生活を知らない俺ですらわかるぞ。住むところを用意してくれたのは本当にありがたい。最初は宿を探すことを考えていたからな。本当にめっちゃくちゃ嬉しいしありがたいけど。けど！　こんなに大きな家どうすんだよぉぉぉ!!

「俺は……俺は平民として慎ましやかに生きていくつもりだったのに……」

どこをどう見ても慎ましくない家。むしろ立派すぎて引いている。

「まぁまぁいいじゃないですか。くれるっていうんですから貰っておきましょう。……それと先ほどから気になっていたんですけど。エレン様、自分のこと、俺って仰るんですね」

ぎくぅ!!　記憶が戻る前は『僕』って言ってたけど、記憶が戻ってからは『俺』になったんだよな。人前では『僕』って言うようにしていたのに、衝撃の連続で我を忘れて『俺』って素で言ってたわ……

「それと喋り方も変わりましたよね？　以前のエレン様はもっと可愛らしさがありましたけど、最近のエレン様はなんというか、こう、雄々しくなったというか……」

ぎくぎくぅ!!　今の人格は前世の自分が全面的に出てるから、話し方も変わりましたぁ！　前の自分は可愛い男の子って感じだったけど、それは俺のキャラじゃないんですぅぅぅ！

「まるで人が変わったようで……別人が入り込んでいるんじゃないかと思うくらいです」

ぎくぎくぎくぅ!!　前世の人格前面に出ちゃってるから、ある意味別人が入り込んでますぅ！でもどっちも俺なのぉ！　ってかお前鋭すぎ！　的確すぎて怖いぃぃぃ！

「……少し、話をしませんか？　今のエレン様のことが知りたいんです。教えていただけませんか？」

そう言われて顔を上げると真剣な目で俺を見つめるライアスが。そのまま俺を立ち上がらせ、ソファーに座るように促してくる。そしてライアスはそのまま俺の正面、床の上に正座してこちらをじっと見つめていた。もう絶対に話すまで逃がさないからな、という意思がビンビン伝わってくる……

「…………」

「エレン様……」

話すかどうするか迷っていると、膝の上で握った俺の手にそっと手を重ねてきた。大丈夫だと安心させるように置かれたその手が温かい。

「俺はあなたを信じると言いました。たとえどんなことがあったとしても信じます。ですから俺を信じて話してくれませんか？」

「ライアス……」

ライアスの表情は真剣で、俺があり得ないほど荒唐無稽な話をしたとしてもきっと受け入れてくれるんだろうなと思えてしまう。だけど『俺って前世の記憶があったんだ～』と言ったところで『そうだったんですね』と簡単に理解出来る話とは思えない。

ただの前世の記憶だったならまだいいだろう。でも俺の記憶はここじゃない別の世界、所謂異世界の記憶だ。異世界があるなんて誰が信じられる？　この世界は魔法がある世界だけど文明はそこまで発達しているわけじゃない。

空の向こうに宇宙があるとか、重力があるだとか、ましてやこの世界には存在しない女性という性別があることだとか、そんなことを言ったところで理解出来るとは思えない。

俺はまぬけだから、きっとついぽろりと前世では当たり前にあったことを話してしまうだろう。ライアスが異世界のことを理解してくれたのならこの先ギクシャクすることもなく受け止めてくれると思う。だけどそれを信じるのって簡単なことじゃない。異世界に転生した俺だって今のこの状況が不思議で仕方ないからだ。

う～ん……どうしよう、どうする？　ライアスが信じてくれればきっと俺の気持ちは凄く楽になる。だけど『こいつ何言ってんだ？　頭大丈夫か？』って思われたらしばらく立ち直れる自信がない。とはいえ、この先また一緒にいることになったんだからずっと隠しておけるとも思えない。今ですら、絶対逃がさねぇオーラバンバン出してるもんな。

う～ん……どうしよう……言っちゃう？　喋っちゃう？　でも信じてくれなかったら。哀れみの目で見られたら。そう考えるとどうしても恐怖が先に出てしまう……俺って本当に情けない奴だな。

そうぐるぐると自問自答を繰り返しながら悶々と悩んでいると、ライアスは重ねた手の上に自分の額を乗せてきた。

「エレン様。あなたが何を悩んで何を思って何に苦しんでいるのか。愚かな俺にはそれを推し量ることは出来ません。でもこれだけは絶対に自信を持って言えます。あなたを信じると。あなたの心の中にあるものを俺にも分けてください。背負わせてください。そのために俺はここにいるんです」

「ライアス……」

重ねられた手にもぎゅっと力が込められた。その姿は俺に懇願するようで、必死に俺のためになることがしたいと全身で表しているようだった。

……うん、話そう。まだ不安だけどきっとライアスなら信じてくれる。俺だってライアスを信じたい。リッヒハイムまで俺に付いてきてくれたんだ。ここまで言ってくれたんだ。きっと大丈夫。大丈夫。

「俺、は……」

「はい！」

重い口を開くと、はっと頭を上げて俺の目を見つめてくる。一言一句聞き漏らさないとばかりの、熱のこもった青い瞳とぶつかった。

「俺はエレンであってエレンじゃないんだ。信じられないかもしれないけど、前世の記憶が蘇って人格も前世の俺になったんだ。それもこの世界じゃない別の世界のね」

「……前世の記憶……別の世界……」

「そう。前世の俺のことは曖昧なところも多くて全部をはっきり覚えているわけじゃない。だけど、どういうところで生まれてどういうふうに生きてきたのか。それは覚えてるんだ。だからはっきりとわかるんだよ。この世界とは全然違うところだって。だって魔法なんてなかったんだ。それだけでこの世界とは違うってわかるしな」

「魔法が……ない？」

この世界じゃ常識である魔法。元々持っている魔力量によって使える使えないという個人差はあるが、魔法そのものがないなんて想像もつかないんだろう。

「前世の記憶が戻って前世の人格が表に出てしまったけど、エレンとしての記憶はちゃんと残ってる。今までの俺と前世の俺が混ざってる感じかな。だから今まで自分がしてきたこともお前にした酷いことも全部覚えてる。あの時は本当にごめん。……あー、それで、思い出したのは卒業パーティーで殿下に婚約破棄を言い渡された時なんだ。多分、ショックが大きすぎたことがきっかけなんじゃないかと思ってる」

「エレン様……」

婚約破棄だって言われて、自分の中にあった何かがプツリと切れた感じがした。きっと必死に繋ぎとめていたなけなしのプライドとか矜持が粉々にされた瞬間だったんだろう。その時に俺の中にあった前世の記憶が蘇ってきたんだろうな。

今の俺には全くわからないが、前の俺は本当に本当にあの殿下が好きだったんだ。あんなことをされていてもいつかは自分を見てくれるってそれだけを信じて生きていた。あと一年もすれば結婚出来る。そうすれば待っているのは幸せな未来だと信じて疑っていなかった。

だが最後の最後に突き付けられた婚約破棄。殿下との未来すらも絶たれた瞬間だ。

「前世の記憶が戻ったから、素直に婚約破棄を受け入れたんですね？」

「うん。……俺、今まで本当に最低最悪な野郎だったからさ。婚約破棄されても仕方ない、下手に波風を立てるより受け入れた方がいいんじゃないかって思ったんだ。それにあの瞬間、殿下のことを好きな気持ちが一瞬で霧散したからな。これでこの関係が終わるんなら別にいいやーって」

むしろあいつに対しては今までされたことの恨みしかない。散々コケにしやがって。思い出しただけでムカつく。そんな奴と縁が切れたし、それに今は隣国だ。会うこともうないだろう。清々した。

「そうだったんですか」

「うん。だから今の俺は前の俺とは違うと思うんだ。ライアスは前の俺に恩を感じているんだろ？今の変わった俺のことが嫌だったら無理はしなくていい。兄上からも生活資金を貰っているし、しばらくはなんとかなると思う。ライアスのタイミングでここを出てやりたいことをやったっていい。自分のことを優先してくれ」

本当は一人になるのは寂しいし、全く知らない土地で不安もたくさんある。ライアスがいてくれれば相談も出来るし、何より子供の時からの付き合いだ。気心知れた人が一緒にいるっていうだけで心強い。

だけどそれでライアスをここに引き留めておくのは違うと思ってる。それはただの俺の我儘だ。もうライアスを自分勝手に縛り付けたり振り回したりしたくない。だから俺から離れることを選んだのなら、俺はそれを受け入れなきゃいけない。

「嫌です」

「え？」

「嫌です。俺は絶対にエレン様から離れません」

ライアスはすっと立ち上がると俺をすっぽりと包み込んだ。今までなかったその距離に俺はドキッとしてしまう。家族以外の誰にもこうやって抱きしめられたことなんてない。今世生まれて初めての経験だ。

「俺は今も昔もエレン様の全てが大好きです。酷いことを言われたりされたりもしましたが、それを嫌だと思ったことはありませんでした。むしろあなたの辛さや悲しみが少しでも薄れるのならいくらでも受け止めるつもりでした。あなたは命の恩人です。そんなあなたを守り支えたい一心で今まで頑張ってきました。ですが俺はエレン様を守り切れませんでした。あなたの心が段々と疲れ果て、壊れていくことが手に取るようにわかっていました。そこからお救いしたいのに力不足で何も出来なくて。俺はあなたを守りたかったのに守れなかったんです。不甲斐ない従者で申し訳ありませんでした。でもこれからは俺が誠心誠意、命をかけてあなたを守ります。ですから絶対に離れません」

「ライアス……」

知らなった。ライアスがずっとそう思ってくれていたことを。酷いことをされても俺が楽になるならそれでよかったなんて。

俺が酷いことをしたり言ったりした時、こいつは決まって苦しそうな顔をしていたんだ。それは殴られて痛いとか、言われて傷ついたとかそういうことじゃなくて、俺の心が壊れていくのを見ているのが苦しかったんだ。ライアスが苦しいのは、俺を救えなかったから。俺を憎んだり嫌ったりしてるわけじゃなかったんだ。

「エレン様……話してくださってありがとうございました」

「お、おう……」

ちょ、ちょっと待て！　ライアスの気持ちを知れてめちゃくちゃ嬉しいし、めちゃくちゃ安堵した。俺のこと嫌いじゃないんだってわかったから。

だけど今のこの状況、ちょっとまずくないか？　わざわざ耳元でそんな優しく囁いてくれるな！　頼むから！　いい声がダイレクトに耳に入ってくるんだって！　不覚にもドキッとしてしまったじゃないか！

やべー……俺絶対、今顔が真っ赤だよな。顔が熱い！　なんでこんな急に距離を詰めてくるんだよ……男同士の恋愛なんて絶対無理だって思ってたのに、そんな俺でもドキドキさせるお前の色気ボイスがマジでやべー……

俺が一人で内心あたふたとしていたら、ふっとライアスの温もりが離れていく。抱きしめていた体を離して俺の顔を両手でそっと包み込んだ。

「俺はあなたの話を信じます。むしろそう言われて変わってしまった理由が理解出来ました。昔のあなたももちろんですが、今のあなたもとても素敵な人です。どんなあなたでもエレン様はエレン様ですから。これからもずっとお側にいさせてください」

「う、うん……ありがとうライアス。そう言ってくれて嬉しいし心強いよ。その、これからもよろしくな」

「はい。こちらこそ末永くお願いいたします」

おいぃぃぃぃ！　そんな嬉しそうな満面の笑みで、しかもまるでプロポーズみたいなセリフー!!

違う!?　違うよね!?　俺の勝手な勘違いだよね!?　そんなこと他の人に言ったらダメだからな!?

お前めっちゃイケメンだし、皆勘違いして簡単にコロッといっちゃうからな!?

「さて。エレン様のお話も聞けましたし、早速部屋を決めましょうか。それから食事の用意もしなければいけませんし……ね」

ライアスは両手で俺の顔を包み込んだまま、顔を寄せて――ちゅっ。

え？　今、おでこにちゅーした？　え!?　でこちゅーしたよな!?　なんで!?　どうして!?　一体何が起こってる!?

くすっと微笑ましそうに俺を見るとそのまま立ち上がり荷物を手に取った。そして何事もなかったかのように部屋がある方向へと向かっていく。

え？　何？　なんだ？　どうした？　ってかお前、こんなキャラじゃなかったよな!?　え。何？お前も前世の記憶持ち!?　俺みたいに前世の人格出ちゃった感じ!?

呆然として動けなくなった俺。ライアスのあまりの変わりように俺はまるで石像みたいになってしまった。

「エレン様？」

「あ、うん！　い、今行く！」

ライアスに声をかけられてはっと意識を取り戻す。慌てて立ち上がり駆け寄って、ライアスから自分の荷物を受け取った。そしてそのまま一番近くにあった部屋に入ってバタンと扉を閉める。

「な、何が起こってるんだ……誰か教えてくれ」

扉に背を付けてずるずるとしゃがみ込んでしまう。今まで俺と一定の距離を保っていたライアスが、いきなりおでこにちゅーするなんて……

「……俺の心臓、爆発しそう」

誰もいない部屋の中で一人ぽつりとそう零（こぼ）した。顔に手を当てると驚くほどに熱く感じる。

そしてしばらく俺は一人で悶々（もんもん）としたのだった。


「はぁ～……やっと落ち着いてきた」

くっそライアスめ。不意打ちであんなことしやがってびっくりするだろうが。記憶が戻る前の俺でもさっきみたいな経験はもちろんない。婚約者があんな奴だったからな。それに婚約破棄されてからこんな甘いことされるなんて今後絶対ないって思ってたし。

もしかして俺を元気付けてくれたのかな。前世について話すのにかなりの勇気が必要だったし、不安な表情もしていただろうから。

それにしてもライアスが俺を全く嫌ってないなんて想像もしていなかった。ずっと俺は嫌われてるって思ってたし。

兄上のことといいライアスのことといい、俺の想像をことごとく覆（くつがえ）されている。それもとてつもなくいい方に。やっぱり話してみないとわかんないもんだな。こういうことがわかるようになったのも前世の記憶が戻ってからだ。だったらあの婚約破棄があってよかったのだろう。

荷物を解いてある程度片付けたが、持っていた物自体が少ないからあっという間に終わってしまった。ライアスももう終わっているだろうか。

部屋を出てとりあえずリビングへ行くことにした。リビングを覗くとライアスはお茶の用意をしていたらしく、テーブルの上には茶器が置かれている。

「エレン様、お疲れ様です。丁度お茶の用意が出来たところですよ。ひとまず休憩しませんか？」

「うん、そうだな。喉も渇いてたしありがたくいただくよ。それとお前はもう俺の従者じゃないからさ、様付けで呼ぶのやめようぜ。俺は貴族じゃなくて平民だし、お前との主従関係もなくなってるんだ。敬語もやめてくれていいんだぞ」

　今の俺はライアスと同じ平民だ。主従関係があったとしてもそれはもう過去のことだ。俺とライアスは対等になった。なのに未だに様付けで呼ばれるのはけじめがつけられない感じがしてなんか嫌なんだよな。そこんところはちゃんとしないと。

「エレン様……いえ、エレン。かしこまりました。ただ敬語は外せそうにありませんのでこのままでお願い出来ますか？　エレンさ、いえ、エレンと話すとなると自然とこうなってしまうんです」

「そっか。ん～……じゃあ仕方ないか。でもいつでも外していいからな。そんなことで怒ったりとかしないから」

「はい、わかっています。ありがとうございます」

　それからお茶で喉を潤した。相変らずライアスが淹れたお茶は美味しい。でもいつまでもライアスにこうやって世話してもらうっていうのも違うよな。これからは俺だって自分で淹れられるようにならなきゃだし、自分のことは自分でやらないと。

　お茶を飲みつつぐるりと周りを見回すと、まるで新築かと思うほど綺麗で広い家。いつの間にこんな家を用意したんだと考えずにはいられない。俺が婚約破棄された日からおよそ二か月だ。その間にこんな大きくて綺麗な家を用意出来るもんなのか？

「ライアス、この家ってこんな綺麗な状態で売ってたのか？」

「いえ、最初に見つけた時は壁紙が剥がれていたり穴が開いたりしていましたし、床板も腐っているところがありました。ですが立地や家の規模が旦那様のご要望に一番近い物件でしたので、内装工事を大急ぎでしてもらったんです。大体三週間ほどでしょうか」

「さんっ……!?　そんな早くにこんな綺麗な状態に出来るの!?」

「旦那様が資金のことは気にするなと。早く完璧に出来るならいくらでも積むと仰っていたので。それで俺は内装工事が終わるまでの間に家具の用意や、飲食店の厨房で修業をしていました。完成したのは本当につい先日です。ここが出来上がってからエレンの除籍手続きが行われたんですよ」

な、なんだと？　初耳な内容が多すぎて一瞬脳が理解することをやめたぞ。じゃあなんだ？　俺の除籍手続きはこの家が完成するまで保留にされていたということか？　殿下との婚約破棄の手続きが思ったよりも早く終わったのに対し、俺の貴族籍の除籍が遅いなとは思ってたんだ。その理由がまさかの家待ちだったとは……

しかしたった三週間でボロボロだった家を、ここまで新品同様にリフォーム出来るなんてすげぇな……この世界は魔法があるから機械がなくてもある程度のことは出来るだろうし、きっとかなりのお金が用意されて、寝る間も惜しんで大人数で工事にあたってくれたんだろう。

関わってくださった皆さん、俺の父親がご迷惑をおかけいたしました。お陰でとっても素晴らしい家で引いたくらいです。

「しかもお前、飲食店の厨房で修業してたってそれ本当か？」

「はい。公爵家では色々と学びましたが調理だけはしていなかったので。俺はエレンに付いてくるつもりでしたから、料理が出来るようにならなければと思い、空いた時間で習ったんです。今では自信を持ってお出しすることが出来ますからご安心ください」

いや、ちょっとおかしくない？　三週間で自信を持って出せる料理が作れるようになるとかどんだけスペック高いんだよ……あれ？　俺がおかしいのか？　んなわけないよな……

「じゃあ楽しみにしとく。んでこれからどうする？　今丁度昼か。腹も減ったしどうするかな。あんまり贅沢したくないけど、今日は初日だし食材もないから外で食べるか」

「ええ、そうですね。昼食後、この辺りの散策ついでに色々と買いものも済ませてしまいましょう。まずはエレンの服ですね。あまり持ってきてなかったようなので」

おっと。俺が持ってきた荷物の量で大体の予想が付けられている。五日分もあれば十分だと思っていたし、簡素な服ってそんなに持っていなかったからな。早速兄上から貰った生活資金を使って……って、あーーー！　そうだ、忘れてた！

「ライアス、この辺で髪を売れる場所ってあるかわかるか？」

「は？　髪、ですか？」

「そ。俺がナイフで切り落としたあの髪。ライアスが一生懸命手入れをしてくれたお陰で綺麗な状態だからさ。売れるんじゃないかと思って持ってきたんだよ。いくらになるかはわからないけどお金は多いに越したことはな――」

「ダメです！」

「え？」

「絶対絶対ダメです！」

「えぇ……」

売ろうと思っていたのに、まさかの食い気味での絶対ダメが出ちゃった……え。ダメなの？　なんで？

「ダメです！　エレンのあんな綺麗な髪を売るだなんて！　それにランドルフ様から十分な資金をいただきました。しばらくは何もしなくても生活出来る分はあります。ですから売るのはやめましょう。あとその髪は俺が預かります。エレンが勝手に売ってしまわないように。本当にほんとーーーに困った時は売りましょう。それまで俺が保管します」

「あ、そう。わかった……」

え。なんでそんなに必死なん？　俺の髪は確かに綺麗だったけど、綺麗だからこそ売れると思ったんだけどな……俺が髪を売らずにいることを了承すると、ライアスは「よかった……本当によかった」と大袈裟なくらいに安堵していた。

ま、確かに兄上からは十分すぎる資金を貰っているし急いで売る必要もないけどさ。でもなんで売ったらダメなんだ？　ま、ライアスがそう言うなら別にいいけど。

というわけで、俺が持ってきた髪をライアスに渡すと恭しく受け取りそのままライアスの自室へと運び込まれた。部屋で「たとえ髪でもエレンの一部を売るなんて出来るわけがない！　はぁはぁ……エレンの香りが……」と言っていたことを俺は知らない。

それから話した通り、外へ出かけ昼食を取ることにした。ライアスは家の工事が終わるまでこの街に滞在していたから、どこに何があるのか完璧に頭に入っていた。

ランチに選んだ店はライアスが修業をさせてもらっていた飲食店その一。驚いたことにライアスは美味しいと感じた五店舗で修業をしていたそうだ。よくそんな快く、しかも短期で修業させてもらえたな、と思ったら父上から貰った金と公爵家の威光で許可を取ったそうだ。他国であっても公爵家と言われたら頷くしかないよな……

「うまっ！　ちょっと食べ慣れない味だけど癖になりそう」

「この店独自の調合したスパイスで煮込んでいるんです。俺も初めて食べた時は驚きましたが、エレンにも気に入ってもらえてよかったです」

食べたのはスパイスをたくさん使って豚肉をほろほろになるまで煮込んだ料理だった。パンとの相性も抜群だ。

クリステンは割とあっさりとした品のいい料理が多い。この料理みたいにスパイスをガンガン使うってことは少ないいんだ。前世ではスパイスを使った料理は多かったから、ちょっと懐かしい感じもする。

スパイスが手に入るならいつかはカレーも作れないだろうか。なんのスパイスを合わせればいいのかなんてわからないけど、色々やってみたら案外出来る気がする。ライアスと一緒に研究するのも楽しそうだ。

美味しい豚肉のスパイス煮込みをお腹いっぱい食べたら今度は服屋へ向かう。どうやら平民が着るには少し高めの服屋のようで、色や形もそれなりに種類が豊富だった。

かけられているシャツを手に取ってみると、やっぱり生地に少しごわつきを感じる。今までの服は公爵家のおぼっちゃんとして用意されていたから、当然生地は上等なものしか使っていない。今手に取った服も、平民からすれば高めの服だが着心地はあまりよくなさそうだ。

だけどこれは貴族だった時の経験があるからそう思うだけで、平民だったらこれでもいい方だ。平民となった俺はこういう服を着るのにも慣れないといけない。シンプルなものを数着選びこれでいいかと思ったが、ライアスがそれに待ったをかけた。

「エレン、そちらの服よりもこちらの方が似合いますよ。これもこれも、こちらの方がいいでしょう」

と俺が選んだ服は全てライアスが選んだものと入れ替わってしまった。あくまでもシンプルなデザインは同じだが、特に色味が俺に合わなかったらしい。

従者の時も俺の服を選んでいたのはこいつだったしな。髪も服もこいつに任せてたから、俺専属のスタイリストそのものだ。センスがいいのはわかっているが、俺にはそのセンスがないということを突き付けられた気がして少し悲しい……くすん。

そういや、前世の俺と顔が全く違うんだった。前世の感覚で選んでたらそりゃ合わなくて当然か。

それから街を散策しながら市場へと向かう。ずらりと店が並ぶその様は、前世で見た海外の市場のようだった。八百屋の数が一番多く、スパイスの専門店に調味料の専門店、精肉店に魚屋と店の種類も豊富にあった。

この国は海がないけどその代わりに川がたくさんあって、川魚を主に食べているらしい。色や見た目も前世とは全く違って面白い。中にはグロテスクなのもいた。

「それは魔物の一種ですね。安い割に大きくて食べ応えがあると平民にはとても人気のある魚です」

そう。この世界には魔物が存在する。どういった理屈で増えているのかはよくわかっていないが、動物型だったり魚型だったりゴーストだったりと色々な種類の魔物がいる。見たことはないがドラゴンだっているそうだ。

そしてその魔物が増えすぎて人々に被害が出ないように、主に討伐をしているのが冒険者だ。国の騎士団や魔法師団も討伐に参加することはあるが、災厄クラスの危険性が高いものに限られる。魔物の大群が襲いくるスタンピードが起こったりした場合は、冒険者と騎士団、魔法師団が合同で討伐に当たることがあるそうだ。

ただ騎士団や魔法師団は貴族で構成されているし、冒険者は平民がほとんど。正直仲はあまりよくないらしい。貴き血筋が～とか、本物の戦いを知らないおぼっちゃまが～とかで、それぞれ難癖をつけ合ったりしているそうだ。

皆同じ人間なんだから仲よくすればいいのにな。って昔性格が悪かった俺が言うことじゃないか。

それと今日初めて街を色々と散策して買いものをしたわけだが――

人の視線が刺さる刺さる。じろじろと見られたり顔を見てびっくりされたり。全部俺のこの顔のせいなんだよな……前世はもうちょっといい顔に生まれたかったなぁなんて思ったりもしたけど、実際いい顔で生まれてくると何かとめんどくさいんだなということがわかった。じろじろ見られるって結構怖い……。

もちろんクリステンにいた時もこういった視線を感じてはいたけど、貴族だったしこんな風に街を歩くなんてことは少ない。それに俺の容姿は割と有名だったっていうのもある。貴族なら皆知っていたし、最終的には俺を避けようとしていたくらいだからな。こんなにもじろじろと見る人達がいるんだってことを今の今まですっかり忘れてた。

リッヒハイムじゃ俺のことなんて知られていない。確かにこんな美形がいきなり街をふらついてたらそりゃびっくりもするよな。

頭ではわかっているが、正直気分はよくない。見世物になったようで心の中で深いため息をついた。

新居には調理器具や食器なども用意はされているが、食材と調味料類は全くないためそれぞれを買って家に帰ることにした。お陰様で俺の服と食材とでかなりの荷物になってしまった。俺も荷物を持つようにしているが、軽いものしか渡されなかった。俺の細腕じゃ家までもたないだろうとのことだ。くそ、当たってるだけに悔しい。

ここにはこんな店が、この先にはあれが、という具合に、歩いている間にこの街について色々と教わりながら家にたどり着く。父上が言っていた通りかなり大きな街のようで一度で全部覚えることは無理だった。下手すると迷子になりそう。でもこの街で生活していくんだから自然と覚えていくだろう。

家に入ると買ってきたものの整理をする。食材を食材庫に収め調味料をキッチンに並べる。こうするだけで一気に生活感が出てきてなんだかワクワクした。

この世界には冷蔵庫なんてものはないけど俺には魔法がある。食材庫にふわりと冷気の魔法をかけておいた。これで日持ちしやすくなるだろう。魔法が使えるからよかったけど、魔法が使えない人は毎日毎日買い物行かなきゃいけないし大変だな。魔法万歳！　使えてよかった。

「冷気の魔法をかけてくれたんですね。ありがとうございます。俺も魔法が使えたらよかったんですが……すみません」

「何言ってんだよ。これからはお前との共同生活だし、こういうことは出来る奴がやればいいんだ。適材適所って言うだろ？　それにお前に全部任せるつもりはないからな。俺だってやれることはやるし、こういうのは協力していかなきゃ。お前にだけ負担かけるつもりは一切ないよ」

どっちかに負担がかかるといずれそれはストレスになってしまう。二人で生活するんだから二人で協力し合わないと。

「うっ……」

「え……どうした？　体調悪いのか？　大丈夫か？」

いきなりライアスが口元を押さえて呻き出した。こいつだって人間だ。体調が悪い日もあるだろう。さっきまで元気そうだったから気が付かなかったけど、気分が悪いなら休ませないと。

ってこいつの目、なんか光るものが見えるんだが？

「いえ……感激のあまり、つい……」

「…………」

協力しようって言ったら感激して泣いていた。失礼な奴だな！　俺だってそれくらいわかるわ！　って前の俺のことを考えればそう思うのも当然だった。本当に今まですまんかった……

それから買った服を片付けるために一度自室へと戻る。部屋の中にはベッドと、テーブルにソファー、そしてクローゼットが備え付けてある。かなり広く、前世基準で言えば十畳ほどだろうか。ベッドも何故かシングルサイズじゃなくてダブルサイズだった。どれもこれも平民サイズでないことは確かだ。おかしいな、今の俺は平民のはずだぞ。

買った服を順番にクローゼットにしまっていく。明日から早速この服を着ていくか。着続けていけば、このごわごわ感にも慣れていくだろう。というか慣れないといけないしな。

あらかた片付け終わってリビングへ戻ると、ライアスが早速料理を始めるところだった。修業した成果なのだろう、包丁を扱う姿も様になっている。魚を捌くその動きも迷いなく、綺麗に下されていくのは見ているだけでも気持ちよかった。

「ライアス、俺も手伝うぞ。と言っても簡単なことしか出来ないけど。野菜の皮剥きでもすればいいか？」

「え。エレンは出来るのですか？」

「んー……多分？」

前世の時は一人暮らしだったたし、コンビニ弁当ばっかりは嫌で自炊もしてた。と言ってもザ・男飯！　って感じの大雑把なものしか作れなかったけどな。でもグラタンだけはよく作ってたな。俺の好物だったたっていうのと、意外と簡単に作れるってことがわかってホワイトソースから作ってた。

あー……思い出したら食べたくなって来た。今度作ってみようかな。

ま、今はそれよりも野菜の皮剥きだ。この家には小さなナイフ、ペティナイフまでちゃんと用意されていてそれを持ってゆっくりとジャガイモの皮を剥いていく。この世界の食材は前世で見たことのないものもあるけど、同じものもたくさんある。

「エレン、とても上手ですね。ナイフを持つのももちろん初めてですよね？」

「だな。前世ぶりか。ちょっといびつだけど、意外となんとかなるもんだな」

するするする～っと皮を剥ければカッコよかったんだが、今世初、前世ぶりにナイフを握ったからちょっと危なっかしい感じだ。だけど慌てずゆっくりやれば出来るし、繰り返しやっていけばもっと上手くなるだろう。とりあえず今はこれでいいや。

俺が三つのジャガイモの皮を剥き終わった頃には、ライアスは魚を捌き終えて、他の食材も全て下ごしらえが終わっていた。もうプロじゃん。速さが尋常じゃねぇ……

それからキッチンの使い方を教わりながら、ライアスが作るところをずっと見てたんだけど。

こいつマジでやべーな。動きに全く無駄がない。野菜を茹でる間に魚をソテーし、ソースもあっという間に作りやがった。ジャガイモはマッシュポテトにしつつその横でスープも作る。

「パンも作りたかったのですが、流石に時間がありませんでしたからね。今日は買ってきたもので申し訳ないのですが……」

「いやいやいや！　十分だから！　ってかパンまで作れるのかよ⁉」

「はい。クッキーやケーキといったお菓子も作れますよ」

何を当たり前のことを、みたいな顔で言うのやめてもらっていいですかね。お前、たった三週間でここまでやれるようになるとか本気でおかしいからな。そこんとこわかってる？　俺がおかしいんじゃなくてお前がおかしいんだからな！

「エレンに美味しいものを食べてほしかったんです。それも俺が作ったもので。あなたに喜んでもらいたくて頑張ったんですよ」

「へ……」

え、なに？　俺のため？　俺のためにこれだけのものが作れるようになったのか!?　それもたった三週間で!?　ちょ、嬉しすぎるんだがっ!?　お前の顔もいい笑顔だな！　ちょっと可愛い……って待て待て待て待て、俺よ待て！

勘違いするなよ！　その笑顔にドキッとしたけど、今のはご主人様に褒めてほしがってるわんこに対するのと同じ感覚だからな！　こいつは俺に恩返しするために頑張ったんだ！　それだけだぞ！　男前のこいつの笑顔が可愛いとか思ったのは、こいつが尻尾をぶんぶん振り回す犬と重なったからだからな！　そうだろうエレン！

「あ、ありがとう。お前ホントすげーよ。よく頑張ったな」

「はい！　ありがとうございます！」

めっちゃ嬉しそうに笑うやん……お前に犬の耳と尻尾の幻覚が見えた気がするよ。

「うま……え、なにこれめっちゃ美味い！」

「お口に合ったようでよかったです。ありがとうございます」

　全ての用意が整ったので、テーブルに運んでいざ実食！　魚のソテーを一口サイズに切ってぱくりと口へ放り込むと、淡白な身はふわっと仕上がっていてまったりとしたソースとの相性が抜群にいい。しかもこのソースが本当に美味しくてパンに付けてもめちゃくちゃ美味かった。

　野菜の茹で加減も丁度よく、べちゃべちゃにもなっていないし塩だけで十分に美味しい。なのに野菜専用のソースも別にあってこれもめちゃくちゃ美味かった。

　スープはあっさりとした味わいながらも、中に入ったベーコンがコクとうま味を引き出している。シンプルなのにめちゃくちゃ美味い。公爵家で食べてたご飯ももちろん美味かったけど、それと同等、もしかしたらそれ以上かもしれない。どちらかと言えば、俺はライアスが作ってくれたご飯の方が好みだ。

「今日はキッチンのクセもわかりませんでしたから、ある程度シンプルなものにしましたが、今度は色々と手の込んだものもお作りしますね」

「いや、今日のご飯もめちゃくちゃ美味いから十分なんだけど……っていうか、お前本気ですげーな。何？　お前って何者なの？」

　こいつは従者だった時から優秀だった。顔はいいし頭もいい。センスもいいし器用だし、背も高くて腕っぷしも強い。なのに料理まで簡単にプロ級になるとか人間超えてないか？

「何者……？　俺は従者で……いえ、間違えました。あなたの側にいて、あなたのために動き、あなたを支え、あなたを守るために存在するライアスです」

がはっ！　目がぁ！　目がぁ！　その眩しい笑顔で目が潰れるぅ!!　そしてそのセリフぅ!!　やめろやめろやめてくれ!!　俺のライフをごりごり削るなぁ!!

「あ、そう、なんだ………ありがとう？」

「いえ、とんでもない。当然です」

と、当然なんだ……そうなんだ……なんなんだコイツは。俺を殺しに来ているのだろうか。そうなのか？　それとも新手の嫌がらせか？　おいどっちなんだ。

………うん、考えるのはよそう。考えても答えなんか出るわけないしな。

「俺も料理しようと思ったんだけどな。こんなの出されたら自信なくすし、お前に食べてもらうの申し訳なさすぎる……」

「え？　作ってくださるんですか？　というか料理、出来るんですか？」

「いや、まぁ出来ると言うかなんと言うか……前世でもやってたから簡単なものなら、だけど。ただこんなに完璧な料理は無理だぞ。次元が違いすぎる。それに元々一人で生活するつもりだったし、節約のために自炊はするつもりだったからな」

毎日外食は流石にキツイ。兄上から生活資金を貰っているとはいえ、無駄遣いする気は一切ない。仕事でどれだけ稼げるかもわからないし、節約出来るところはちょっとでもしたかったし。

「食べたいです！　エレンの手料理、凄く食べたいです！」

「お、おう……でも不味くったって怒んなよ？　本当に簡単なものしか出来ないからな」

……こいつ、また結構な食い気味できたな。期待で目がキラキラしてるのは気のせいじゃないよな。

「大丈夫です！　エレンが作ったものなら、どんなものだって美味しく食べる自信しかありませんので！」

いや、なんなんだよその自信。それに不味かったら無理して食うな。体調悪くしても知らねぇぞ。美味しいご飯を綺麗に食べ切って、お腹がいっぱいになったら後は片付けだ。ほぼライアスが作ってくれたから片付けは俺がした。それすらもライアスが率先してやろうとしてきたけど、「こういうのは協力して分担するんだ」と説得してなんとか納得してもらった。

「うっ……尊い……」

とまた涙を浮かべてやがった。おい、お前本当にキャラ変わりすぎだぞ。大丈夫か？

皿を洗ったりテーブルを綺麗に拭いたり、こういったことも前世ぶりにやったからか、なんだか新鮮な気分だった。今まで自分は動かずとも全てそれらをしてくれる人達が側にいたからな。そう思うと、今までの俺って本当におぼっちゃんだったよな。

「エレン、お風呂の用意が出来ましたよ。先に入ってください」

俺が片付けをしている間にライアスは風呂の用意をしてくれた。そうそうこれこれ。こうやってお互いで協力するってなんかいいよな。

「ありがとうライアス。こっちも丁度終わったところだし、ありがたく一番風呂いただくな」

「はい。タオルも用意してありますからね。ごゆっくりどうぞ」

わくわくしながら自室から着替えを持って浴室へと向かう。俺は記憶が戻る前から風呂は大好きだった。公爵家にいた時は、風呂に花を浮かべて入るのが特に好きで、いい香りに包まれてゆっくりしたものだ。今は別に花を浮かべたいとか思わないけど、温かい湯にじっくり浸かることは相変らず好きだ。

前世が日本人だったからだろう。温泉なんかも大好きだったしな。それに平民となった後はまともに風呂なんて入れるとは思っていなかったし、この家で一番ありがたいと感じたのもこの風呂だった。

服を脱いで浴室に入ると、見慣れたものが目に入った。髪用と肌用とに分かれているこの石鹸は、公爵家で使ってたものと同じだ。ライアスがわざわざ用意してくれたんだろうけど、平民の俺にこんないいもの用意しなくてもよかったのに……でも使い慣れた質のいい石鹸は正直ありがたい。合わないものを使うと髪や肌がぱさぱさになってしまうからな。

そんな石鹸を手に取り髪と体を洗う。するといつもの優しい香りが浴室に広がった。その香りを楽しみながら、ゆっくりと体を湯に沈めると勝手に声が漏れ出る。

「あ～～……最高……」

なんで風呂ってこんなに気持ちがいいんだろうな。しかもこの家の風呂、魔道具もちゃんと設置されているから湯を張ることも簡単に出来る。マジでありがてぇ……

俺って勘当されて平民になったはずなのに、こんなに恵まれてていいんだろうかと思ってしまう。

風呂から上がるとライアスがいつもの手入れセットを用意して待っていた。

「エレン、こちらへ。しばらく出来ていませんでしたが、久しぶりに髪の手入れをしましょう」

「ライアス……もう従者じゃないんだからこんなことしなくていいんだぞ」

「いいえ、これは俺がやりたくてやってるんです。やらせてください」

……そっか。やりたいって思ってくれてるのか。じゃあお言葉に甘えようかな。

正直、今の俺は髪にそこまでのこだわりはない。だけどライアスにしてもらうこの手入れは昔から大好きだった。いつも丁寧で、香油もライアスが俺のために質も香りもいいものを選んでくれていた。それが凄く嬉しかったんだ。

嗅（か）ぎ慣れた俺の一番好きだった香りが鼻をかすめる。

「この香油っていつもの……」

「はい。旦那様が用意してくださいました。浴室にあった石鹸なども旦那様からです」

「そっか」

父上がわざわざ用意してくれたんだ。家だけじゃなくてこんな生活に使うものまで。本当に俺に甘いんだから。ありがとう父上。直接お礼が言えないことが残念だ。

「確か五年分はありますから、たっぷり使ってください」

「お、おう……わかった」

五年分って……どんだけ家に在庫置いたんだよ……おい父上、やりすぎって言葉をいい加減学習してくれ。

それにしてもライアスの手は相変らず気持ちがいい。優しくて丁寧で、前もこれだけは他の人に絶対やらせたくなかった。でも虫の居所が悪くてむしゃくしゃしてた時は、下手くそだなんだと八つ当たりしてたっけ。本当は下手だなんて思ったことは一度もない。

「はい、終わりました」

髪が短くなったことで手入れの時間もあっという間に終わってしまう。今はそれが少し寂しい。

「やっぱりお前にしてもらうと仕上がりが凄くいいな。いつもありがとうライアス」

いつからだったか、こうしてお礼を言うこともしなくなった。これからはちゃんと伝えていこう。

「いいえ。こうやってあなたのために出来ることが嬉しいんです。こちらこそありがとうございます」

ちゅっ。……え。今、頭の上に柔らかいものが触れたような……まさか、今度は頭にちゅー⁉

「あ、え、え？」

「はは。耳まで真っ赤になってますよ。エレンは可愛いですね」

「なっ⁉　か、かわっ……⁉　か、からかうなっ！　俺は可愛くなんかない！　お、俺はもう寝るからな！　ライアスもさっさと風呂に入って早く寝ろよ！　おやすみ！」

「はい、おやすみなさい。いい夢を」

恥ずかしすぎて慌てて自室へと逃げ込んだ。そのままベッドにぼふっと飛び込み、真っ赤になった顔を枕に押し付ける。

「なんなんだよあいつ……今度は直接攻撃か……？」

従者の時はいつも『お綺麗です』とか『お美しいです』とかそういったことを言っていたし、俺もその言葉は聞き慣れている。だけどさっきのはそれとは違ってなんて言うか、素の言葉って言えばいいのか……飾らない、本心で言っているように感じて凄く恥ずかしくなった。

「う〜〜……本当にキャラ変わりすぎだろっ……！」

頭にちゅーされたことを思い出してまた恥ずかしくなり、足をバタバタさせ悶えてしまう。俺は乙女かっ！

心頭滅却！　心を無にしてすーはーと深呼吸を繰り返していると、バクバクした心臓もやがて落ち着きを取り戻す。

「……そういえば、あいつここに来てからよく笑うようになったよな」

くるりと体を仰向けにする。目に映るのは部屋の天井だけど、俺の脳内ではあいつの笑顔が再生されていた。

婚約破棄されたあの日まで、俺の側にいたライアスはずっと苦しそうな顔をしていた。笑った顔ももちろん見たことがあるけど、心から嬉しそうに笑うのは見たことがなかった。今のあいつの笑顔を見れば、あの時は辛さを押し込んで無理やり笑っていたんだとわかる。

今のこの状況が楽しくて自然と笑ってくれるなら、それは俺だって凄く嬉しい。もう俺のせいであいつを苦しめたくなんてない。一生分の苦しみをあいつは味わっただろうから。

「あいつが楽しいならそれでいっか。それならいくらでもからかわれてやるよ。……本当はドキドキして困るけど」

そのままベッドに潜り込み目を瞑ると、移住一日目で色々あって疲れたからか、すぐに夢の中へと旅立った。

ライアス side

真っ赤になって自室へと戻るエレンを見送る。姿が見えなくなると、俺は手入れに使っていた道具を片付け始めた。エレンが婚約破棄をされたあの日から、ずっと触れることが出来なかったエレンの髪。しばらく手入れを怠っていたせいで、少しパサつきが目立っていたが、艶のある綺麗な髪に戻った。だがかなり短くなってしまったから、あっという間に手入れの時間は終わりを告げた。

でもこれからはまた毎日ああやって触れることが出来る。従者だった時、有事の際を除き唯一エレンに触れることを許されていたあの時間。でも今はその規制もなく自由に触れられるようになった。

自然と指が唇へ触れる。額と頭、今日は二か所も口づけを贈った。その時の真っ赤になった顔が今まで見たエレンの表情の中で一番可愛く、心がときめきで埋め尽くされた。もう俺の気持ちは抑えが利かなくなっている。

誰の婚約者でもない平民のエレン。天と地ほどもあった身分差も今はもう既にない。俺が手を伸ばせば掴めるかもしれない、諦めていたはずの未来。それがもしかしたら、という思いで溢れている。だが俺はその気持ちを無理やりに押し付けるつもりはない。ゆっくりでいい。まずは傷ついた心を癒してもらいたい。

あのクソ王子に傷つけられたエレンの心。前世の記憶を取り戻したのは、間違いなく以前のエレンの心が粉々に壊れたからだ。前世の記憶が蘇らなければ、今頃エレンは廃人になっていたかもしれない。その可能性を思うと、前世のエレンが出てきてくれたことにどれだけ感謝すればいいのか。

これは神が与えてくれた救済なのだろう。エレン曰く、魔法のあるこの世界とは全く違う別の世界から生まれ変わったのだとか。別の世界があるなんて想像もつかないけれど、そんな誰も理解出来ないほどの奇跡は神が関わっていてもおかしくない。それが真実かどうか調べる術はないのだが、俺はそう信じることにした。

道具の片付けが終わると、明日の朝食の準備を軽くしておく。パンも準備し後は朝に焼くだけ。ある程度済ませると、着替えを持ち浴室へと向かった。

浴室の中はまだエレンが使った石鹸の香りが残っていた。先程の髪の手入れの時にも感じたこの香り。俺が公爵邸で使っていた使用人専用の風呂には当然、この高級石鹸は置いていない。だが今日は俺もエレンと同じ石鹸を使い同じ香りを纏うことが出来る。そしてその石鹸はさっきエレンが使用したもの。

ああ、それを思うだけで、エレンの残り香を嗅ぐだけで俺の下半身は滾り始める。頭を擡げたソレに手をそっと当て、軽く扱けばあっという間に硬くなった。

「エレン……エレンっ……」

この家が完成するまでの間も、エレンと二人で生活することを想像して興奮し、こうして毎日のように自慰を行っていた。そして今は公爵邸から離れたこの家でエレンと二人きり。

従者でいた時よりも、もっと多くエレンを支えられる。エレンに触れられる。そして何より、キラキラとしたエレンが笑っている。恥ずかしがって真っ赤になった顔も初めて見た。二人で協力しようと言ってくれた。俺のことを考えて俺を見て笑ってくれる。

たとえそこに恋情がなくとも、それは全て俺に向けられたという事実。幸せすぎて苦しいほどだ。

今日一日が楽しすぎてあっという間だった。

「あぁっ……うっ……」

エレンの笑顔がたくさん見られた。楽しそうで元気なエレン。今までとは全く違うエレンなのに、より好ましくより美しい。俺に向けられたその笑顔を想うだけであっという間に昇りつめる。

「ぐっ……」

先端から勢いよく噴き出される白濁。手にもべったりと纏わりついたソレを眺め、いつかこれをエレンの中に放てたら……そんな未来ももしかしたらあるのかもしれない。いや、その未来は自分で掴み取る。俺が、俺の手でエレンを幸せにする。もう誰にも遠慮する必要はなくなったのだから。

浴室から出て自室へと戻る。自分の体からエレンと同じ香りがする。それが堪らなく嬉しく興奮する。

エレンから預かった箱を開けると、綺麗にまとめられたエレンの銀髪。そっと撫でてその柔らかい感触を味わった。まさかこれを売ると言い出した時は一瞬息をするのを忘れた。

持ってきていたことにも驚いたが、売りたいと言われた時は焦りで前のめりになった。大事なエレンの一部を売り払うなど、俺には到底我慢出来ることではなかったのだ。そのエレンの一部が俺の自室にある。いつでもこうしてエレンを感じることが出来る。

……ああ、まただ。エレンを想ったことでまた俺の愚息は息を吹き返す。ソレを取り出し二度ほど慰（なぐさ）めると、明日のためにと早々に眠りについた。


翌朝、いつものように目が覚めると身支度を整えキッチンへと向かう。朝食の準備だ。パンをオーブンに入れ、スープとサラダを作り卵を焼く。

エレンは俺とは違い少食だ。だが昨日の夜は俺の作った料理を美味（おい）しいと喜び、いつもより多く食べていた気がする。ある程度準備が出来るとお茶を用意する。ケトルに水を入れて火にかけるとエレンが起きてきた。

「おはよう、ライアス！　ごめん、起きるの遅くなった！」

「エレン、おはようございます。俺が早く起きただけなので気にしないでください。それよりゆっくり休めたようでよかったです。さ、もう朝食も出来ますから座って待っていてください」

後はお茶を用意するだけで終わるし、パンも丁度焼き上がった。オーブンからそれを取り出すと焼きたてのいい香りが広がっていく。

「え。そのパンって手作りか？」

「ええ。昨日の夜に仕込んでおいたんです。焼きたてが一番美味（おい）しいですからね」

「うわ～、美味そう！　ライアス、お前ってホントにすげーな！」

キラキラとした尊敬の眼差しで俺を見つめるエレン。その笑顔を向けられることが何よりも嬉しい。

　ケトルの湯も沸き、いつものように紅茶を淹れる。カップに注ぐと、エレンは皿に盛った朝食と共にテーブルへと運んでいった。

「エレン、ありがとうございます」

「何言ってんの、手伝うのは当たり前じゃん。っていうかご飯作るの手伝えなくてごめんな。ありがとうライアス」

　ああ可愛い。朝からこんな可愛いエレンを見られるなんて最高すぎる……エレンを転生させてくれた神よ、心からの感謝を。

「いただきます！　……ん～！　なにこのパン！　最高に美味いんだけど！」

「……うん、上手く出来ています。エレンのお口にも合ったようでよかったです」

にこにことと嬉しそうに朝食を召し上がるエレン。ああ、可愛い！　なんでもないこの時間が本当に幸せに感じる。

「あ、そうだ。あのさ、仕事も探さないといけないと思うんだけどどうしよう。もちろん働くのは初めてだけど、俺は前世の記憶もあるし意外となんとかなると思うんだよね。ただどんなところで働くかとか、どんな仕事があるかとかわからないからさ。文官とか給仕とか、なんかいいところってないかな」

　食事をしながら徐にエレンがそう言った。

　仕事……確かにこのまま何もしないわけにはいかないだろう。ランドルフ様から相当な資金をいただいたとはいえ、何もしなければいずれ底をつく。そうなる前に自分達で稼げるようにならなければならない。だが……

「エレンの能力を疑っているわけではないのですが、簡単に仕事が見つかるとは思えません。見つかったとしても何かしらの問題が起こると思います」

エレンは信じられないほどに美しい容姿をしている。昨日も街を歩いていた時、不躾にエレンを見る人の目が多かった。

クリステンにいた時もエレンの容姿は人の目を惹いた。それでも、公爵家子息であり第二王子の婚約者という立場があったからこそ誰も手を出してこなかった。そして以前のエレンの癇癪もあり、むしろ孤立していたのだ。

だが今は平民で、この街ではエレンのことは知られていない。むしろ今のエレンは明るく人柄もよいため、いろんな人間から襲われる危険がかなり高い。

手軽なのは飲食店での給仕だろう。この街は飲食店の数も多く、働き手はどこでも募集されている。教養のあるエレンならば文官の仕事も出来るはず。しかしどちらにしても色々な人間に狙われる確率はかなり高い。飲食店なら客と従業員、文官なら同じ職場の人間。その他の仕事を考えてみたとしても、同じような問題にぶつかるだろう。

俺が側にいる限り、不埒な輩に後れを取ることは絶対にないが、エレンをそんな人間の側にいさせるのは俺が嫌だ。エレンもいつかは問題が起こりすぎて疲弊するだろう。そんな思いをさせたくはない。

「あー……それってやっぱ俺の見た目のせいだよな」

エレンも気付いていたのだろう。昨日浴びるように受けた人々の視線を。それを思い出したのか眉間に皺が寄った。

「じゃあ、やっぱ冒険者とかになるのかなぁ……」

「冒険者、ですか」

ふむ。エレンを危険な目に遭わせたくはないが、冒険者は悪くないかもしれない。エレンは魔力量も多めで魔法を扱うことも出来るし、魔力調整も上手い。後衛として十分働ける。

それに何かあっても、自衛のために体術を履修したエレンならば動きは悪くないはずだ。前衛はもちろん俺が担当するし、エレンが危険な目に遭わないよう戦うことも出来る。それにこの辺りの魔物なら後れを取ることはないはずだ。

なにより不埒な人間の中にエレンを置くことはないし、俺が常に側にいて守ることも出来る。うむ。これが一番いいかもしれない。俺にとってもエレンにとっても。

「そうですね。俺が一緒であれば問題はないでしょうし、冒険者が一番いいと思います」

「だよな～。でも不安があるとしたら、俺って戦える自信があんまりないんだよね」

体術や魔法を訓練したとはいえ実戦経験は皆無だ。そんなエレンが不安に思うのも無理はない。

「それならばこの家には庭がありますし、簡単に武術訓練でもしますか？　しばらく体を動かすこともなかったでしょうし、復習がてら練習すれば大丈夫だと思います。それに俺がいます。エレンを危険な目には絶対に遭わせません。どんなことからも守ります」

「お、おう……そう、だな。ライアスがいるもんな」

また顔を赤くさせて可愛い顔を見せるエレン。ああ、今すぐ抱きしめたい衝動に駆られてしまう。

朝食後、小休止を取った後は庭で軽く武術訓練を行うことにした。まずは体術の確認だ。始めはぎこちない動きだったものの、しばらくすれば思い出してきたようで段々とキレも出てきた。俺と模擬戦という形で戦ってみたが、力のないエレンは攻撃をすることに向かない。だが小柄な体形を活かし、攻撃を躱して隙を付いて逃げることは出来る。

魔法は杖がなくても使えるが、無駄な魔力消費を抑えるために戦闘職の場合は杖を使うことが多い。その杖も十分武器になるし力の弱いエレンには必須だろう。

そして肝心の魔法だが、体の中で魔力を練り魔力操作を数回行っただけですぐに勘を取り戻したようだった。それは流石の一言だ。

「うん、これなら魔物に襲われても反撃は出来そう。付き合ってくれてありがとうライアス。なんとか冒険者やれそうな気がしてきた！」

エレンに自信がついたところで早速街へ出かけることにした。俺は護衛も兼ねているため剣を所持しているが、エレンの装備が一つもない。杖の他にブーツやローブもあった方がいいだろう。長時間足場の悪いところを歩いたり、木や草が肌を傷つけたりすることもある。魔物の攻撃だけじゃなくてそういったところにも気を配る必要があるし、あとはポーション類も持っておかなければ。

街にいくつかある武器屋の中でも品揃えのいい店へと向かう。ここも、内装工事で待機していた三週間の間に見つけたところだ。俺の剣の手入れや新しい剣を手に入れるためにはこういった店の情報が必要だった。まさかエレンの武器を買うために訪れるとは思わなかったが。

複数ある杖を手に取ってみる。素材も様々で特徴も色々あるが、エレンにはまず軽いものの方がいい。その中でも一際目を引くものがあった。魔力を帯びた木で出来たこの杖は、魔力の伝達がよく、軽くておまけに硬い。これなら武器としても十分使えるだろう。エレンに持たせてみたところ
「軽いしこれなら大丈夫そう」とのこと。武器は決まった。

それからブーツとフード付きのローブも選んだ。ブーツはしっかりとした作りで、かつ疲れにくいものを、ローブは通気性がいいものを中心に選んでいった。色もよくある茶色にしてあまり目立たないようにしてある。フードを被れば顔も見えにくくなるし、容姿が際立っているエレンには丁度いい。日常で使っていてもおかしくない見た目だ。

「俺一人だったらこんな風に選ぶなんて無理だった。ライアスがいてくれてよかったよ」

「いいえ、適材適所ですから」

「ははっ。だな！」

それからついでに時空魔法のかかった鞄も手に入れることが出来た。これがあれば多くの荷物を入れて運べるため、冒険者をやる上で必須のものだ。

合計でそれなりの出費にはなったが、ランドルフ様からいただいた資金のお陰で問題なく購入出来た。ここで渋って質の悪いものを買うのは後々大きな失敗や危険に繋がることになる。金額に驚いたエレンが一瞬止めたが、説明すればわかってくれた。

その後、薬屋を覗きポーションもいくつか購入する。やはり安くはないが何かあってからでは遅

い。事前の備えを怠らないことが、安全に冒険者を続けていく秘訣だ。

「結構な出費になったな……これからしっかり稼いで取り戻さないと！　俺、頑張るからな！」

「はい。一緒に頑張りましょう」

「もし金が足りなくなったら俺の髪を売ってくれよ。いくらになるかわからないけど足しにはなるだろうし」

……そんなこと絶対にさせてたまるか！　あの髪は俺のモノだ。売ることにならないよう何がなんでも稼がねば！


それから昼食を取った後、冒険者ギルドへと足を運ぶ。

「おおっ！　これが冒険者ギルド！　異世界感満載だな！」

「エレンの前世にはこういったものはなかったのですか？」

子供のように目をキラキラさせてギルドの建物を見上げるエレン。微笑ましくて可愛い。

「ないない。なんせ魔物なんて存在しない世界だしな」

魔法も魔物も存在しない世界。前世のエレンがいた世界はなんとも不可思議なところだ。

エレンには先ほど買ったばかりのローブを身に着けてもらっている。フードもしっかりと被って中へと入った。昼を過ぎた時間だからだろう、人の数はそこまで多くはなかった。受付と書かれた表示板を見つけそこへ向かっていく。

「あの……冒険者登録ってここで出来ます？」

「はい、こちらで大丈…………」

フードを被っているとはいえ、真正面からは顔が丸見えだ。受付の人間はエレンの顔に見とれて言葉を失っている。

「…………あの、もしも～し。大丈夫ですか？」

「あっ！　し、失礼しまひた！　と、登録ですね！　ただいま！」

登録するための用紙を取り出そうとしているのだろうが、慌てすぎて紙がバサバサと散乱し、机の上に置いてあったカップが落ちて割れ、それを慌てて拾おうとして椅子から転げ落ちてしまっている。

「……ライアス、これって俺のせい？」

「いいえ。エレンに責任は全くありませんよ」

エレンの表情は呆れ半分、申し訳なさ半分といったところだろうか。だがこれがエレンの顔を初めて見た人の普通の反応だ。貴族であればまだ繕うことも出来るが、平民でこんなずば抜けた容姿の人間を見たらこうなるのだろう。

「あ、あの！　失礼しました！　こちらにご記入をお願い出来ますか！」

出された用紙には名前と得意な武器や魔法を書くようだった。俺が書こうと思ったが、エレンがやりたいというので任せることにした。さらさらと書き終えるとそれを提出する。

「えっと……エレンさんとライアスさん、ですね。冒険者は初めてですよね。簡単に説明いたします」

やっと落ち着いた受付が冒険者の仕組みを説明してくれた。依頼の達成やギルドへの貢献によってランクが上がっていく仕組みだ。Ｆランクから始まり一番上はＳランク。今この国でＳランクの人間はわずか十人ほどらしい。依頼の受け方や報告の仕方なども聞き、手続きに関してはこれで終わった。

「よし。じゃあ今日は帰るか。また市場に寄って食材でも買っていこうぜ」

ギルドを出ようとした時だ。出口を塞ぐように三人の大柄な男が目の前に立ちはだかった。

「おいおい。新人がフード被って顔を隠すたぁいいご身分じゃねぇか。俺達がお前達に指導してやってもいいんだぜ」

「マジか……超テンプレ発生してんじゃん……」

エレンを隠すように一歩前に出る。エレンが言う『てんぷれ』が何かはわからないが、恐怖を感じているわけではなさそうだ。

「指導は必要ない。そこをどいてくれないか」

「お前には必要なくてもこっちは必要なんだよ。ほいっ！」

「わっ！」

男が軽く腕を振るうと風が巻き起こりエレンが被っていたフードが外れる。がさつそうな見た目だが予想以上に繊細な魔法を扱うようだ。

「おお！　こんな上玉たぁ俺達はツイてるねぇ！　さ、俺達と遊ぼうぜ。言うこと聞かないとこっちの兄ちゃんボコボコにするぞ。俺達に逆らうのだけはやめておけ。これでも一応Ｃランクだからな」

たかがＣランクごときが偉そうに。エレンに何をするつもりかは聞かずとも顔が物語っている。

虫唾が走る。

「ごめんライアス。めんどくさいことになった……」

「いえ、これも想定していたことです。ただ、思ったより早かったですが」

「だよな……」

エレンのフードが脱げたことで周りも騒がしくなった。こんなに早くエレンの容姿がバレるとは。

「おいおい、俺達を無視して喋ってんじゃねぇ！　余裕ぶっこいて痛い目見ても知らねぇぞ！」

「もうとにかくやっちまおうぜ。めんどくせぇ」

こいつらに一斉に襲いかかられたところで問題はない。エレンに対し下卑た目を向けたんだ。再起不能にしても問題あるまい。

因縁を付けてきた男が殴りかかろうとしたその瞬間。男達の後ろから一人の男が声をかけた。

「おい、お前ら。俺の目の前で何やろうとしてんだこの野郎」

「えっ……！　ギ、ギルドマスター⁉」

ギルドマスターと呼ばれた男は三人の男を押しのけ前に出てくると、俺とエレンの姿に目をとめる。

「ふん、なるほどねぇ。お前らバカだな。こっちの背の高い兄ちゃんの実力もわからず飛びかかろうとしやがって。お前らなんて瞬殺されるぞ。よかったな、痛い目見る前で。それとギルド内での暴行はご法度だ。それもわからん奴らはランクの降格だ。下っ端からやり直せ」

「なっ……そんな！　待ってくれ！　ここまでやっと上がってこれたのにっ！」

「知らん。基本ルールも守れんお前達が悪い。もう一度勉強し直してこい。真面目にやってりゃまたすぐに戻れるさ。おーい！　チェン！　こいつらのランク一個下げといてくれー」

「了解でーす」

「くそっ……！」

結局何も出来ずランク降格という処分を下されただけの男達は、尻尾を巻いて逃げるようにして去っていった。

「よぉ、うちのバカが悪かったな。大丈夫か？」

「あの、ありがとうございました。何もされてないので大丈夫です」

ギルドマスターだというこの男。強い。俺の実力を一目で見抜いたことと、隙のない身のこなし。見た目は三十代くらいだろうか。体も大柄で逞しく、かなりの実力者で間違いなさそうだ。

「俺はギルドマスターのデイビットだ。冒険者に登録したのか？　じゃあこれからよろしく頼むぜ。ほい、これ持ってけ。じゃあな」

袋の中から果物を取り出すとそれをエレンに手渡し、頭をポンポンと撫でそのまま去っていった。

「……もしかして俺、子供だと思われた？」

「………………」

「おい！　否定しろよ！」

「ははっ。でも美味しそうな果物を貰えてよかったじゃないですか」

「そういう問題じゃない！　おい！　俺ってそんなに子供に見えないよな!?　な!?」

ぎる。

不貞腐れるエレンを連れて、市場へ寄ることにした。こんな顔も初めて見た。どんな顔も可愛すぎる。

エレンの容姿がバレてしまったため、このままここにいるのは得策じゃない。とりあえず一旦抜けた方がよさそうだ。またしめんどくさい輩が来ても困るからな。

「ライアス～！」

「さ、行きましょう」

なんと今日はエレンが料理を作ってみると言う。なんでも前世で大好きだった料理が久しぶりに食べたくなったからだと。もう今から期待で胸がいっぱいだ。エレンの側にいられるだけで幸せなのに、手料理まで食べられるとは……神よ、感謝します！

市場で材料を購入し、時空魔法のかかった鞄へと放り込む。これが一つあるだけでかなり負担が軽減される。腰でぶら下げておくため、手が塞がることもないし何かあった場合にすぐ対応することも出来る。やはりこれは早々に買っておいて正解だったな。――早速役に立つとは。

「フードを被ってるから昨日とは違って随分楽だな。すっげーじろじろ見られてたのは流石にちょっと怖かったし……ってライアス⁉」

「しっ。付けられています」

ギルドを出てしばらくしてから、俺達の後をずっと付けてきている奴らがいた。市場は人が多い。そんな中で動くことはなかったみたいだが、帰り道は人の少ないところも通っていく。ぐっとエレンの腰を抱き寄せ耳元で状況を報告した。

「え⁉　何人⁉」

「三人です。恐らく先ほどギルドで因縁を付けてきた奴らでしょう」

「マジか……めんどくさっ！」

「このまま家まで付けられると面倒です。撒きますよ」

「了解」

そのままエレンの手を握り一気に駆け出した。人の波をすり抜けるようにして走る。付けてきた奴らも気付き慌てて追いかけているようだ。

俺は背が高いが髪色はよくある色だ。ジグザグに動けば紛れてわからなくなるだろう。だがこのまま走り続けるのもエレンには負担になる。建物と建物の間にある細い路地へと身を滑り込ませ、そこに積まれていた荷物の陰に身を潜めた。より見えにくくするためにしゃがみ込み、エレンをぐっと抱き寄せ息を殺し気配を絶った。

「どこだ⁉　どこに行きやがったっ！」

「くそっ！　見失ったぞ！　探せ！　ランクを落とされた落とし前付けさせてやる！」

バタバタと俺達を探しどこかへと走り去っていく音を拾う。……全く。ランクが落ちたことを俺達のせいにするとは。負け犬そのものだな。

「ラ、ライアス……」

「しっ。もうしばらくこのままで。完全に気配がなくなったら出ましょう」

「わ、わかった」

しっかりと抱き込んでいるお陰でエレンの心音が伝わってくる。バクバクと音を立てているのは、先ほど走っていたからという理由だけではなさそうだ。頬と頬を密着させお互いの吐息を感じる距離。頬も熱いことから、この状況が恥ずかしいと感じているのだろう。

「エレン、大丈夫です。もし見つかったとしても、あなたに傷一つ付けさせません」

「んあ……っ」

エレンの耳元に唇を密着させ、そう囁く。ピクリと動くエレンの顔はさらに赤みを帯びていった。意識している。俺を一人の男として意識している。

ああ、エレンの香りも熱もこんなに近くに感じている。腕の中にエレンがいる。華奢（きゃしゃ）な体をさらに抱きしめしばらく幸福に浸（ひた）った。ずっとこのままこうしていたい。そう思うものの、これ以上はエレンも可哀そうだ。体を緊張で硬くさせ呼吸も荒くしている。

「もういいでしょう。気配は完全になくなりました。大丈夫ですか？」

「う、うん。大丈夫……ありがとうライアス……」

手を引きエレンを立たせるが、その視線は恥ずかしそうに下を向いていた。ああ、可愛すぎておかしくなりそうだ。どうしてくれよう。

「さ、帰りましょう。またこんなことがあるかもしれません。手は繋いでおきましょう」

「う、うん……」

手を繋がずとも、どんなことが起きてもエレンを守ることは出来る。俺がエレンの温もりをまだ放したくないだけだ。いわば俺の我儘。だがそれを気付かせないようもっともらしい理由を付けて、その温もりをもうしばらくだけ感じさせてもらった。

　手を繋いで歩く。子供のようなそれでも、俺達には新鮮で今までになかった距離。今までの俺は、常に側にいても触れることなく一歩後ろに下がっていた。それが今は横を歩いている。たった一歩二歩違うだけでこんなにも近い。それだけのことが堪らなく嬉しかった。

　周りに気を配りながら帰路につく。どうやら付けてきた三人組はどこか遠くへ行ったらしく再び会うことはなかった。

「ライアスごめんな。迷惑かけて」

　家までの道でエレンもだいぶ落ち着きを取り戻したようだ。表情もすっかり元通りになってしまっている。

「何も迷惑なことなんてありません。いつでもどんなことでも頼ってください。それが何より嬉しいですから」

　あれはエレンのせいではないしエレンが謝る必要はない。むしろ被害者だ。顔を隠さずにいられれば一番いいのだが、それは難しいだろう。こそこそ隠れるようにしなければならないエレンが不憫でならない。

「ライアス、いつもありがとう。お前がいてくれて本当によかったと思うし、いてくれなかったら家から出るのも結構大変だっていうのも身に染みてわかった。だけどそれってライアスに頼ってばっかりで申し訳ないなって……情けない奴でごめん」

　俺に頼ることを申し訳ないと思う必要はないのに、どうやったら伝わるのだろう。頼られるのも相談されるのも何もかも、エレンが相手なら俺は喜んで手を差し伸べるのに。

「エレン、そう思ってくださるのは嬉しいのですが、俺はエレンのためになんでもしたいんです。あなたのために生きられることが何よりも嬉しいんです。俺がしたことでエレンが喜んでくれるのが何よりも幸せなんです」

俺が作った料理を美味(おい)しいと笑って食べてくれることも。髪の手入れをして喜んでくれるのも。装備を選びに行って頼りにしてくれたのも。全部全部、あなたのために、あなたが笑ってくれるから。エレンの切なげに揺れる瞳も好きだけど、どうせなら元気に笑ってくれる方が好きだから。

その綺麗な頬に手を伸ばし指をすっと滑らせた。

「だから申し訳ないなんて思わないでください。俺はそれがとても幸せなんですから」

エレンを愛しく想う気持ちを伝えたくて、額に軽くキスを贈った。

「うあぁ……」

顔を両手で隠し素早い動きでしゃがみ込まれてしまった。だが隠れていない耳からその熱さが伝わってくる。

「……ライアス、お前キャラ変わりすぎ。こんなんじゃなかったのになんで……？」

目線が合うことはないけれど、俺もしゃがみ込んでそっと覗き込むように顔を近づけた。

「俺は今までずっと我慢してきました。それをやめることにしただけです。あなたを諦めることをやめたんです。それだけですよ」

「………意味わかんない」

「今はまだわからなくてもいいです。いつかわかってもらえたら嬉しいですけど」

エレンの頭に手を伸ばし、優しく何度も撫でる。さらさらとした柔らかい髪の感触が心地いい。

「お茶の準備をしてきます。エレンはゆっくり休んでください。夕食の準備は俺がしますから」

「だめ！　今日は俺がご飯作るって決めたから！」

立ち上がろうとしたところをエレンに腕を掴まれ、その反動で前へと倒れ込んでしまう。当然前にはエレンがいてそのまま覆いかぶさる形になってしまった。頭をぶつけないよう手で囲い、自分の胸へと引き込み自分の体を下にするように上体を捻る。ぽすっとエレンが俺の上に乗り、下敷きにすることを回避することに成功した。

「わっ！　ご、ごめんライアス！　俺……っ!?」

勢いよく顔を上げたエレンと俺の顔は触れるか触れないかの際どい距離。至近距離にエレンの麗しい顔がある。このまま少しだけ顔を上げれば、その瑞々しい唇に触れることが出来る。

「うわっ！　や、ちがっ……ごめっ……！」

慌てて俺の上で動き出しバランスが取れず転げそうになる。ぐっと抱き込み動きを封じた。

「エレン、落ち着いてください。俺は大丈夫です。こんなにも軽いエレンが上に乗ったところで、痛くもかゆくもありません。それよりお怪我がないようで安心しました」

「……うん、ごめん。なんか俺、謝ってばっかりだな」

「本当に。こんなにあわてんぼうで謝ってばかりなエレンも可愛いのでいいですけど」

「かわっ……!?　また俺をからかいやがって！」

「ははっ。それより、ご飯作るんでしょう？」

そっと腕の力を弱めるとゆっくりと体を起こし離れていくエレン。手を差し伸べられ、それを掴み体を起こす。

「ご飯作るけど、久しぶりだから保証はしないぞ」

「はい。期待しています」

「だから期待するなって！　もう……とりあえず、手を洗って準備する」

まだ赤みの残る顔を隠すように一人キッチンへと駆け込んでいく。その後を追いかけて俺もキッチンへと向かった。

今日作る料理はグラタンというらしい。使う材料はかなりシンプルだ。ミルクとバターに小麦粉。それらを計り終えると、熱した鍋にバターを入れ溶かす。そこへ小麦粉を入れて混ぜ合わせたら、少しずつミルクを加えて練っていく。全てのミルクを入れ終わると白くとろりとした液体が出来上がった。

「ホワイトソースっていって、今回はこれに具材を混ぜるんだけど、肉や野菜とかでとった出汁を足すとシチューになるんだ。それも美味いんだぜ。前世ぶりにやってみたけど、意外となんとかなるもんだな」

「本当に前世では料理をされていたんですね。このホワイトソースというのは初めて見ます。しかもさらに応用が利くというのも素晴らしいですね」

そのホワイトソースに塩と胡椒で軽く味付けをして、玉ねぎや鶏肉を切り炒めていった。それにも軽く塩などで味をつけるとホワイトソースと混ぜ合わせる。それを容器に入れて上からチーズをのせ、温めたオーブンの中へとしまった。

「後は焼き上がりを待つだけ。今日は入れなかったけど香草を少し入れても美味いし、小さいパスタを入れるのもアリだ」

「なるほど。かなり幅広く手を加えることも出来るのですね。食べるのが楽しみです」

グラタンとパンだけでは物足りないかと、俺は簡単に野菜でスープを作っておいた。グラタンも焼き上がったようで、取り出すと焦げ目のついたチーズがなんとも食欲をそそる。

「おおお！　見た目だけなら成功だな！　問題は味なんだけど……」

「きっと大丈夫ですよ。さ、いただきましょう」

テーブルへ並べたエレンが作ってくれたグラタンを眺める。凄い。エレンが作ってくれた料理が目の前にある。初めて食べる異世界の料理。食前の祈りを捧げると、スプーンで掬いゆっくりと口へ運んだ。

「…………どう？」

ああ、なんという……こんな料理を食べられる日が来るなんて。

「……え⁉　ライアス⁉　なに、どうした⁉　不味かったか⁉」

「いいえ……こんなに美味しいもの、初めて食べました……」

「……え。美味すぎて泣いたのかよ……」

初めて公爵家で食べた具のないスープ。普通に食事が出来るようになってもあの味が忘れられず、何を食べてもそのスープの美味しさを超えるものはなかった。

だがこの料理はそれを遥かに超える美味さだった。正直エレンが作っているのを見ていた時は、ある程度の味の予想は付いていた。だが作ってくれたのがエレンだというだけで、何倍も何十倍にも美味しさが跳ね上がる。

「あなたに拾われてから、初めて食べたスープにも感動しました。この世にこんな美味しいものがあるのかと。確かにあの時の俺は、満足に食べることが出来なかったのでそう思ったのも無理はありません。ですが、その時の感動以上です。きっと、エレンが作ってくれたからですね。本当にありがとうございます。美味しいです」

「ライアス……」

誰かに作ってもらえる喜び、美味しさ。それは自分の料理では作り出せない究極の調味料。それが心から愛しいと思う人が作ったものならなおさら。

「生きててよかったたっ……！」

「いや、大袈裟すぎだろ」

食べてしまうのが勿体ないと思う反面、あまりの美味しさにずっと食べていたいと思う気持ちとせめぎ合いながら、ゆっくり味わうようにしてエレンのグラタンを綺麗に食べ切った。名残惜しさはあるものの、エレンの作ってくれた料理を心行くまで楽しんだ俺は片付けをすることにした。

その間にエレンは風呂の準備をしてくれている。昨日とは逆だ。未だにエレンに何かをさせていいのだろうかと思わなくもないのだが、それを嬉しく思う自分もいる。

公爵邸にいた時には絶対に思うことはなかった。エレンだけじゃなく、俺も少しずつ変わってきているのだろう。

風呂上がりにはエレンの髪の手入れを。そして仕上がりにはまた頭にキスを。真っ赤になって部屋に駆け込んでいくエレンを見送るまでが一揃えだ。

今日は少し問題があったものの楽しい一日だった。俺のことを意識し始めていると見ていいだろう。そうして色々と感じていけば、いつかはあのクソ王子に傷つけられた心が癒えていくかもしれない。そうなってくれることが一番だ。

そして旦那様宛に手紙をしたためる。旦那様をはじめ、奥様もランドルフ様もエレンを心配されている。平民となりリッヒハイムへと移ったエレンとはもう簡単に会うことは出来ない。だから手紙で近況を報告してほしいと頼まれていた。

家を喜んでいたこと、冒険者をすることになったこと、エレンの容姿が人々の視線を集めていること。

前世の記憶が戻った云々は書く必要はないだろう。エレンも俺に話すことすら躊躇っていたことだ。

まだここへ来て二日目。今回はこのくらいでいい。手紙を封筒に入れ蝋封を施す。明日出かけた時にでもこの手紙を出すことにしよう。

その後は朝食の準備を軽く済ませ風呂へと向かった。そこでエレンの香りを体いっぱいに取り込み、エレンを想い日課となった自慰をする。そしてまた明日のエレンを想い眠りにつくことにした。

◇

「くっそ……また頭にちゅーされた」

イケメンの立派な成人男性にあんなことされてドキドキするなっていう方が無理だ……しかも隠れるためとはいえ、密着した上に耳元であんな風に囁かれるわ、頬をエロい手つきでするりと撫でられたと思ったらおでこにちゅーされるわ、もうちょっとで口と口でちゅーしそうになるわ……

俺、いつか心臓爆発して死ぬんじゃないか？　そんな気しかしねぇ……

「でもあいつ、嬉しそうな顔してたんだよな……」

正直心臓が持たなそうで怖いけど、あいつの笑顔が見られると俺も嬉しくなる。こいつってこんな表情豊かに笑えるんだって初めて知ったんだ。こうやって俺をからかって遊んだり、意外とお茶目（お茶目の範疇を超えてる気はするが）で冗談だって言ったりする意外な一面を知ることが出来た。

装備を選んでくれた時も俺の知らないことといっぱい知っててすげぇって思ったし、冒険者ギルドでいちゃもん付けられた時もライアスがいたから怖くなかった。俺はあいつに頼りすぎな気もするし、それが嬉しいとか幸せだとか言われて嬉しかったのはもちろんだけど、正直すげぇ恥ずかしかった。

それに実際、あいつがいないと俺ってなんにも出来ないんだなって思い知らされたしな。誰だよ、平民になっても一人で大丈夫だとか言った奴。全然大丈夫じゃねぇじゃん。……俺って考えが甘かったんだな。今日でよくわかった。わからされた。

これからの生活の中であいつに頼らずにっていうのは無理だとわかった。だったら本人も嫌がっていないんだし頼れるところは頼ってしまおう。そんで俺もあいつに出来ることを精いっぱいやろう。きっと出来ることは多くはないんだろうけど、だからと言って何もしないのは違うと思うし。

「ふわぁ～……なんか色々考えてたら眠たくなって来た」

明日こそもう少し早く起きて朝食の用意手伝おう。もぞもぞとベッドに潜（もぐ）り込むと俺はすぐに眠りに落ちた。

翌朝、寝心地抜群のベッドのお陰で気分爽快で目が覚めた。顔を洗って着替えたらキッチンへと向かう。すると案の定ライアスが既に起きてて朝食の準備をしてくれていた。今日こそはと思ったのにまた出遅れた……

「おはようライアス。今日も遅くなってごめん。って、もうほとんど出来上がってる……」

「おはようございますエレン。早起きは得意なんです。気にしないでください」

作ることは手伝えなかったが、出来上がった朝食を運んでいるとパンのいい香りが充満した。昨日もびっくりしたけど、こいつの手作りパンは美味（うま）すぎなんだよな。平民になったのに、こんなに美味（おい）しい朝ごはんまで食べられるとは思わなかった。ライアス様様だな。

朝食後、今日はギルドの依頼を受けてみたいと言ったら賛成してくれたので、早速昨日買った装備を身に着けてみた。この杖も軽くて扱いやすいし、ブーツもしっかりしていて歩きやすい。俺の専属スタイリストは相変らずいい仕事をする。

ギルドに到着早々、張り出されている依頼を確認すると俺達が受けられる依頼は薬草採取や低級魔物の討伐しかなかった。ま、最初はこんなもんだろ。それに俺はライアスと違って戦うことに慣れているわけじゃない。これくらいが丁度いい。焦らずゆっくり一歩ずつだな。

依頼書を受付へ持っていき受注し、早速近くの森へ行くことにした。だがその前にライアスが手紙を出しに行きたいと言う。平民の識字率はそこまで高くはない。だから前世の郵便局なんてものもないが、似たようなことをしてくれるところはある。

大きな街だと平民の役所があって、そこに持っていくと手紙を配達してくれる仕組みだ。料金は安くないので利用する人も少ないが、一応そういった機能はちゃんとあるのだ。どうやら父上達に俺の近況を報告することを義務付けられているらしく、今回の手紙もその報告書だそうだ。ま、一応建前上は監視付きってことになってるしな。

手紙を出し終えたら森へ出発だ。街の出入り口までは距離があるため、乗合馬車を使って行き、そこからは徒歩になる。こういうところが異世界の不便なところだよな。自転車でもいいから欲しい。

しばらく歩くと森に到着する。少しでも稼ぎを多くするため、ポーションの材料となる薬草採取の依頼も受けてきた。

「エレン、これが依頼にあった薬草です。そしてこちらが毒草。見た目がよく似ていますので気を付けてください。見分けるコツは葉の裏に斑点があるかないかです。斑点があるものが毒草です」

ライアスに教えてもらい毒草と見分けながら薬草を採取。根っこごと取ってしまうと次の薬草が育つまでに時間がかかるらしく、土から出ている部分をぷちっと千切っていった。

ちまちま薬草を採取しつつ森を進んでいくと魔物とエンカウントした。まだ森の入り口付近だから弱い魔物しかいないらしい。しかも出くわしたのは頭に角が生えた一角兎だった。角は薬の材料にもなるし肉は食料になる。よくいる魔物で倒しやすいため、平民の間ではよく食べられているそうだ。

それが同時に三匹現れたが、あっという間にライアスに討伐されてしまう。俺の出番は一切ない。そしてそのまま一角兎の足を纏めて縛り、袋の中へとしまい込んだ。

魔物を討伐しながら薬草を採取するとあっという間に時間が過ぎていく。川のところまで来るとライアスは討伐した中で肉として売れる魔物の血抜きと解体を行った。そしてその一部を串刺しにし、塩や香草で軽く味付けをすると起こした火で焼いていった。

ここまで流れるように作業するライアスにただただ驚く。こんがりと焼けた肉の匂いが広がって腹の虫が鳴る。

「ライアスって薬草にも詳しいし、解体とかもめちゃくちゃ手慣れてるけど、なんで？」

「公爵家での教育の一環です。ある程度戦えるようになると、こうして森へ出かけ魔物討伐をして戦闘訓練を行うんです。その際に食糧の調達やこういった簡単な野外料理も経験します」

え。初耳なんですけど。従者になるためにこんなことまでやってたのか。そりゃ手慣れているはずだ。

「じゃあ料理もある程度は出来たのか」

「いえ、こうして肉を焼いたりするくらいしか出来ませんでした。調理道具があるわけではありませんし、調味料も持ち歩くとしても塩くらいです。ちゃんとした料理が出来なくても、とりあえず水を確保して腹を満たし、体力を回復していれば生存率が上がります。何かあった場合は、主人の命を守り帰還することが最終目的となりますから、冒険者の真似事ですが訓練としてやっていたんですよ。それが今回とても役に立ちました」

マジか。うちの教育ってすげぇな。ま、だから冒険者をやることをすんなり許可したっていうのもあるんだろうな。ライアスがいてくれたお陰で冒険者としても問題なくやっていけそうだ。

「おお！　ちょっとクセはあるけどこの肉美味(うま)いな！」

「今回は臭み消しとして香草を持ってきていたので、クセもそこまで強くは出ませんでしたね」

前世のジビエを思い出す味だ。野性味が強いけど、香草のお陰でそこまで気にならない。こんなものまで持ってきていたなんて流石(さすが)ライアスだ！

腹を満たした後はまた薬草採取と魔物討伐を行った。ライアスばっかり戦うんじゃなくて俺もちゃんと戦闘に参加した。俺もしっかり戦えるようにならないと、いつまでたっても強くなれないし冒険者としてやっていくなら必要なことだ。それにただ見ているだけなんてまるでヒモだ。男としてそれはダメだろう！

ライアスに見守られながら、現れた一角兎に風の刃を放つ。意外とすばしっこくて何回か外してしまうが、ようやく五匹の一角兎を討伐することに成功した。

が、めちゃくちゃに切り裂いてしまってスプラッタ状態だ。これじゃ討伐証明となる角は採取出来ても肉を売ることが出来なくなる。こういったことにも気を付けながら倒さないといけないのがかなり難しい。

魔法の精度をもっと上げないとな。あと意外なのはスプラッタ状態なものを見ても気分が悪くならなかったこと。これは体や感覚が異世界式になっているからだろうか。トラウマにならなそうで安心した。

「エレン、お見事です。初討伐成功ですね」

「うーん、ただこれじゃダメだよな。動くもの相手に魔法を当てるのって結構難しい」

「エレンならすぐに上手くなりますよ。大丈夫です」

ライアスは優しい。本当ならここまでぐちゃぐちゃにされたら売り物にならないから怒ったっていいはずなんだけど。褒めて伸ばすタイプなんだろうか。

薬草もたっぷり採取出来たし、魔物の討伐もかなりの数になったから街へ帰ることにした。ギルドに着いたのは丁度夕方頃。扉を潜(くぐ)って依頼報告の窓口へと向かった。

「え……？　今日初依頼だったんですよね？　え？　一番下のFランクですよね？」

あ。やっぱり新人にしちゃこの数は異常だったのか。窓口の人が言うにはCランクの魔物も含まれていたらしい。それなのに無傷な俺達の姿や、採取した薬草の数、討伐証明部位や解体済みの肉との間で視線を動かしていた。こんな成果が挙げられたのは間違いなくライアスのお陰だ。

「あ、すみませんぼーっとして！　今すぐに受理いたします！」

いえいえ、驚くのも無理はありません。うちのライアスが優秀すぎるだけですから！　ははははは！　と心の中で盛大に自慢して、お金を受け取った。

「ライアス、これって結構稼げたんじゃないか!?」

「ええ、初めてにしては上出来ですね。よく頑張りました」

ライアスがいてくれたのと、ライアスがバッタバッタと魔物を討伐していってくれたお陰なんだけど、しゃがみ続けながらの薬草採取は意外と腰が痛くなったし、少ないけど俺だって魔物討伐したしちょっとは役に立てたよな。二人で稼いだっていうのが何よりも嬉しいし、こうやって結果が出るとモチベーションも上がる。明日も頑張ろう！

「けっ。どうせズルでもしたんじゃねぇの。いきなりあんなに稼げるわけねぇしな」

「だな。あーやだやだ、こんな奴が冒険者なんて思われたら俺達まで疑われちまう」

そんな声が聞えて振り向くと、昨日俺達にいちゃもん付けてきた三人組だった。またこいつらかよ。暇人か。お前達のことは今日から『あん・ぽん・たん』と呼んでやるからな！

「おーい野郎ども！　この新人、ズルして稼いでるぜ！　こんな奴ら許せねぇよな!?」

「なっ……！　てめぇっ……むぐっ！」

周りを巻き込んで悪者にされそうになり、頭にきた俺は文句を言ってやろうと思ったのに、ライアスに口を塞がれてしまった。なんで邪魔するんだよ！

「エレン落ち着いてください。言い返したところでどうにもなりません。無駄な労力を使うだけです。それにエレンの美しい声をあいつらに聞かせることもありません」

ちょっと後半何を言っているかわからなかったけど、言い返したって何もならないっていうのはわかる。だけど俺の気持ちが収まらない！

「でも！　ライアスのお陰でここまでやれたのにそれを悪く言われるのは嫌だ！」

「エレン……ありがとうございます。エレンがわかってくれていればそれでいいんですよ。その他有象無象（うぞうむぞう）に何かを言われたところで痛くもかゆくもありません。あれはただのやっかみですし、気にしていませんよ」

「ライアス……」

本人がそう言うならそれでもいいけど、俺としては全然納得出来ない！　くっそ〜！　ムカムカしたのが収まらない！

相手にしないってことでそのままギルドを出て帰ろうとしたら「その通りすぎて言い返すことも出来ない負け犬だな」って言われてまたカチンときた。だけどライアスは知らん顔して通りすぎるからそれに大人しく付いていった。

あ゛ーー!!　ムカつくぅぅぅぅぅ!!　お前らなんてこうしてこうしてこうしてやるぅぅぅぅ!!

「エレン？　どうしたんですか？　面白い顔になってますよ」

「頭の中であいつらをボコボコにしてただけ！」

「ふはっ。それはありがとうございます。頼もしいですね」

ライアス安心しろ！　俺がお前の代わりにあん・ぽん・たんを思いっ切りボッコボコに殴っておいたからな！　頭の中でだけど！

それからは順調に冒険者稼業を続けていった。普通なら早くても半年くらいかかって上がるはずのBランクに、なんとたった一か月で俺達は上がってしまった。それもこれもライアスのお陰だけど。俺一人だったら一年は軽くかかっているだろう。もしかしたらもっとか？

その上のAランクに上がるにはギルドの規定試験をクリアしなきゃいけないらしくって、今度それを受けるつもりだ。その試験にはギルドの職員が付いてきて、目の前で指定された魔物の討伐をすることになる。それがクリア出来たらAランクに昇格だ。

あん・ぽん・たんの三人組はあれから顔を合わす度にねちねちちくちくと嫌味を言ってくる。本当にムカつく！　いつか見てろよ！　俺がお前らをボッコボコにしてやるからなっ！

周りの冒険者はというと、俺達が嫌味を言われている様子を楽しそうに見てるだけ。まぁ一緒になって嫌味を言わないだけマシだけど。これはこれでムカついている。

だから早くAランクに上がって本当に実力があるってことを証明したい。俺について言われるならまだしも、ライアスのことをバカにされるのは許せない。こいつが本当に凄い奴なんだって俺はどうしても知らしめてやりたかった。

ただその一方で俺の心臓は瀕死状態でもあった。おでこにちゅーと頭にちゅーを毎日のようにされているからだ。慣れるかと思いきや、全く慣れる気配がない。でも俺もそれを嫌だとか思ってないんだよな……

ギルドではあん・ぽん・たんのやっかみがうるさいし、他の冒険者の視線が刺さるから、受付にいる時はライアスが俺の真後ろに立って腰を抱かれる所謂バックハグ状態。ギルドへの出入りの時も常に腰を抱いている。そこまでしなくても、と思ったが「油断出来ませんから」と言われてしまえば従うしかない。

俺はライアスと違って対人戦に慣れてるわけでもないし、正直そんなに強くはない。守られる必要がある以上、大人しく言われるがままになるしかない。

お陰で前よりもっと距離が近くなってずっと心臓が苦しいままだ。こんな風になったのもあのあん・ぽん・たんのせいだ！　許すまじあん・ぽん・たん！　あ゛ーーー!!　今すぐボコボコにしてやりてぇぇぇぇぇ!!


冒険者になって二か月後、俺達のAランク昇格試験が始まった。それに付いてくるギルド職員が誰かは直前まで聞かされていなかったが、やって来たのはなんとギルドマスターだった。

「え。デイビットさんが試験官!?」

「おう。よろしく頼むぜ」

え？　ギルドマスターってこんな仕事までするの？　ギルド職員って聞いていたから普通の職員の人が来ると思っていたのに……

「お前らあの三人組にズルだのなんだの言われてんだろ？　お前らの実力が嘘じゃねぇって証明するのに俺以外の適任がいるか？　俺はこう見えてもSランクなんだ。ギルドマスターでSランクの俺が認めたら誰も文句は言えねぇよ。それに俺はお前達の実力は本物だと思ってるしな。特にこの兄ちゃん、ライアスだっけか？　お前さんの戦いぶりを見たかったたっていうのが本音だ。ってことでさっさと行くぞ」

ライアスの戦いぶりを見たかったからって、それって職権乱用って言わないか？　ま、俺もSランク冒険者のデイビットさんに証明してもらえたらありがたいけど。

「エレン左です！」

「了解！」

街を出て森へ入ってしばらくすると魔物とエンカウントした。狼型の魔物が六匹一斉に現れたが風の刃で二匹討伐、ライアスも二匹討伐すると残りは二匹。その二匹が逃げようとしたので草の蔓（つる）を呼び出し魔物の脚を拘束（こうそく）。動けなくなったところをライアスがスパッと剣で討伐。

二か月の冒険者活動で俺も魔法の精度が上がって魔物にしっかりと当てられるようになった。この杖があるお陰で魔法が扱いやすくなってるから凄く助かってる。

「ほう。この数を危なげなくあっという間に討伐出来るか。エレン、お前の魔法も正確でいいサポーターだな。前衛のライアスの動きを邪魔しないし、むしろ動きやすいように考えてる。ライアスは個人の戦闘力が高いから安定してるし、後衛のエレンにヘイトが向かないよう動いているな。いいコンビだ」

「やった！　ライアス褒められたぜ！」

「はい。よかったですね」

俺達が普段やってることをこうやって誰かに褒められるってなかったから結構嬉しい！

指定された魔物は森の奥の方にいるらしく、進みながら現れた魔物を討伐しどんどん進んでいった。

「これだけでもたった一か月でBランクまで上がった理由がわかったぜ。二人ともいい動きだ」

「全部ライアスのお陰だな。俺一人だったらこんな風に出来ないし、ライアスがいてくれるから俺は安心して魔法が撃てるんだ」

「いいえ。エレンの魔法があるから俺も安心して前に出られるんです。俺の死角にいる魔物をちゃんと狙ってくれてますしね」

ライアスに怪我なんかさせたくないからやってたことだけど、間違ってないって言ってもらえると嬉しいし、実際ライアスが体張って前にいてくれるから俺は全体を見回せて魔法が撃てるんだ。やっぱライアスがいるからなんだよな。

「お前達はちゃんとお互いを信頼してるんだな。しかも自分のお陰だとか見栄も張らねぇ。お互いをお互いが尊重してるのは流石だな。あの三人組にも聞かせてやりたいぜ」

ん？　あの三人組ってあん・ぽん・たんのことだよな。あいつらがどうかしたのかと不思議に思って聞いてみると、あー……という感想しか出てこなかった。

なんでもあの三人組はこのソルズの街近くの村出身で、そこそこ強かったから冒険者になったらしい。最初は調子よくてあっという間にDランクになったものの、自分達の力を過信して上位の魔物に突撃した。が、惨敗。それをお互いのせいにし合った挙句、自分達の力量不足だとは認めなかった。

それから時間はかかったもののなんとかCランクまで上がったが、自分達はもっと上のランクにいるはずだと考えを改めることはしなかった。

「そこでちゃんと訓練するなり考えてくれりゃあよかったんだがな。依頼も失敗が多くなってきてギルド内でも問題になってたんだ。そこでお前達への恫喝行為。ランクを落としたがどうして落とされたのかわかっちゃいねぇ。今でも無謀なことやりやがって困ってんだ。逃げ足だけは一丁前だから今のところ生きてはいるが、このままだといつ死んでもおかしくねぇ。命あってこその人生だってのになぁ……」

あいつらのことに同情はしないし正直迷惑だ。だけどデイビットさんは簡単に見捨てたりは出来ないらしい。なんとか考え直して上手くいってくれればいいと思っていることが伝わってくる。

「ま、その点お前らはその辺、問題はなさそうだな。流石は恋人同士だってか？　若いっていいねぇ」

「は？　恋人っ⁉　ちがっ……俺とライアスはそんなんじゃっ……！」

「あ？　ちげぇのか？　あんだけいちゃついておきながら？」

「いちゃっ……⁉　あれは、周りの視線から俺を守ってくれるためで――」

「そう見えているならそれでいい」

「いやよくねぇだろっ⁉」

ライアスまで何言いやがる⁉　やっぱあれいちゃいちゃしてるように見えてたんじゃねぇか！

おいっ！　違うからな！　全然違うからなっ‼

「照れてんのか。いやぁ俺にもそんな時期があったなぁ。懐かしいぜ、はっはっは！」

「だからちがーう！　おいぃぃぃ！　人の話聞けよ！」

うわぁぁぁぁぁぁ！　やめてくれぇぇぇ！　恥ずかしすぎて隠れたいっ！

そうやってわちゃわちゃ言い合いながら歩いていくと、目的の魔物を見つけることが出来た。鳥型の魔物で見た目は鷲に似ている。巨体だが空を飛び、その大きな羽で突風を吹かせてこちらの動きを封じてくるめんどくさい奴だ。しかも羽毛が魔力を帯びていて魔法は弾かれる。俺みたいな魔法使いからすると厄介な魔物だ。

「さて。今からAランクの昇格試験を始める。お前達のタイミングで始めてくれていいぞ」

少し離れたところでデイビットさんは腕を組んで傍観の姿勢を取った。ここからは俺達の試験の始まりだ。

「ライアス。あいつは直接的な魔法が効かない。だから俺が出来ることは限られる」

「ええ、わかっています。アレを仕留めるのは俺がやります」

「うん、悪いけど任せた。厄介なのはあいつの攻撃だ。それが出来なくなればライアスも前に出られるよな？」

突風を起こされると前に出ることも出来ず吹き飛ばされる。その突風を起こす前に仕留めることが出来ればいいが、そう上手くはいかないだろう。だから攻撃をさせないようにする方法を取らないといけない。今は地面に脚を付けているけど空に逃げられると面倒だ。

「そうですね。流石に突風が吹くと俺も身動きが取れなくなります。それを止められれば簡単なんですが」

「だよな。よし。ちょっと試してみたいことがあるんだけどやってみてもいいか？」

「ええ、任せます」

魔法で草の蔓を呼び出す。それをあいつの羽に向かって伸ばしていった。しゅるるっと両方の羽に巻き付きぎゅっと締め上げる。が――

「クエエエエエ!!」

拘束されたことに気付いた大鷲は大きな声で一鳴きすると暴れ出した。草の蔓も簡単に引き千切られ、俺達の姿を目に止める。

「エレン！　攻撃が来ます！」

ライアスの声でさっと大きめの木の陰に隠れて直接突風を浴びることを防ぐ。俺がまともに喰らったらどこまで飛ばされるかわからない。

「ぐっ……それでも結構威力が強いなっ……」

風が止み、木の陰から覗くとあいつは空に飛び上がっていた。空に逃げられるとライアスの剣も流石に届かない。くそっどうする？

「エレン、アレをなんとか地面に下ろしたいですね」

そうなんだよな。どうやったら出来るか。草の蔓をあの高さまで伸ばすことは俺には無理だ。だけど上からものを落として重力によって下ろせたら……

あ。だったらアレをやってみるか。

「ライアス、またちょっと試したいことがあるんだ。やってみてもいいか？」

「ええ、お願いします」

ライアスの許可も出たし早速試してみるか。あいつに直接的な魔法の攻撃は効かないけど、魔法で出来た物質を上からのせられたら流石に重いだろ。

　ということで、あいつの真上に氷の塊を作って落下させた。

「クエッ!?　クエェェェェェ!!」

　背面に大きな氷の塊がいきなり降ってきたことでバランスを崩し、その重さで落下する。

「ライアス！」

「任せてください！」

　地面へもう落ちるという一瞬でライアスは駆け出し大鷲のもとへ向かうと、スパッと簡単に首を切断した。ドスンと派手な音を立てて大鷲は転がり落ちた。

「よっしゃあ！　成功だ！」

「エレン、流石でした。よくあの方法を思いつきましたね」

　まあね。俺って意外と頭いいんじゃね？　くふふふふ。

「おめでとさん！　見事だったぜ。あの大鷲の特徴をよく知っていたな」

　ぱちぱちと拍手をしながらデイビットさんが褒めてくれた。俺も冒険者になってからライアスに教えてもらうばっかりじゃなくて、自分でもちゃんと魔物について調べるようにした。

　やっぱり情報って大事だし、事前に知っていれば急に強い魔物とエンカウントしたとしても対処は出来る。倒せなくても弱点を突いてその間に逃げるとかな。情報が大事なのは前世でもわかっていたことだ。それは世界が変わったとしても同じこと。

「あの大鷲は魔法が効かないわけじゃない。かなり魔力量の多い魔法使いの攻撃だったら通るんだ。

だがエレンはそこまでの魔法は使えねぇみてぇだな。しかし機転を利かせて空に逃げた大鷲を下へ落としたのは見事だった。ライアスは剣捌きが異常だな。俺だから見えたが他の奴は何をやったかわからんくらいの速さだろう。それとお前なら、空に逃げた大鷲に攻撃を喰らわせて仕留めることも出来たんじゃねぇか？」

「は？　そうなの？」

え？　だって結構な高さを飛んでたぞ？　あれに攻撃当てるってどうやって？

ライアスにすっと視線を移すとあからさまに目を逸らされた。え。お前マジでやれんの？

「……まぁ、木を伝って飛び上がっていけば出来ないことはないですが……」

「マジかよ……」

何それ。木を伝って飛び上がるってそれってもう忍者じゃん！　どうなってんだよお前の体……しかもそれだと別に俺の魔法いらなかったってことじゃん!?　なんだよそれ!?　お前一人で完結出来るとかどんだけ高スペックなんだよ!?　『俺って頭いい♪』なんて思ったことが恥ずかしすぎるっ！

「ライアスは一人でもあの大鷲を討伐することは可能だったわけだな。エレンは一人で討伐することが無理だからAランクへの昇格は出来ない。今回はライアスがAランクへの昇格だ。だがお前達のパーティーランクはAだな。コンビネーションは見事だった」

「やった！　ライアス、お前Aランクだって！　よかったな！　これでお前の実力が示せるぞ！」

俺は別にAランクに上がりたいと強く思ってたわけじゃないし、この結果で不満はない。パーティーランクはAだしな。それで十分だ。むしろライアスが凄いってことを証明出来るから俺はそっちの方が嬉しい。

「エレンありがとうございます。あなたに喜んでいただけたことが嬉しいです」

これで俺達のAランク昇格試験は終了した。折角討伐したので大鷲の解体をライアスとギルマスがしてくれて、それを時空魔法のかかった鞄に詰めてギルドへと帰った。

「今戻ったぜ」

「ギルドマスターお帰りなさい。昇格試験お疲れさまでした」

「おう。なんだなんだ？　今日はえらく人が待機してんな」

デイビットさんの言う通り、ギルド内には冒険者がいつもより多くいた。中にはあのあん・ぽん・たんの姿もある。

「皆お前達の昇格試験の結果が気になってるみてぇだな。野郎ども！　今回の試験はこのライアスが昇格した。久々のAランク冒険者の誕生だ！　それとエレンは惜しくもランク昇格には至らなかったが、見事なコンビネーションを見せてくれたためパーティーランクはAとする！　いいかお前ら、この結果は俺が見て俺が決めたことだ。これからどう動けばいいか、お前達ならわかるよな？」

あん・ぽん・たんの三人組以外の冒険者は俺達に直接絡んでくることはなかった。だけど俺達を懐疑的な目で見ていたことは確かだ。あんな異例なスピード出世したんだから気持ちはわからんでもない。

でもデイビットさんがそう言ってくれたお陰で俺達の実力はちゃんと証明されたことになる。変な目で見られることもなくなるだろう。

「それにライアスだがこいつの実力は既にSランク相当だ。Sランクになるためには試験とAランクでの実働期間が必要だから今すぐ上げるというわけにはいかねぇ。だがお前達が手を出して無事に済む相手じゃねぇってことは俺が証明する」

最後はあん・ぽん・たんの三人組に視線を送りながらの言葉。それを聞いてあん・ぽん・たんは悔しそうな顔をしてギルドを出ていった。けっ、二度と関わってくんじゃねぇぞ！

昇格試験の発表も終わって討伐した大鷲の素材を報告窓口に提出する。しばらく待っていると検査と換金が終わってそれを手渡される。

「お疲れさまでした。素材を換金したのでお渡しします。素材もとても綺麗な状態で流石ですね！Aランクに昇格したのも凄いです！　夜、お祝いで一緒にご飯でもどうですか？」

なっ……!?　ライアスがナンパされてるだと!?

こいつは顔もいいし、背も高いし、Aランクっていう高位ランク冒険者になった。憧れるのはわかるが、早速ナンパしてくるなんて掌返しもいいところだな！　ってそういやこの人、いつもライアスに色目を使ってた気がする。

Aランクになったからツバ付けておこうって算段か!?　てめぇ！　俺のライアスに何してやが……って なんだよ俺のライアスって！　別に俺のじゃねぇだろう！　何言ってんだよ俺は！

ライアスが別に誰とどうなろうが関係ないし、むしろ恋人が出来たら喜ばしいじゃねぇか！　そしたら俺はちゃんと祝ってライアスを快く送り出してやって………って頭じゃわかってるのにそれを想像したらなんかすげぇ心が痛くなった気がする。

なんで？　ライアスにはライアスの人生があるし、俺にはそれを止める理由はない。こいつが誰かを好きになっていつかは結婚だってするだろう。その時、俺という存在は邪魔になる。

もう俺の側にずっといる必要はないんだから、いつかは離れることになるとわかってる。でも俺はその時ちゃんと笑って送り出すことが出来るんだろうか。それが凄く寂しいと、悲しいと思ってるのはどうしてだろうか。

「断る。エレン帰りましょう」

「え……？　あれ？　いいの？　ご飯行ってきていいのに……」

「行く必要ありませんから。それよりエレンも疲れたでしょう？　家に帰ってゆっくりしましょう」

そうライアスに言われて、いつものように腰を抱かれてギルドを出た。

なんで？　せっかくナンパされてご飯誘われたのにすげなく断ったのはなんで？　他に気になってる人がいるから？　もしかして世話をしなきゃいけない俺がいるから？　それが理由なら俺ってただの邪魔者じゃん。ライアスの好きにさせたいって言ってたくせに俺がライアスの人生の邪魔をしてるよな。

それってだめじゃん。今一緒に住んでるけどもう従者じゃないし、ライアスは自分のやりたいように行動していいんだ。だけどこいつはそれをしない。ずっと俺の側にいる。昔と変わらず側にいる。色々助けてもらって嬉しかったし、正直本当に助かってる。

でも俺もいい加減一人でなんでも出来るようにならなきゃいけないんだよな。そうじゃなきゃ、ライアスは自分のやりたいことが出来ないんだから。

「エレン？　どうしたんですか、ぼーっとして。家に着きましたよ」

「あ、ああ……うん、なんでもない、大丈夫」

ライアスが玄関ドアを開けて声をかけてくるまで俺はずっと考え事をしていたらしい。いつの間にか家に着いていてびっくりした。するりと家の中に入ると、ライアスはいつものように玄関の鍵をかけた。

「なぁライアス。さっき本当に断ってよかったのか？　せっかくお祝いだって誘ってくれたんだぞ？　俺の世話をするからって断ったんだったらもうそんなことしなくていいからな？」

「は……？」

「お前だって誰かと遊びに行ったりご飯行ったりすればいいし、好きな人が出来たらもちろん結婚だってしてもいい。俺への恩返しだってわかってるけど、もう十分返してもらったと思ってる。そこに縛られなくていいからな。ちゃんと自分のやりたいことやってくれていいからな」

前の俺はこいつを散々痛めつけてきた。前世の記憶が戻ってからはこいつを自由にしようと思ってた。だけど結果はどうだ？　今だってこいつを自分の都合で縛り付けてるだけじゃないのか？

真面目なライアスは恩を返すために俺の側にいる。だけど俺はもう十分返してもらった。いっぱい助けてもらった。ライアスがいなくても冒険者としてなんとかやっていけるだろう。

「エレン、本気で言ってるんですか？」

ライアスの手が伸びてきて俺の頬をするりと撫でる。そのまま両手で頬を包まれて上を向かされた。

「俺はこれからもあなたの側にいます。あなたのために生きることが俺の喜びです。それ以外、やりたいことなどありません」

そしてそのまま顔が近づいて、おでこに柔らかい感触とちゅっとリップ音が鳴った。

「なっ……」

「あなたの側にいたい俺の気持ちがわかりませんか？」

そしてまた二回目のおでこにちゅーが来る！　とわかった俺はぱっとライアスの口を手で押さえちゅーを阻止した。

「……おでこにちゅーするの禁止！　…………ってうひゃあっ!!」

舐めた……俺の掌、ぺろって舐めたっ!?　びっくりした俺は慌てて口から手を離したが、ライアスは俺のその手を掴むと、視線を合わせたまま今度はその指にちゅっちゅとリップ音を響かせながらちゅーしてきた。もう頭と心臓が爆発しそうだ。なんてエロいことしやがる！

「お、おまっ……お前っ！　手慣れすぎなんだよ！　遊び人かっ!?」

「遊び人……？　俺がこんなことを誰にでもすると思っているのですか？　心外です」

そのまま手首にもちゅっちゅとすると、また顔を近づけてきた。手を掴まれてしまってライアスの口を塞ぐことが出来ない俺はそれをただ黙って見ているしかなかった。

そしてライアスの唇が向かった先は俺の頬。そこにまた軽くちゅっとリップ音を響かせるちゅーをした。

「な、な、なっ……うわぁぁぁぁぁ!」

なんだよなんだよ、なんなんだよ!! もう何も考えられなくてパニック状態の俺はライアスの手を振り解くと一目散に自分の部屋へと駆け込んでいった。バンッと扉を閉めてずるずるとしゃがみ込む。

やばいやばいやばい! エロい! あいつがエロい! 心臓が苦しい。体全部が心臓になったかのようで、ドクドクとした音が鳴り響いてる。

「からかってたんじゃ、ないのかよ……」

『俺はこれからもあなたの側にいます。あなたのために生きることが俺の喜びです。それ以外、やりたいことなどありません』

『俺がこんなことを誰にでもすると思っているのですか? 心外です』

あんなこと言われて勘違いしそうになる。ライアスが俺をそういった意味で好きなんじゃないかって。

でも俺は散々あいつをいじめて酷いこと言って、好き勝手やってきたんだ。そんな相手をいくら命の恩人だからって好きになるか? 俺だったらならない。恩を感じてもそれだけだ。

『酷いことを言われたりされたりもしましたが、それを嫌だと思ったことはありませんでした。むしろあなたの辛さや悲しみが少しでも薄れるのならいくらでも受け止めるつもりでした』

だけどあいつは俺にされたことを嫌だと思ったことはないって言った。俺を嫌ってるわけじゃないってわかって嬉しかった。

『俺は今も昔もエレン様の全てが大好きです』

そうだ……確かあいつはこう言ったんだよな。まさかこれって人としてじゃなくて、恋愛として俺のことを好きってことなんじゃ……

「嘘だろ……マジかよ……」

だからあんな風におでこにちゅーしたり、頭にちゅーしたりしてきたのか……

衝撃の事実が発覚して俺は深いため息を零(こぼ)した。

『俺は今までずっと我慢してきました。それをやめることにしただけです。あなたを諦めることをやめたんです。それだけですよ』

『………意味わかんない』

『今はまだわからなくてもいいです。いつかわかってもらえたら嬉しいですけど』

そういう意味だってわかると、あの時の会話も理解出来るようになった。俺を諦めることをやめたっていうのは、俺を好きなことを諦めないってことだ。

だけどなんでだ？　散々酷い真似をしてきた俺のどこに好きになる要素がある？　そこがわからない……

わからないがまぁいい。本人にしかわからないことだ。俺がこれ以上考えたって仕方がない。

ライアスが俺を好きなのはわかった。正直心臓がドキドキすることばっかりされて困ってはいるが、ライアスが楽しいならそれでいい。散々酷い真似をしてきた俺にはそれを止める権利なんてないと思うから。それに俺のことを好きなのも今だけかもしれないしな。

クリステンからここへ来ていろんな人と関わるようになったし、そのうちに他に好きな人が出来るかもしれない。そしたら俺のことなんて何も思わなくなる。婚約者だったあの王子みたいに、他の誰かに一気にハマって俺のことなんかどうでもよくなって……

ライアスは散々な目に遭わされてきたのにそれでも俺に付いてきてくれた。だからライアスには本当に幸せになってほしいし、ライアスが選んだ人なら否定はしない。俺にずっと縛られるのなんて、そんなの望んでなんかない。

そう。きっと今だけ。前世の記憶が戻って俺の性格が変わったから。虐められることもなく、酷いことも言われなくなったから。ライアスに好きな人が出来てその人のところへ行くことになったら、全力で祝福しよう。友人として。

ライアスのためにもその方がいい。ライアスの相手は俺じゃだめなんだ。今までライアスにしてきたことを考えたら、俺はライアスには相応しくない。それに——

王子のことが好きだったあの時。振り向いてほしくて、優しくしてほしくて、必死になって頑張って。でもあっという間にイアンに取られて捨てられて……

苦しい、辛い、寂しい、悲しい。俺は毎日そんな感情を抱えて生きていた。俺はまたあんな風に負の感情に呑まれるのはもう嫌だ。王子への気持ちはすっぱりなくなったとしても、あの時の苦しい気持ちは嫌というほど覚えてる。僕の心が覚えてる。結局はまたあんな風に思いたくないから逃げてるだけなんだ。

男同士の恋愛、結婚が無理だって思ってるのも本当。だけど、一番は俺が傷つきたくないから。

もう苦しい思いをしたくないから。散々人を、ライアスを虐めてきたそんな俺が傷つきたくないなんて。

——俺って、卑怯で最悪で最低な奴じゃん。

深呼吸して落ち着いて部屋から出る。部屋に逃げ込んでから結構な時間が経ってしまっている。外はもう真っ暗だ。リビングへと向かうとライアスが夕食を作って待っていた。

「あ……ごめん、もうご飯出来てたんだ」

「いいえ、気にしないでください。俺の方こそすみませんでした。一緒にいられることが嬉しくて浮かれていました。あそこまでするつもりはなかったんですが……」

眉をへにょりと下げて申し訳なさそうに佇むライアスの顔が、憎めなくて可愛いと思ってしまう。叱られた大型犬みたいだ。

「いや、まぁびっくりしたけど、俺ってそういう耐性ないからさ。婚約者がいたとしてもあんな奴だったし、どうしていいかわからないだけだから………あーもう、この話は終わり！　ご飯食べようぜ。折角作ってくれたんだし温かいうちに食べたい」

このままずるずるいってしまうと俺ももうどうしていいかわからないから、無理やりこの話を終わらせた。目の前には美味しそうな料理が並んでるし俺も腹が減って仕方ない。

それに今日はライアスのAランク昇格のお祝いだ。暗い顔は似合わない。

「帰りに酒でも買ってくればよかったな。折角のお祝いなのに……水で申し訳ないけど、ライアス

Aランク昇格おめでとう！　乾杯！」

「ありがとうございます、エレン」

水の入ったグラスをカチンと鳴らして簡単に乾杯した。相変らずライアスの作る料理はすげぇ美味い。俺もライアスに教えてもらいながら少しずつ料理をするようにはなったけど、まだまだこのレベルには届かない。

たまに異世界の料理が食べたいというライアスのために、記憶を掘り起こして再現出来るものは再現してる。本当は米が欲しいところだけど今はまだ見つけられていない。いつか見つかればいいけどな。

それからはいつも通りにすることが出来た。髪の手入れの後にちゅーをされるのも一緒。ライアスの気持ちがわかってからはさらに恥ずかしいけど、こいつの気が済むまで付き合ってやることにした。今だけだから。きっと他に好きな人が出来るから。こんな時間もきっと期限付きだから。

ライアスがAランクに昇格して以来、ギルド内の雰囲気が変わった。ギルドマスターに認められたことがきっかけで周りの俺達を見る目も変わったし、何より好意的に話しかけてくれるようになった。お陰でギルド内では前ほど息苦しさを感じなくなっている。

あん・ぽん・たんの三人組はあれから見かけなくなった。冒険者を辞めたのか他の街に行ったのか村に帰ったのかはわからないけど、嫌味を言われなくなったしかなり快適に過ごせている。

依頼をこなすことにもすっかり慣れた。今じゃこのギルド内ではかなりの稼ぎ頭だ。この街に来た当初、仕事で上手く稼げるか心配だったけどライアスのお陰で順調だ。

父上達への手紙も定期的に送っている。俺も一筆書いて送ったら、速攻で返事があって父上達が元気にしていることがわかって嬉しかった。ただ、父上の手紙は何故か汚れが目立っていたけど。ライアス曰く、泣きながら書いてたんじゃないかとのこと。相変らずの父上殿である。

兄上はもうすぐ婚約者と結婚式を挙げるらしい。俺の性格があんなだったから兄上の婚約者のクィンシー様とはあまり会ったことはない。俺から守るために兄上があまり会わせないようにしていたんだ。

俺はもうクリステンの地を踏めないから、お祝いに行くことは出来ないけど何か贈り物を選んでおこう。今の俺は平民だしそんなに高価なものを買えないけど、気持ちが伝わればそれでいい。


「おっちゃんこんにちは！　今日のオススメどれ？」

「おお、エレンじゃないか。今日のオススメはこの甘カボチャだな。よく熟れてて美味いぞ」

この街に来て半年が過ぎて、今じゃ市場の人とも仲よくなれた。こうして話しかけても誰も驚いたりキョドったりしない。皆俺の顔に慣れてくれたらしい。お陰でフードを被り続けなくてもよくなったから気持ちも随分楽になった。

「カボチャか！　これでポタージュでも作ったら美味そうだな。おっちゃんそれ頂戴！」

「毎度！　おまけにりんごも付けてやろう」

「マジで!?　おっちゃんありがと！　やっぱこの店最高だわ！」

「ははは！　そうだろうそうだろう。また旦那と来てくれよ！」

「だから旦那じゃないってば！」

こうやってからかわれたりもするけど、この空気感が堪らなく嬉しい。この街の人達も仲よくなってみると気のいい人が多くて過ごしやすいこともわかった。クリステンにいた時よりも充実した毎日を送れている。

市場からの帰り道。人ごみを抜けてもうすぐ家に着くというところで子供が俺達に向かって走ってきた。

「助けてー！　お兄ちゃん助けて！　お願い助けて！」

「おい！　どうした⁉　何があった⁉」

着ている服はボロボロで、スラムにいる子供だろうか。泣きながら俺の手を引き必死に助けを求めている。

「お兄ちゃん！　助けて！　弟が！　テンがっ……！」

「弟がどうしたんだ？　何が起こったか説明出来るか？」

「早くっ早くっ！　こっちに来て！」

子供は俺の手をぐいぐいと引っ張って路地の奥へと走っていく。その先には子供を人質にとりナイフを向けているあん・ぽん・たんの三人組がいた。

「お前らっ……！　子供相手に何してやがるッ！」

「よし、よくやった。じゃあこの後どうするかわかるな？」

「お兄ちゃんごめんね……」

俺の手を引いていた子供がそう言うと、俺の手首に見慣れない何かを巻き付けた。

「エレン、罠です！　撤退しましょう！」

「え？　わ、わかった……ってうわっ！　あっつ!!」

「しまった！　エレンッ！」

俺とライアスの間に炎が立ち昇った。そのせいでライアスとは離れてしまう。

「ライアスっ！」

「エレン！　今行きます！　待ってて……くそっ！」

炎が消えてライアスの姿が見えたが、ライアスの後ろに黒ずくめの男が三人いつの間にか立っていた。その手には剣が握られていてライアスに襲いかかろうとしている。

ライアスもそれに気付き剣を抜いてすぐさま応戦。相手はかなりの手練れのようであの強いライアスがすぐに決着をつけることが出来ないでいる。

「ライアス！　援護する！　…………ってあれ？　なんで!?　なんで魔法が撃てない!?」

風の刃を放とうと魔力を練り上げるが、うんともすんとも言わず魔法が全く使えなくなっていた。

「よし！　上手く作動したみたいだな！　魔法が使えなくなればこっちのもんだ！」

俺の後ろからはあん・ぽん・たんの声。上手く作動した……？　一体なんのことだ？　振り返るとあん・ぽん・たんの一人が俺のすぐ後ろにいた。

そしてガッ！　と思いっ切り顔を殴られ地面に押し付けられ拘束(こうそく)される。

「エレンッ!!」

ライアスがこっちに向かおうとしてるけど、戦ってる三人が強いらしく全く動けないでいる。クソ……子供を使って卑怯な真似しやがってっ……!

「へへっ。おい、魔法が使えない気分はどうだ？　お前には魔力封じの魔道具が付いている。外さない限り魔法を使うことは一生出来ないぜ。魔法を封じてしまえば非力なお前は何も出来ない。ざまぁないな！　さぁこれからイイトコロに案内してやるよ！」

俺の髪を掴み強引に顔を上げさせる。ぶちぶちと髪が引き千切られる音と急な痛みで顔をしかめてしまう。

あん・ぽん・たんの三人組によって手足を縛られ持ち上げられる。そしてそのままどこかへと荷物のように運ばれていく。

「ライアスー!!」

「エレンッ!!　くそっ！　貴様らぁッ!!」

あん・ぽん・たんの三人組は聞いていた通り逃げ足だけは速いらしく、あっという間にライアスと離されてしまう。だが俺だって大人しく運ばれてやるつもりはない。動きづらいながらも必死で体をバタバタと動かし暴れまくる。

「くそっ！　大人しくしろっ！」

大人しくしろと言われて大人しくする奴がどこにいるってんだ！　だがこいつらもガタイがいいせいで非力な俺は暴れて動きを遅くすることが精いっぱいだった。それでも十分嫌がらせにはなったようで、キレたこいつらは俺を乱暴に地面に放り投げた。

「ぐっ……！」

「はぁはぁ……てめぇ……痛い目見ないとわからねぇみたいだな。だったらお望み通りにしてやるぞ！」

俺の服に手をかけると思いっ切り破かれた。ボタンがぶちぶちと弾け飛びその辺に散らばっていく。

「今まで散々コケにされた分しっかり返してやるからな！」

「へへっ。お前の綺麗な顔が歪むところが見られて最高の気分だぜ」

「お前がここでめちゃくちゃに犯されたと知ったら、あのいけすかねぇあいつはどう思うかな？」

犯される!?　冗談じゃないッ！　なんでこんな奴らにそんなことされなきゃならねぇんだッ！

何度も何度も魔力を練り上げるも魔法が発動する気配がない。その間にこいつらの手が俺の体のいろんなところを触っていく。

気持ち悪い気持ち悪い気持ち悪いッ!!　全身に鳥肌が立ち、背筋も凍り、体が震え歯がかちかちと音を立てる。吐き気までしてきた。

「くそっ！　やめろっ！　触んなぁぁ!!」

必死に暴れるも三人の大柄な男達に押さえつけられて思うように動けない。下卑た男達はますます楽しそうに笑っている。

こいつらの手が気持ち悪い！　首も胸も腹も、全部全部気持ち悪いッ！　嫌だ！　ライアスにだって触られたことがないところ触ってくんな！　あいつに抱きしめられてもキスされても耳元で囁かれても、全然気持ち悪くなんてなかったのにッ！

あいつに選んでもらって買ったローブも服もめちゃくちゃに破かれて。ズボンも破かれてずり下ろされて。もう残っているのは下着だけ。それにも手をかけられそうになっている。

嫌だ嫌だ嫌だ！　こんなの嫌だ‼　助けて‼　誰か助けて‼　ライアス助けて‼

「ライアスーーーー‼　助けてーーーー‼」

「うるせぇッ！　黙ってろッ！」

「黙るのは貴様だッ‼」

「ぶへっ！」

急に俺に圧（の）しかかっていた重みが消え去った。何が起こっているのかわからずにいると、すぐに俺は誰かに抱き上げられた。

「ライアス……？」

「エレンっ！　すみません！　俺の失態です！」

ぎゅーって力いっぱい抱きしめられて苦しいくらいだ。だけどライアスだ。ライアスが来てくれた。助けてくれた。

「ライアス……ライアス！　うわぁぁぁぁぁ！」

手も縛られていて抱きしめ返すことは出来ないけど、顔をライアスの肩に擦り付けて匂いを思う存分嗅（か）いだ。この匂い、ライアスだ。ライアスの匂いだ。ライアスが来てくれたことに安心して、俺は子供のように泣きじゃくった。

怖かった。すげぇ怖かった。だけどもう大丈夫だ。ライアスがここにいる。俺を助けてくれた。

ライアスは俺の縛られていた手足の紐をあっという間に解き、付けられていた魔力封じの魔道具を取り外す。そして鞄から毛布を取り出すと俺を包んでくれた。そしてそのまま子供を抱っこするように縦に抱き上げると掴まっているように言われる。

やっと安心して周りを見たら、あん・ぽん・たんの三人組は地面に倒れ込んでいた。たったの一瞬でこの三人を殴り飛ばすか蹴り飛ばすかしていたらしい。

「今からこいつらを殺します」

俺を抱き上げたままでどうするのかと思ったら、もの凄い勢いで倒れている男達を蹴り飛ばす。蹴りが入る度に「ぐへっ」とか「ぐはっ」とかカエルが潰れたような気持ち悪い呻き声が響き渡る。

「ライアス、待って待って！　殺しちゃだめでしょ!?　流石にそれはまずいって！」

この世界は前世の世界よりも命の価値は低い。だけど殺人は流石に犯罪扱いとなるし、ライアスをこんな奴らのせいで犯罪者にはさせたくない。正当防衛もあるかもしれないけど、その辺は俺も詳しくないからわからない。

それに生かしておかないとこの事件の聴取だって出来ないし、どうしてこんなことになったのか知ることも出来なくなる。

「ですがっ………くっ、わかりました。半殺しにします」

「それなら許す！」

半殺しなら大丈夫。かろうじて生きているからな。俺の代わりにやり返してやれ！　今までの鬱憤も込めていいからな！

と俺の許可が出たことで、ライアスはまた続けてあん・ぽん・たんの三人組を蹴り続けた。

「おい！　ライアス！　エレン！　大丈夫かっ！」

そんな声が聞えて振り向くと、デイビットさんがこっちに走ってきていた。

「え？　デイビットさん!?」

なんでこんなところにこの人が？　それに他の冒険者も何人か一緒に付いてきている。

「おい！　ライアス待て待て待て！　これ以上やったらこいつら死んじまうぞ！　証人として必要なんだ！　殺してくれるなっ！」

「え!?　ライアス!?　殺しちゃダメって言ったじゃん!?　待って待って！　止まって止まって！」

「ちっ………このまま蹴り殺してやろうと思ったのに邪魔しやがってっ……」

蹴り殺すつもりだったんかいっ！　半殺しにするって言ったのに！

その後はデイビットさんの指示の下、一緒にここへ来た冒険者達に身柄を拘束されて憲兵へと突き出されることになったあん・ぽん・たんの三人組。

その間に俺はライアスからポーションを貰い、殴られた傷とか地面に打ち付けられた時の傷とかを治していた。ライアスも流石に無傷とはいかなかったみたいであちこち浅い切り傷があったけど、むしろそれしかなかったことが信じられない。本当にライアスが強くてよかった。

ライアスにもポーションを飲むよう伝えて傷を治してもらった。本当にこのポーションは凄い。流石(さすが)魔法薬なだけあって高いけど傷があっという間に治る。

「エレン、とりあえずは無事でよかった」

「全然よくないだろう！　俺の天使のエレンがこんな目に遭ったんだぞ！」

おい、今なんつった？　何か聞いてはいけない言葉が聞えた気がしたが……俺の気のせいだろうか。

ライアスは珍しく声を荒らげている。そして俺は相変わらずライアスに抱っこされたまま。それも横抱き、つまりはお姫様抱っこだ。降ろしてくれていいのに、ポーションを飲んでからずっとこの状態。重くないんだろうか……

「ライアス、俺は無事だったし傷も治った。だから大丈夫だよ。それにしてもなんでデイビットさんがここに来たんだ？」

「……俺が緊急信号弾を打ち上げたんですよ」

緊急信号弾。なんだそれ？　俺は聞いたことがなかったが、ライアスが言うには以前デイビットさんから渡されていたらしい。どうもあのあん・ぽん・たんの三人組が怪しい動きをしていると他の冒険者から聞いていたそうだ。もしかしたら俺達を狙ってくるかもしれないから、何かあった場合はそれを空に打ち上げろ、と。

俺と引き離されてしまったことで、ライアスは黒ずくめの男達と戦いながらもその信号弾を打ち上げた。そして黒ずくめの男達を倒して俺の方へ駆け付けた。

デイビットさんは信号弾が打ち上がったのを確認後、近くにいた冒険者に声をかけ信号の方向へ向かう。そしてライアスがあん・ぽん・たんの三人組を蹴り倒しているところに遭遇した。そういうことらしい。

「これからあの三人組の聴取をすることになるが、エレンとライアスにも襲われた時の状況を聞かせてほしい」

「待て。話すのは構わないが、エレンを一度家に連れて帰る。こんな姿のまま話をさせるわけにはいかない」

まぁ俺も正直その方がありがたい。なんてったって今、毛布に包まれてはいるがその下は下着しか身に着けていないからな。流石にそれはちょっと……

「そうだな。じゃあ後から俺がお前達の家に行く。それでいいか？」

「うん。そうしてくれると俺も助かる」

というわけで、俺とライアスは一旦家へと帰ることになった。もちろんその間も横抱きは変わらなかった。毛布で包まれていて顔を隠していたから周りを見ずに済んだけど、ライアスが運んでいるという時点で運ばれているのは俺だとバレているだろうな……恥ずかしい……

家に着いたがライアスは俺を降ろそうとしてくれなかった。むしろギュッと力を込めて抱き寄せられてしまう。

「ライアス……？」

「……すみませんでした。エレンを危険な目に遭わせて、守ることが出来ず傷を負わせてしまいました」

毛布の中から顔を出しそっとライアスを見上げると、今にも泣きそうな顔をして俺を見つめていた。こんな顔、虐めていた時だって見たことない。その顔を見た途端、胸がきゅーってなって苦しくなる。

「ライアスのせいじゃない。俺の不注意だ。魔法を使えるからって自分を過信してたし、いつの間にか背後を取られていたことにも気付いてなかった。それにライアスはあの黒ずくめの三人と戦っててそれどころじゃなかったし、ちゃんと俺を助けてくれて誘拐も強姦も未遂で済んだんだ。ライアスがいなかったら、俺はここにいなかったかもしれないんだぞ」

「ですが……っ」

「ライアス、俺は本当にお前がいてくれてよかったって思ってるし、お前を責めるつもりもないし、お前に感謝しかしていない。だからそこまで思い詰めないでくれ」

毛布から腕を出して出来る限りライアスを抱きしめてやる。

「ありがとうライアス。これからデイビットさんがここに来るからまた後でゆっくり話をしよう。とりあえずシャワー浴びてくるよ」

ぽんぽんと肩を叩き頭も撫でてやると、俺をそっと降ろしてくれた。二時間後くらいに来るって言ってたから、軽くシャワーで汚れを落とすことにする。傷は治ってもあちこち土やらホコリやらで汚れてしまっているからな。

浴室から出るとライアスは俺の髪の手入れをし、その後すぐにシャワーを浴びに行った。こんな時くらい髪の手入れをしなくたっていいのに、それはどうしても譲れないんだそうだ。相変らず真面目な奴だ。

ライアスもさっぱりし、二人でお茶を飲んでいるとデイビットさんがやってきた。

「おい……まさかこの家がお前達の家だとは思わなかったぞ」

だよねー。いきなり大人数での工事が始まったこの家のことは、それなりに街で噂になっていたそうだ。それが俺達の家だってわかってデイビットさんも驚きと呆れが混じった顔をしていた。初めてこの家を見た時の俺だってあり得ないと思ったし。

リビングに案内してお茶を出したら早速あの事件の話を始める。どうして俺達が襲われることになったのか一部始終を説明した。

「魔力封じの魔道具か。なるほどな。エレンがなんであの三人組に手も足も出なかったのか謎だったが、そういうことだったのか。お前の魔法ならあの三人組くらい倒すことは簡単だろうからな」

「これがその魔道具だ」

ライアスが俺から外した魔道具をデイビットさんに差し出した。デイビットさんはそれを手に取ると色々な角度から眺める。

「魔力封じの魔道具は、罪を犯した魔法使いに使うものなんだ。犯罪者用だから一般人に向けて使うことは禁止されている。そして本来は首に着ける形が一般的だが、これはかなり小型化されてるな。魔道具の裏に『メリフィールド魔道具店』の刻印がある。王都じゃなく、この街を拠点にしている侯爵家が運営している大手の魔道具商店だ。それにこの魔道具はかなり高価であの三人組が買うことは到底無理だ。間違いなく貴族か金持ちの誰かが絡んでいると見ていいだろう。この魔道具店へ問い合わせすれば、誰が買ったのか足が付きそうだな」

それほど高価なものだったのか。でもだとすると、なんで金持ちや貴族があの三人組にそんなものを渡したんだ？　あん・ぽん・たんの三人だけなら今までの恨みで俺達を襲うのもわかるけど。

「あとライアスが倒した黒ずくめの男達だが暗殺者のようだぞ。簡単に口を割るとは思えないが雇い主が誰か調べている。その雇い主と魔道具の購入者が同じ可能性が高いな。しかし暗殺者三人をきっちり倒すたぁお見事だ」

暗殺者っ……!?　暗殺者なんて相当な手練れのはずだ。ライアスがすぐに倒せなかったのも頷ける。なのに三人とも倒してしまうなんて本当にライアスの強さは半端ねぇな……

「ライアス、暗殺者相手によくあんな切り傷だけで済んだな。本当に無事でよかった……」

下手したらライアスだってあそこで死んでたかもしれないんだ……その可能性に思い当たった今、自然と体がぶるりと震えた。

「しかも相手が逃げられないように足を切り落としてたな。見事な切り口だったぜ」

「下手に手加減出来ない相手だったというのもあるが、戦えないように無力化するにはそれが一番手っ取り早いからな。殺してしまえばいいんだが、それだとそいつらの後ろにいる奴が誰だかわからなくなる可能性がある。そうなればエレンが今後また同じように狙われるかもしれない。それだけは絶対に許すわけにはいかなかった」

そこまで考えて戦っていたのか。だけどあん・ぽん・たんの三人組は蹴り殺そうとしていたけどな……

「そういや、あの子供達は大丈夫だったのか？」

「ああ、他の冒険者が見つけてな。足をすりむく程度の怪我をしていたが無事だ。それとその子供達から話を聞いたところ、あの三人組に弟を人質に取られて返してほしければエレンを呼んで来いと言われたらしい」

俺を名指しで呼んでいたのか。しかも子供を使って卑怯なことしやがって……本気で許せねぇ。

「ま、今後はあの三人組と暗殺者の聴取をして、それから魔道具の購入者がわかり次第、真犯人と犯行理由がわかるだろう。解決するまではお前達も気を付けてくれよ。それと話は変わるんだがライアス。お前、この国の騎士団に入るつもりはねぇか？」

「「は？」」

なんて？　騎士団⁉　なんでライアスに騎士団のお誘いが？　思わずライアスと声が被ってしまったじゃないか。

「たった一か月でBランクに上がって、今じゃライアスはAランクだ。だがその腕前はSランク相当だ。俺がこの前の昇格試験で直接見た時にそう思ったたし、あの暗殺者を倒した力量を見ても間違いねぇ。そんでエレン、お前元は貴族だろう？」

「え……」

貴族ってバレてる⁉　なんで⁉　話し方とか振舞い方とかどう見ても貴族になんて見えないと思っていたのに！

「お前の銀髪にその容姿。平民だっていう方が無理がある。何か理由があって平民になったんだろうが、ライアスが騎士団に入れば冒険者より安定して稼げるし、地位を取り戻すにしても権力はあって困らねぇ。ライアスだったらあっという間に幹部に上がれるだろうしな」

うわ……俺の見た目そのものが平民じゃなかったってことか。そりゃそうか……確かにこんな銀髪とか紫の瞳とか平民にはあり得ない色だよな。しかもこの色、他国の王族に連なるお祖母様から受け継いだ色だし。あー……うっかりしてたわ。

「悪いが断る。俺は騎士団に入る気はサラサラない。エレンの側を離れるつもりがないからな。それに今日、側にいたのにエレンは襲われてしまった。なんとか奪還出来たが、エレン一人だとまた襲われる危険がある。それだけは俺の命に代えても絶対に阻止しなければならない」

今日あったことで、俺はライアスから離れて生きていける自信がなくなった。ライアスがいてくれたから俺はこうして無事でいられる。だからライアスが騎士団に入って遠くに行ってしまうのは正直不安だ。それに——

「デイビットさん、悪いんだけど俺は貴族に戻りたいとか思ってないんだ。確かに理由があって平民になったことは間違いない。でもこれは俺自身が望んだことでもあるし、今の生活が凄く気に入ってる。ライアス本人が騎士団に入りたいって言うなら止めはしないけど、そうじゃないならこの話はなかったことにしてほしい」

ライアスが離れてしまうことは不安だけど、ライアスがやりたいことを制限するつもりは全くない。やっぱりそれはライアスの人生でライアスが決めることだと思うから。でもそうじゃないなら無理強いはしないでほしいと思う。

「そうか。わかった。まぁ俺の知り合いに騎士団の幹部がいるんだが、かなり前から腕のいい奴がいたら紹介してほしいと言われていてな。なかなか推薦出来る奴がいなかったんだが、ライアスなら向こうだって納得するだろうし、お前達の助けにもなるかと思ったんだ。だがそうじゃないならそれでいい。正直ギルドとしても強い奴はいてくれた方が助かるからな」

よかった。半ば無理やりにでも騎士団に入れるとかそういうんじゃなくて。


それから軽く雑談をした後、また何かわかり次第連絡をくれると言ってデイビットさんは帰っていった。

「ふぅ……なんか今日はすげぇ大変な一日だったな」

「……そうですね」

沈んだ声で返事をするライアスの顔を見ると眉間に皺を寄せ、思い詰めた表情をしていた。デイビットさんがいた時は堂々としていたのに、俺と二人きりになると家に帰ってきた時と同じ状態に戻っている。

「ライアス、俺が襲われたこと、気にするなって言ってもお前のことだから難しいのはわかってる。だけど俺は怒ってないし、さっきも言ったけどむしろ感謝の気持ちしかない」

「ですが……今日の件は俺の失態です。あなたを守り切れなかったんです。本当に、申し訳ありませんでした」

そう言ってライアスは俺に向けて深々と頭を下げた。もう従者じゃないのに、まるで従者の時と同じで俺はそれが凄く嫌だと思った。

「やめてよライアス！　ライアスは何も悪くないだろ！　あれは本当なら俺が一人で対処出来なきゃいけなかったんだ。俺の油断が招いたことだ」

「いいえ。俺は従者としてエレンの側にいた時からあらゆる事態を想定していました。あなたはこの不浄の世に舞い降りた天使のごとく、いや、神々すら平伏するほどに美しい」

……ちょっと待て。今凄く真面目な話をしてるんだよな？　そうだよな？　お前の顔も真剣そのものだもんな。くっそ～！　ツッコみたいのにツッコめないこの空気が憎い！

「エレンはそれほどの美貌をお持ちなんです。隙あらばエレンを我がものにしようと思っている不躾な視線はどこにでもありました。あなたはどうしても人の目を惹いてしまう。常に危険と隣り合わせなんです。それがわかっていながら、あなたを守ると言っておきながら！　俺はあなたを危険な目に遭わせ、守るという使命を果たすことが出来ませんでしたっ……！」

「ライアス……」

「でも……それでも！　あなたの側にいることを許していただけませんか！　もう二度とあなたを危険な目に遭わせないことを誓います！　あなたに何かあれば俺は……俺は正気ではいられない。だからどうか……どうかっ……！」

そう叫ぶように言うと床に膝を突き頭を下げた。それはもう土下座だ。俺に土下座してまで許しを請うている。

「やめてよライアス！　頭を上げてくれ！」

その姿が凄く痛々しく見えて慌ててライアスの側へと駆け寄った。俺も床に膝を突きライアスの頬に手をやって顔を上げさせる。ライアスの目は潤んでいて、涙が今にも零れ落ちそうになっていた。

そこまでして俺を守りたいと思ってくれた気持ちと、それが出来なかった悔しい気持ち。こっちが苦しくなるほど伝わってきて胸が熱くなる。堪らなくなってそのままライアスの顔を包み込むようにして抱きしめた。

「当たり前じゃん！　ライアスがいなくなるなんて嫌だ！　今日、本当に怖かったんだ。頼みの綱の魔法が使えなくなって、力じゃ全然敵わなくて、服を破かれていろんなところを触られてっ……あんなに体が震えて気持ち悪くて吐きそうになってっ！　ライアスがいないとなんにも出来ないんだって、俺は無力で非力な男なんだって……お前を自由にするって言ったのに俺に縛り付けてて全然自由にしてやれない情けない奴で……」

俺はこのソルズの街に来てからもライアスに頼りっぱなしで、自分一人で生きていくなんて無理難題だったんだって思い知らされた。でもライアスは嫌な顔をせず、むしろ楽しそうに俺の側にいてくれた。俺はその笑顔に救われて甘えていたんだ。

「なのにそんな俺のために体に傷を付けながらも必死に暗殺者を倒して駆け付けてくれた！　お前の名前を呼んだらすぐに来てくれた！　本当にカッコよくてドキドキして……あの時本当に安心したんだ。抱き上げられた時、お前の温もりと匂いが俺を凄く安心させてくれた」

驚くほど一瞬で体の震えは止まった。あんなに気持ち悪くて吐きそうだったのにそれもぴたりと止まった。ライアスに触れた途端、全部消え去ったんだ。

今までだってそうだった。ライアスに手を握られても、抱きしめられても、耳元で囁かれても、おでこや頬にちゅーされても、恥ずかしいと思っても嫌だとか気持ち悪いなんて感じたことはただの一度もなかった。

むしろ嬉しくて、ライアスがナンパされた時はイラついて、ライアスが俺に嬉しそうに楽しそうに笑顔を向けてくれたことが凄く嬉しくて、だからもっと俺に笑って、触れてほしくって………あ。そうか……嫌じゃないとか嬉しいとか、そう思ってたのは——

「俺、ライアスのこと、好きなんだ………」

好きだったから恥ずかしかっただけで、嫌じゃなくて嬉しいと思ってたんだ。なんだ。そっか。そうだったんだ。

「え……？」

「え？」

ライアスが一瞬ぴくっと動いた後、ガバッと勢いよく俺の腕の中から抜け出し目線を合わせてくる。

「え？　あれ？　え？　も、もしかして俺、声に出してた⁉」

「もう一度、もう一度言ってもらえませんか⁉　お願いします！」

「え、ちょっ……待って！　ライアス待って待って待って‼」

ライアスが俺の肩を掴みぐいぐいと迫ってくる！　お、落ち着いてくれ！　俺も今の状況がよくわかっていないから！

　俺はあのあん・ぽん・たんの三人組に体をまさぐられていた時と、ライアスに触れられていた時を比べて、嫌じゃなくて嬉しいと思ってるってわかったら自分の気持ちに気が付いた。そしたら一気にすとんっていろんなことが腑に落ちて、思わずぽろっと声に出して言ってしまったんだ。

　男同士の恋愛が無理だって思ってたのにそんな俺が男を好きになった。……いや、違うな。相手が別の男だったら無理だ。それは変わらない。そうじゃない。ライアスだからだ。ライアスだから触れられたいと思うし安心するしドキドキするんだ。

　もうとっくに俺は、ライアスのことが好きだったんだ。

「……俺、ライアスのこと好きだよ」

「エレンっ……！」

「恋愛感情の好き。ライアスを一人の男として好きなんだ」

ライアスが他の人を好きになって俺の側からいなくなったらって考えた時も悲しいと思った。嫌だと思った。それはそうだろう。好きな人が自分以外の人を好きになって離れるんだから。それはあの婚約者だった奴と変わらない。

「俺もっ……あなたのことが好きです。愛しています！」

だけどライアスは違う。俺のことを好きだと、愛していると言ってくれる。こうして俺を抱きしめてくれる。すっぽりと包まれるとライアスの体温と匂いを感じる。それが凄く落ち着くしもっと欲しいと心が叫ぶ。

「だから俺の側から離れるの、禁止……」

「はいっ……一生離れませんっ！　放しませんっ……！」

　ああ、こいつ嬉しくて泣いてる。もう可愛すぎだろう。俺が好きって言ったら嬉しすぎて泣いてるんだぜ。こんなイケメンで信じられないくらい強くてカッコいい奴が、俺に告白されて感激して泣いてるなんて。

　ライアスの腕から抜け出して顔をよく見てみると、ぼたぼたと涙を零（こぼ）してる。こんな泣き顔初めて見たな。こんな顔までカッコよくて可愛いなんて反則だ。

「うん。俺もずっと側にいたい。大好きだよ」

　気持ちを自覚して、ライアスの気持ちもちゃんと聞いて、そしたらもう止まらなかった。自然と俺はライアスに顔を近づけて自分からその唇に初めてキスをした。

　うわ……なんだこれ……めっちゃ恥ずかしくてドキドキする。だけどそれと同時に胸がぽかぽかしてあったかくて、心の中がくすぐったい。

「エレンっ……ずっとずっと前から、あなたのことが好きです。大好きです」

　今度はライアスからのキス。ちゅっちゅっと軽いキスを何度かすると、そのままぐっと強く抱きしめられて口づけも深くなる。俺も抱きしめ返してライアスからのキスを受け止めた。

　角度を変えながら何度も何度も重ねられるそれは、心の中を歓喜で満たしていく。ずっと僕が求めていたもの。愛し愛されるそれは、傷つけられた心の傷を綺麗に埋めていくようだった。

　好きな人のキスってこんなにも気持ちよくて心が満たされるものなんだ。もっともっとライアスが欲しい。もっともっと俺を求めてほしい。もっともっと深く繋がりたい。

それからどれくらいそうしていたのだろう。最後にちゅっと音を響かせてライアスの唇が離れていく。つぅっと銀の糸が引いてはふっと息を零して、その幸せな余韻に浸る。

「エレン……あなたを抱きたい。抱いてもいいですか?」

「うん……俺もライアスと繋がりたい。抱いてほしい」

俺の言葉を聞いたライアスは、これ以上なく綺麗に笑った。また軽くちゅっとキスをすると俺を抱き上げ寝室に向かった。


寝室へ入るとベッドの上にそっと優しく下ろされる。だけどまだ離れたくなくて首に手を回してぎゅっとしがみ付いた。するとライアスが「ふふっ」と笑って俺を抱きしめ返してくれる。ただそれだけなのに幸せだなって思って嬉しくなった。

「エレン、愛しています。今までも、これからも」

「うん。ありがとうライアス。俺も愛してる」

その言葉をきっかけに優しく口づけされる。だけど待ち切れないのかそれはすぐに激しいものに変わった。舌が絡む感覚、唇がくっつき離れる水音、お互いの呼吸音、ただそれだけしか聞こえない。ただそれだけのことがこの先を期待して気持ちを昂らせる。

「んあっ……」

ライアスの手は俺の胸へと伸びてくる。その先端を指でカリっと引っ掻かれると勝手に声が漏れ出た。服の上からなのに気持ちがよくて、だけどそれじゃ物足りない。

　俺の気持ちが伝わったのかライアスも物足りなかったのか、ライアスが服のボタンに手をかけるとあっという間に胸元が空気にさらされる。今度は直接胸の先端に指が触れる。そのままくりくりと摘まれてしまえば、ぞわぞわとした快感に変わった。

　ちゅっと音がしてライアスの口が離れていく。そのまま下へずれると右側には指、左側はライアスの熱い舌。二つ同時に刺激を与えられて俺は堪らなくなって声を上げた。

「はっ……あ、……んっ、あっ……」

　胸しか触られていないのに気持ちよくて出た声が恥ずかしくて堪らない。しかもその甘い声が自分の口から出たなんて信じられない。こんな恥ずかしい声を聞かれたくなくて俺は自然と唇を噛み締めてしまう。

「エレン。もっと声、聞かせて」

　俺の口を開かせようと、ライアスの指が口の中へと入ってきた。そのまま舌を撫でられると俺も無意識にその指に自ら舌を絡めていく。ライアスの口は俺の乳首を舐め続ける。閉じられなくなった口からは自然と声が漏れ、唾液も零れ顎下へと流れていった。

　乳首だけでこんなに気持ちよくなったら、俺はこの先どうなってしまうんだろう。快感に浮かされた頭でそんなことを思ってしまった。でもそれは不安な気持ちよりも期待が勝っている。

「んあっ……あ、あんっ……」

　ライアスが与えてくれる快感で自然と俺のアソコに熱が籠る。熱くて足をモジモジと擦り合わせるとライアスがソレに気が付いた。

「気持ちいい？　ココ、こんなになってる。ココもちゃんと可愛がってあげなきゃね」

「あ！　ああっ……！」

そのまますりと膨らんだところを撫でられると自然と腰が浮いた。軽く撫でられただけなのに驚くほどの快感が脳を突き抜ける。

それを見たライアスは「かわいい」と呟くと、俺のズボンも下着もあっという間に下ろす。隠すものがなくなって全て曝け出されたのが恥ずかしくて、俺は丸見えになったソレを手で隠そうとした。がその手はライアスにやすやすと止められてしまう。

「あっ！」

「ダメ。全部見せて。エレンの全部、見たい」

隠すことが出来なかったため、俺の全てはライアスの目に晒されていた。もうお腹に付きそうなほどにそそり立った陰茎が見える。

恥ずかしい。恥ずかしいはずなのに、ライアスに見られていると思うと段々興奮してくる。俺って変態だったのか。

変態でもいい。早く触ってほしい。ライアスに触ってほしい……

そんな俺の心の声が聞えたのか、ライアスは俺の陰茎にそっと手を這わせてくいっと軽く扱いた。

「んあッ！」

待ちに待った感覚に俺はびくりと体を震わせ腰を跳ねさせた。それを見たライアスは嬉しそうに笑い、さらに上下に手を動かしていく。その度に気持ちいい感覚が俺を襲い声を止めることが出来ない。快感に翻弄(ほんろう)された俺はシーツをぎゅっと握り締めていた。

「先端、濡れてきた」

ライアスはくすりと笑うと、陰茎に顔を近づけてちゅっちゅっとキスを落としていく。カリも裏筋も、まるで愛おしいとでもいうようにあちこちにキスをする。そして先端へ辿り着くと舌を伸ばしぺろりと舐められた。

「んはっ……！」

生温かい湿った感覚が恐ろしいほどに気持ちがよくて腰がまた跳ねる。ライアスは止まることなく何度も何度も溢れる先走りを舐めとっていく。それだけじゃなくて袋まで揉まれてあっという間に達してしまいそうになる。

ライアスの舌が熱くて手とは違うその感覚におかしくなりそうだ。でもやめてほしいと思うことはなく、むしろもっとしてほしいと自然に腰が揺れた。

「気持ちいいんだ。可愛い……エレン可愛いよ。もっと俺で気持ちよくなって」

そう言うや否や、ぱくっと口に含んでしまった。そのままじゅるじゅると吸われて、さらに口で上下に扱(しご)かれる。陰茎全体が温かいものに包まれ、あまりの気持ちよさに仰け反った。

「あ、あっ！　あん、あっ……はぁ、んっ……それ、ダメッ……気持ち、よすぎてっ……あんっ……！」

「うん、いいよ。いつでもイって……んむ……エレンの飲みたい。飲ませて」

「やぁっ、そんなとこ、でっ……んあ……喋ん、なっ……」

ライアスから与えられる快感が強くて上手く喋れない。頭もぼーっとして気持ちいい以外に何も考えられなくなる。

そんな時ライアスと目が合った。ライアスの青い瞳には情欲が滲んでいてギラギラと俺を射貫いてくる。そんな獣じみた瞳に促えられた俺は、全身の血が逆流したかのように熱くなった。

初めて見るライアスのそんな顔が堪らなくて、快感に震える手をライアスの頭にそっと伸ばした。するとライアスはすっと目を細めた後、急に口の動きを速めた。お陰でさっきの比じゃない強すぎる快感に襲われた俺は、一気に昇りつめることになる。

「あ、あっ！　……や、ダメ、イクッ……！　もう、俺っ……！　あ、あ、あ……イクっ……イクっ……んあぁぁぁぁ！」

抗うことも我慢することも出来なくなって、そのままライアスの口の中へ放ってしまった。

「んっ！　……んぐ、んん……」

ライアスは俺の陰茎を口から外すことなく、さらに中に残る残留すら搾り取るように吸い上げていく。そしてちゅぽんと口から外し、俺と目を合わせにこりと笑った。その時にライアスの喉仏が上下するのをはっきりと見てしまう。

「え……まさか、俺の、飲んだ……？」

「もちろん。ご馳走様でした」

ぺろっと唇を舐めながらそう言ったライアスの色気が凄くてカッコよすぎて、全身がカッと熱くなった。イッたばかりだというのに俺の下半身にまた熱が集まってくる。

こいつってこんな顔も出来たのか。まだ服を着ているのにもかかわらず、漏れ出る大人の男の色気に俺はノックアウト寸前だ。

その色気に惚けていると、すっと体を起こしたライアスは服を脱ぎ始めた。シャツを脱ぐと露になった胸とお腹に目が釘付けになる。

「凄い……カッコいい……」

厚い胸板にバッキバキに割れた腹筋。俺とは全然違う『雄』を感じさせる強い体。どれだけ鍛えたらこうなるんだろう。

「嬉しい。エレンにそう言ってもらえて」

ふわっと笑った顔も相まって、ライアスのカッコよさは天を突き抜けるようだった。もうそれだけで俺の心臓はドキドキして止まらない。ライアスはそのまま下も一気に脱いで、それをベッドの下へと放り投げた。

「え……ライアスの、でかっ……」

ライアスの裸体は、彫刻のような完璧さだった。引き締まったその裸体は強さの中に美しさも感じさせる。

だが、俺の目はある一点に集中した。ガンガンにそそり立ったライアスの『雄』はその存在感を強く主張していて、俺の目にはもうそれしか映らなかった。俺はまるで誘われるようにして熱い肉棒に近づく。

信じられない。嫌悪感が湧くどころか可愛いとすら思えるなんて。自分で自分の感情に驚くばかりだ。

ライアスも我慢していたのか、先端はもう先走りで濡れていた。ライアスの強い『雄』の匂いがする……

バカになった俺の頭はそれを舐めたいとしか考えられなくて、その先端にぺろぺろと舌を這わせた。少ししょっぱいそれは美味しくないのに、心は嬉しいと喜んで夢中でアイスを舐めるように舌を動かした。

「は……エレンっ……はぁっ……」

ライアスが興奮している声が聞こえる。俺がそうさせてるんだ。それが凄く嬉しくなって夢中で舐め続ける。

時折ぴくっと揺れ動くそれが愛しく思えて、もっと気持ちよくなってほしくて口の中へと迎え入れた。大きすぎて全部入れることは無理だけど、手も使って口と合わせてくちゅくちゅと扱いていく。

「んあっ……！　エレン、それっは……」

ライアスが気持ちよくなったその声が俺の興奮をさらに高めていく。感じてくれているのが嬉しくて、俺はじゅるじゅると淫猥な音を立てながら一心不乱にしゃぶりつく。

ライアスはそんな俺の頭に両手を添え、優しい手つきで撫でた。それが「いい子いい子」されてるようで嬉しくて、じゅっと吸い上げながらさらに激しく頭を上下に振る。

「くっ……エレン出るっ……はっ、ぐぅっ……！」

低く唸ったと同時に俺の口の中にライアスの白濁液が放出された。勢いよく出てくるそれに驚いたものの、零さないよう必死で受け止める。ライアスがしてくれたみたいに、俺も中に一滴も残さないよう吸い上げた。

「んぐ……んんっ……んぐ…………けほっ、はぁ……」

初めて飲む精液は生臭いのに、これがライアスの味なんだと思うだけで愛しく感じるから不思議だ。好きな相手のモノならなんだって嬉しいんだ。

「ああっ、飲んでくれるなんてっ……！　エレン！」

俺が精液を飲み干したことに感動したのか、興奮したライアスに押し倒され激しく口内を蹂躙されてしまう。舌と舌が触れ合うとお互いの精液の味がする。それを気持ち悪いと思うどころか、こんなに幸せな気持ちになるのは何故なんだろうか。

またお互い大きくなった熱をこすり合わせるように腰を動かし、抱きしめ合って激しいキスを繰り返す。汗でしっとりと濡れた人肌が触れ合う感覚も気持ちよくて堪らない。

「はぁ……エレン、もう我慢出来ない。ココの準備、してもいい？」

そう言うと俺の足を開いて隠された蕾に指を押し当てた。くっと押されて初めて、俺はここにライアスを受け止めるのかとその事実に気が付く。

頭ではわかってたことだけど、いざそうなると思うと不安が押し寄せる。ライアスのあんな大きいものがここに入るなんて信じられない。そんな俺の気持ちが伝わったのか、ライアスは俺の頭を優しく撫でてきた。

「大丈夫。初めてだからちゃんとしっかり解すよ。痛い思いは絶対にさせない」

ライアスはベッド脇にあるサイドテーブルの引き出しを開けて何かを取り出した。手に持っているのは小さな瓶。その蓋を開けてとろりとした液体を手に落とす。それを俺の蕾に塗り付けるように手を動かすと、そのままつぷりと指を一本入れてきた。

「んあっ……！」

たった一本の指だが違和感が凄い。こんなところを初めて触られた俺はびくびくとする体を抑えることが出来ない。それはゆっくりと出し入れされ、たまにぐるりと円を描くように解される。くちゅくちゅと卑猥な音が下から聞こえる度に、俺の中が少しずつ暴かれていく。

「ひゃあっ⁉」

ライアスの指がある一点をかすめた時、信じられないほどの快感に襲われた。びっくりして大きな声まで出てしまう。

「見つけた。ここか……」

ライアスはそこを中心にぐいぐいと指を動かしてくる。違和感しかなかったはずなのに、そこを押されながら指を動かされると快感だけが残るようになった。

「え、え、え……？　なになになに⁉　んあっ！　待って、そこ、んあっ……！」

――もしやこれが噂の前立腺ってやつか⁉

こんなところ、前世でだって触られたことはない。初めての感覚に俺は翻弄され、ライアスはそんな俺の反応を楽しむように指を出し入れしている。

俺を見つめる青い瞳には、はっきりと情欲が宿っていて俺で興奮していることを隠しもしていない。その事実が嬉しくて胸がきゅんきゅんして苦しいほどだ。

「ラ、イアスっ……」

そんなライアスとくっつきたくて手を伸ばす。俺の蕾を弄る手はそのままに、体を俺に近づけて抱きしめさせてくれた。

あったかくて気持ちいい。快感に翻弄されながらもライアスをぎゅっと抱きしめて、その髪に、額にキスを落とす。するとライアスも負けじと俺の顔中にキスの雨を降らせてきた。そして最後は唇に。またお互いに舌を絡める深いキスを楽しんだ。

ライアスの唇も舌も指も、全部全部気持ちがいい。もう好きの気持ちが止まらない。ライアスが好き。大好きだ。

「エレン、かなり解れてきた。もう指が三本入ってる」

キスに夢中になっていたらいつの間にかそんなことになっていた。俺も気持ちよすぎて自然と腰を揺らしている。最初に覚えた違和感は、知らぬ間にどこかへと行っていた。

「もう我慢出来ない……挿れてもいいか？」

「うん、きて……ライアスの、挿れて……」

快感に溺れた頭は、もうライアスでいっぱいにしてほしいとしか考えられなくなっている。

ライアスは俺の足をさらに大きく開かせると、その間に体を滑り込ませた。自身の『雄』に香油を纏わりつかせ、テラテラと光るそれを俺の蕾に押し当てる。そしてそれはゆっくりと俺の中へ侵入してきた。

「あ、あ、あ………ライアスっ……入って、くるっ……！」

「くっ……これは凄いなっ……もって、行かれそうだっ……！」

俺が苦しくならないように、慎重に腰を押し進めてくる。前へ進んだり後ろへ下がったり。痛くさせないという言葉通り、俺を最大限に労わりながら決して自分本位に進んでこない。こんな時でも俺のことを第一に考えてくれるその優しさが堪らなく嬉しかった。

だが圧迫感が凄い。初めて押し込まれる質量の大きさに俺は息を止めていた。それに気が付いたライアスは「大丈夫、力を抜いて」と労うみたいに顔中にキスをする。

そんなライアスの落ち着いた声に導かれるように、ふぅっと息を吐き体の力を抜いた。

「はぁっ……エレン、全部入った」

「ほんと……？」

あんな大きなものが入るなんて半信半疑だったが、ゆっくりと進んできたお陰か全部入ったという。それを確かめるために、少し体を起こして結合部分に指を当てると根元まで全部埋まっているのがわかった。

凄い、あんなに大きなライアスを俺が受け止めてるんだ。その事実を知った途端、ぶわりと多幸感に包まれた。

「嬉しい……ライアスが中にいる」

一つに繋がることをこんなにも嬉しいと感じるなんて。男に抱かれることに嫌悪感を持っていたのに、相手がライアスだと幸せにしか思えない。こんなにも嬉しい感情が湧き上がってくるなんて今まで想像もしていなかった。

「エレン、俺は今、人生でこれ以上なく幸せだ。俺を受け入れてくれてありがとう」

「うんっ……ひっく、うんっ！　俺も……俺も、ありがとうっ……」

自然と涙が零れ落ちた。こんなに幸せでいいんだろうか。好きな人に愛される。それがこんなに心を満たすなんて。きっと二人とも心が伴っているからこそなんだろう。

一方通行の気持ちのままじゃこんなに幸福感を味わうことは出来ないはずだ。お互いがお互いを想っている。それがわかっているからこその幸せ。だからこそ、こんなにも気持ちがいい。

「動くよ」

そう一言声をかけてからライアスがゆっくりと動き出す。その緩やかな動きでも、俺は十分気持ちがよかった。

「苦しく、ない？」

「んあっ……うん、全然。むしろ……あ、あんっ……気持ち、いいから」

俺がそう答えると、ほっと安心したような顔をした。

ああ、どこまで優しいんだろう。本当はがつがつと動きたいはずだろうに。俺が苦しくならないように少しずつ少しずつ動かして、俺が気持ちよくなれるようにしてくれる。

「キス……したい」

「喜んで」

こんな時でも俺のために心を砕いてくれるライアスが堪らなく愛しくてキスをしたいと強請った。

それを聞いたライアスは嬉しそうに笑ってそっと俺にキスをしてくれた。ライアスの首に腕を回してライアスを体いっぱいで感じる。

キスの柔らかさと腰の動きと、ライアスが与えてくれる全部を受け止める。でもライアスにももっと気持ちよくなってほしい。二人で一緒に気持ちよくなりたい。

「ライアスっ……もっと、動いて……んっ、気持ちよく、なって……」

「エレンっ……」

ライアスも我慢出来なくなったのか、徐々に腰の動きが速くなっていく。それに合わせて快感も、肌と肌がぶつかる音も段々と大きくなっていく。

ああ、ライアスに抱かれている。ライアスが俺を抱いている。そのことがこんなにも嬉しい。ライアスの青い瞳に見つめられながら、その熱をぶつけられて心が歓喜で満たされる。知らず知らずまた涙が零(こぼ)れた。苦しさも痛さも感じない。ただひたすらに気持ちがいい。

何度も出し入れされることで、ぱちゅぱちゅと空気を含んで泡になった香油の水音も大きくなってくる。酷く淫(みだ)らでいやらしいはずなのに、それがまるで媚薬のように欲望を掻き立てる。

――もっともっと。もっと欲しい。

「あ、あんっ……! あ、んあっ、あ、あ……はっ、ライアスっ……ライアスっ!」

「エレンっ……エレンっ……!」

額から汗を流して眉間に皺を寄せ、甘い息を吐きながら必死に腰を振るその姿が堪(たま)らなくカッコよすぎて困ってしまう。こんな表情は俺しか知らない。世界中の誰だって知らない俺だけが知っている顔。

ああ、こんなイイ男が俺のことが好きで好きで仕方がないなんて嘘みたいだ。

「あ、あっ……あんっ……！　ライ、アスっ……好きっ……大好きっ……！」

だから俺は好きな気持ちを伝えたくて、バカみたいに好きだと繰り返し口にした。それを聞いたライアスの顔は眩しいくらいに綺麗だった。

「はっはっ……俺もっ、好きだエレンっ！　愛してるっ……世界で、一番、愛してるっ……！」

そんな言葉と共に、また俺をぎゅっと抱きしめて腰を打ち付けるライアス。大好きなライアスの匂いを体いっぱいに感じて、ただ与えられる快感に酔いしれた。

もう俺の頭の中は、嬉しい、気持ちいい、大好きしかなく、何がなんだかわけがわからない。思考能力を失った俺はひたすらにライアスを感じることしか出来なかった。

ライアスの全てを受け入れるように、腕も足も使って全身でぎゅっと抱きしめる。

放さない。放すもんか。もうライアスは誰にも渡さない。

「あ、あ、あっ！　や、ダメっ……もうっ……んあっ、もう、イクっ……！　イク……んうぅっ……！イクイクイクっ……!!」

「俺も、もうっ……！　エレン！　エレンっ……！　ぐぅっ……」

抱きしめ合う力がぐっと強くなると同時に、俺達は最高潮に達した。

ああ、ライアスのが俺の中に吐き出されている……俺の先端からも白濁液が噴き出してお腹の上にぶちまけられていた。

はぁはぁと息を整えながらじんわりとお腹の中の温かさを感じて、また幸せを噛み締める。

凄く、凄く気持ちがよかった。初めてなのに、こんなに気持ちよくなれるなんて。こんなに幸せな気持ちになれるなんて。

ライアスは体を起こすと俺に深い深いキスをする。

「エレン。俺は絶対に側を離れない。これからもずっと一緒だ」

「うん、俺もライアスの側を離れないから」

「「愛してる」」

改めて気持ちを伝えたくて口を開くと、二人同時に同じ言葉。びっくりしてぱちくりと目を瞬かせると、二人で同時にははっと笑った。笑って、見つめ合って、またキスをして。

心から好きな人と体を重ねるのはこんなにも幸せなことなんだと、こんなにも気持ちがいいんだと初めて知った。前世でもここまでの幸福感はなかったように思う。これは相手がライアスだから。ライアスだから感じられたことだ。

俺がこの世界に転生した理由はわからないけれど、もしこれが神の御業だったのなら。神様、ライアスに会わせてくれてありがとう。俺は凄く幸せです。

ぎゅっと抱きしめ合って快感の余韻に浸る。ああ、今日はこのまま幸せに眠れそう……

なんて思っていたら、俺の中のライアスがムクムクっと大きくなる感覚が。そういえばまだ抜いてなかった……

「え……ラ、イアス……？」

「……ごめん。もう一回させて」

「え？　え？　えぇ!?　ちょっ……んあっ！　あ、あんっ！　まっ……！」

それから『一回』という言葉はどこに行ったんだというくらい、俺はライアスに食べ尽くされた。後ろから横から前からと、散々に突き上げられて俺はライアスと溺れに溺れた。

既に体は無理なはずなのに、バカな俺の口から出てくるのはもっとという言葉。俺の頭はもう戻らないかもと思うくらい快感でおかしくなっていった。


「ん……」

あれ？　朝……？　目を開けると肌色が一面に広がっていた。あれ……なんだこれ？　昨日はどうしたんだっけ？

「あっ！」

ひゃあぁぁぁぁぁぁ!!　そうだ！　昨日はライアスとえっちなことしたんだった!!　うわぁぁぁぁぁぁぁ!!　どうしよう！　恥ずかしすぎるっ！　昨日の痴態を思い出して恥ずかしすぎて隠れたい！

せめて顔だけでも隠そうと両手で顔を覆った。意味がないことはわかっている！　気持ちの問題だ！

「エレン、おはようございます」

「ひゃっ！　お、おは、よう、ライアス……起きてたんだ？」

そろりと顔を覆った手を外して顔を上げると、にこやかに笑うライアスの顔。くそぅっ！　カッコいいなちくちょー！

「はい。あなたの寝顔をずっと見ていました」

なんだと⁉　ってことはお前は寝てないのか⁉　俺の寝顔なんて見ても面白くもなんともないだろうが‼

「とっても可愛くて、寝るのが勿体なかったので」

「ぐぅっ！」

可愛いとか言うな！　恥ずかしいだろうが！　嬉しいけど！　嬉しいけど恥ずかしくて死ねる！　そんなこともさらっと言いやがってこの野郎！　俺は恥ずかしすぎて布団をグイッと引き上げて顔を隠した。

「体は辛くないですか？」

「う……そう言えば、腰とお尻が痛い……」

言われて気付いたけど、腰はだるいしお尻は痛い。なんならまだ入っているんじゃないかと思うくらいの違和感だ。

「すみません、無理をさせてしまいました……あなたと気持ちが通じ合ったのが嬉しすぎて止められませんでした……」

布団からそろりと顔を出すと、しゅんと沈んだ表情のライアス。くそ、こんな顔まで可愛いと思ってしまう自分が憎いっ！

昨日は最後にどうなったのか覚えていないから、恐らく俺は気絶したんだと思われる。ライアスって体力お化けだよな。それと精力お化け。あんなに出来るもんか？　この世界の人間ってこんな感じなの？　人間の体ってこんなんだっけ？

あれ？　そう言えば。

「敬語戻ってる。なんで？　昨日の、あの、アレの時は敬語なんて使ってなかったのに……」

あの時のライアスは、うん。控えめに言ってカッコよかった。雄味が強くて俺はきゅんきゅんしまくったし。

「あ……その……あの時はなんというか、その、自分でもわからない何かが切り替わってエレンを気持ちよくさせたい一心でああなってしまったというか……すみません……嫌、でしたか？」

「ううん、全然……あ、あんなライアスもかっこよくて惚れ直しましたっ……」

くっ……冷静な時にこう言うのって恥ずかしいな！　でも昨日は本気でかっこよかったし、あんな時でもライアスが優しくしようとしてくれてたのはわかったし、マジで嬉しかったし気持ちよかったし。

「エレン……」

ぎゅっと抱きしめられてまたキスをする。朝からこんな舌を絡めるえっちなキスなんて、って思うけどそれが嬉しいから止めたくない。…………ってちょっと待て。

「ライアス……？」

「すみません、エレンが可愛すぎて……」

お腹の辺りに何か硬いものがぐりぐりと押し付けられているんだがっ⁉

「おい！　これ以上は無理だからな⁉　俺の体が壊れるっ！」

「わかってます。大丈夫です。大丈夫。…………多分」

「…………」

絶対大丈夫じゃねーだろ！　お前元気よすぎなんだよバカ野郎！

また襲われたらたまったもんじゃないから俺が手で抜いてやった。俺の優しさに感謝しろ！


「エレン、食事を持ってきました」

「ありがとうライアス」

俺は昨日のえっちの後遺症により体が上手く動かせなくなっていた。一度ベッドから降りてみたところ、見事に足に力が入らずへたり込んでしまった。お陰でベッドの上で介護状態だ。

風呂には入ったが、浴室へ向かうところからライアスに全て介護され、着替えも何もかもしてもらうという羽目に。当然食事の用意も出来ないからライアスが作ってくれた。椅子に座ることも満足に出来なさそうなのでベッドの上で食べることになった。

「はい、あーん」

「……おい。手は動かせるから自分で食べられるぞ」

「俺がやりたいんです。させてください」

なんつーいい笑顔してやがる。俺の世話をするのがそんなに嬉しいのかお前は。

「……ぱく。…………美味(うま)い」

「よかった。いっぱい食べてください」

決してスプーンを渡されることはなく、俺は大人しくライアスに食べさせてもらう。ここまでしなくても、と思ったがこうなったのはそもそもこいつのせいだからな。それにやりたいっていうんだからやらせておこう。無駄な抵抗はやめることにした。

体もさっぱりしてお腹も膨れた。相変わらずベッドの上から動くことは出来ないが、ライアスはずっと側にいてにこにことしている。本当に俺と気持ちが通じ合ったのが嬉しいんだな。今まで見せてくれた笑顔とは違う満面の笑みだ。

だけど俺は正直疑問が残っている。ライアスを散々虐(いじ)めた俺を、どうしてここまで好きなのか。命の恩人だから、では納得出来ない自分がいる。

「なぁライアス。俺はお前に散々酷い真似してきたのに、なんでそこまで俺のこと好きなの？」

だから思い切って本人に聞いてみることにした。

「もちろんきっかけはあなたに拾われたことです。……孤児だった俺は煙たがられる存在でした。生きるために食べ物を盗みごみを漁る毎日で、見つかると体の大きな大人に殴られたりもしました。自分は生きていてはいけない人間なんじゃないか。拾われる前はそう思っていたこともありました」

俺は出会う前のライアスについて知らない。きっと大変だったんだろうなくらいにしか思っていなかった。小さな子供が生きるために必死で、でも周りの人間からはそんな風に扱われていたなんて。なのに俺はそんなライアスを散々いたぶっていたのか。……最悪すぎだろ。

「あなたと初めて出会った時は天使が現れたのかと思いました。そしてその天使は俺に生きていてもいいと、道を与えてくれました。その恩返しをしたい一心で俺は従者としての勉強にも訓練にも毎日励んでいたんです。それから殿下との婚約が決まった時、一度お会いしましたよね。あの時のエレンのキラキラとした笑顔に心奪われました。あの可愛さは言葉では言い表せないくらいでした。あなたの笑顔を見た瞬間、一気に恋に落ちたんです」

当時を思い出しているのか、ライアスは慈愛が籠った優しい笑みを零していた。そんな昔から俺のことが好きだったのか……

「あの時のエレンは俺を『凄い凄い』と褒めてくれました。親以外に褒められたことはなく、むしろ邪魔者扱いされていた俺を眩しい笑顔で凄いと手放しで褒めてくれたんです。しかもそんな俺を見習って自分も頑張るんだって言ってくれて。『俺』という人間を認めてくれたような気がしました」

きっと俺はそんな複雑なことは一切考えていなかったと思う。ただ単純に頑張ってて凄いなって思ってそう言っただけだろう。だけど生きていることを後ろめたく感じていたライアスにとって、救われた言葉だったんだろうな。

「従者見習いとなってエレンに会った時、既にあの時のキラキラはなくなっていました。それが戻ってくることはなく、少しずつ心が壊れていくのがわかりました。俺に手を上げるようになっても、あのキラキラが戻ってくるならそれでいいと思っていました。ですがそうはならなかった」

「………………」

「あなたの心が壊れるのを止めたかった。あなたが傷ついているのを癒したかった。なのにあの時の俺にはそんなことは出来なくて……ですが突然あなたのキラキラが戻ってきました。驚いたと同時に凄く嬉しかった。でもあなたに付いてきて、前世の記憶を取り戻したことを聞いてわかったんです。あなたのキラキラが戻ってきたのは、以前のエレンの心が粉々に砕け散ったからだと。もうこれ以上傷ついてほしくない。その傷ついた心を癒したい。だから俺は自分の気持ちを抑えることをやめました。あなたには幸せになってほしかったんです。そしてあんな殿下じゃなく、俺の手でそうしたいと思いました」

俺はライアスの話を聞いて自然と涙が溢れてきた。こいつは昔からずっと、俺のことだけを考えて生きてきたんだ。酷いことされても言われても、俺の前世の記憶が蘇って人格が変わった後も、俺のことだけを考えて生きてきた。

嬉しく思うのと同時に、申し訳ない気持ちと、どうしてそこまでするのかという気持ちと、そんな優しいライアスを愛おしく思う気持ちと、もう全部がごちゃ混ぜになっている。

胸が苦しくなって涙が止まらなくなった。こいつは自分のことなんか何一つ考えていない。全部全部俺のため。ただそれだけのためにずっと側にいてくれた。途中で嫌いになってもおかしくないのに、こいつはずっと俺を好きでいてくれた。俺を見てくれていた。

「ライアスっ……本当に今までごめん！　そしてっ……ひっく、本当に、あり、がとうっ……」

「エレン……」

「俺……ひっく、俺っ幸せに、なる……からっ！　ライアスがいてくれる、だけでっ……うぅ……幸せ、だからっ！」

「はい」

「でもっ……お前がっ……お前もっ、ちゃん、と……ひっく……幸せじゃ、なかったらっ！　俺も、幸せに……なれないっ！」

「エレン、俺はもう十分幸せです。あなたの側にいられるだけで幸せです」

泣きじゃくる俺をそっと抱きしめてくれた。俺に向けられるその優しさは、ライアス自身にも向けるべきだ。

「そんなのっ……ダメ、だろ！　もっと、もっと……ひっく……幸せ、に、なってくれなきゃっ……俺が、嫌だっ！」

「はい……それじゃあ、二人でもっともっと、幸せになりましょう」

「うん……うんっ！　絶対、絶対だからなっ！」

ライアスはずっとずっと俺に愛をくれていた。でもバカな俺はそんなこと気付かないで、ただただこいつを傷つけてきた。あんな王子より、ずっと俺のことを大事にしてくれる奴が側にいたのに、気付かなかったなんて前の俺ってホントにバカだ……

ライアスが自分で自分にその優しさを向けられないのなら、俺がその分お前にいっぱい優しさをあげよう。愛をあげよう。ライアスが俺にくれる気持ちと同じくらい、ううん、それ以上の気持ちを返してあげよう。そうすれば二人で一緒に幸せになれると思うから。

それから俺は、ライアスに抱きしめられながら泣きじゃくることになった。泣きやんでからもしばらくはライアスとくっついていた。どうせ体も上手く動かないし、ベッドで寝ているだけだし、せっかくこ、恋人に、なったんだし！　うわぁぁぁぁ！　恋人だって！　恥ずかしいっ！

内心どきどきしながらも、その日一日ずっとライアスとダラダラと過ごした。当然寝る時も一緒。俺の体がもう無理出来ないこともわかってるから、何もえっちなことはせずただ抱きしめ合って眠った。最高だった。


翌日、なんとか歩けるようになった俺はギルドへと行くことにした。本調子じゃないから依頼は受けないけど、あれからあの事件について進展があったかどうか気になったんだ。扉を開けると、ギルド内はいつも通りの雰囲気だった。

「エレンさん！　暴行を受けたと聞きました。体は大丈夫ですか？」

「うん、なんとか。ギルドマスターはいる？」

「俺ならここだぜ」

受付でデイビットさんを呼んでもらおうと思ったら、俺達の後ろにいて声をかけられた。丁度外から帰ってきたところみたいだ。

「よぉ。あのことが気になって来たんだろ？　……ってなんだ、お前らようやくくっついたのか」

「へ!?」

なんでバレてる!?　俺達別に何も怪しいところはなかったはずだぞ!?　なんだ!?　心眼でも持ってんのか!?

「……エレン、お前って本当にわかりやすいな。顔に全部出てるぞ。なんでわかったかってそりゃお前のココ、付いてるぞ」

「え？」

デイビットさんが指さしたところは首元。首元……？　あ、もしかして!!　バッとそれが付いているであろう場所を手で隠す。マジか、服で見えないと思っていたのに！

今日の朝、朝食を作っていたらいきなり後ろからハグされてそのまま首筋に吸い付かれたんだよな。ちりっと痛みがあったからキスマークが付けられたことはわかったんだけど、服の襟で見えないと思って油断してた……

「全く見せつけてくれるねぇ。よかったじゃねぇの。いや～若いってのはいいねぇ」

「う、うるさい！　ライアス！　やめろって言ったのにお前がやるから！」

「エレンだって嬉しそうだったじゃないですか」

ぐぅっ……！　確かにそうだったから言い返せねぇ……！　うわぁぁぁぁ！　俺のバカバカバカ！　浮かれすぎたただのバカじゃねぇか！　恥ずかしくて穴があったら入りたいっ！

「はは。面白れぇ顔してるぞ。ま、からかうのはここまでにして。あの事件のことだが色々とわかったぞ。俺の部屋に来てくれ。そこで話そう」

デイビットさんに付いていった先はギルドマスター室。少し広い空間に大きなデスクとソファー、そしてローテーブルが置いてあるだけのシンプルな部屋だった。全員でソファーに腰かける。

「まずはあの事件の黒幕だが貴族だった。名前はミュエリス・アーヴェイ伯爵。王都に住む法衣貴族で法務課に所属する文官だ。これはあの三人組の聴取でわかったことだ。どうやらあいつらがお前を狙ったのは、伯爵に依頼されたからだったらしい。メリフィールド魔道具店で購入者を調べたが違う名前だった。偽名なのか別人が購入したのかわからないが、そこも調べればその伯爵にたどり着くだろう」

俺を狙った犯人は貴族だったのか。でもなんで貴族が俺を狙う？　しかもアーヴェイ伯爵なんて俺は知らない。というかクリステンの貴族ならまだしも、リッヒハイムの貴族なんて俺はほとんど関わったことないぞ。

「あの三人組は、アーヴェイ伯爵がなんでエレンを狙っているのかそこまで詳しくは聞かされていなかったらしい。とにかくお前を連れてくれば伯爵家で取り立ててやると言われて従ったそうだ」

「マジかよ……」

しばらくあん・ぽん・たんの三人組の姿が見えなかったのは、伯爵から色々と依頼を受けていたからだったのか。

「それにな、ライアスが倒した暗殺者だが、そいつらの雇い主もそのアーヴェイ伯爵だ。拷問にかけても口を割らなかったから強力な自白剤を飲ませた。そんで雇い主の名前がわかったんだがな」

自白剤。それを飲むと自分の意思とは関係なく聞かれたことをなんでも話してしまう魔法薬。だが精神を蝕む副作用があるため、簡単には使われない。だが今回それを使ったということは、かなり大がかりな事件だったということになる。

「あの暗殺者の一人が国からも指名手配犯とされている極悪人だったんだ。それでそいつに自白剤を飲ませたんだが、するとどうだ、伯爵の悪事が出るわ出るわ。自分が法務課にいるのをいいことに、やりたい放題していたみたいだぜ」

　なんでもその極悪人は一度捕まったことがあったそうだ。それで伯爵は助けてやる代わりに自分のところで働けと持ちかけた。極悪人はそれを受け入れたため、伯爵は極悪人と、囚われていた別の犯罪者を入れ替えて処刑。その後、処刑されたのが別人だったことがわかり、慌てて極悪人を捜すも見つけることが出来なかった。

　手先となった極悪人は伯爵が望む見目のいい男を攫い伯爵の屋敷へ監禁する。使い道は伯爵の性奴隷。男を攫う時に邪魔する者がいたら殺していたため、目撃者がおらず犯人を捕まえることがなかなか出来なかったらしい。他にも伯爵が邪魔に思う者がいたら殺すよう言われていたそうだ。

　そして伯爵はこのソルズの街に立ち寄った時、街の市場で買いものをしていた俺の姿に目を留めた。どうしても手に入れたいと思った伯爵は俺について調べた。するとあのあん・ぽん・たんの三人組と対立していることを知る。そこであん・ぽん・たんの三人組に協力を持ちかけ事に及ばせた。

　ライアスの件もあん・ぽん・たんから聞いていたため、暗殺者を用意。この暗殺者がかなりの手練れ揃いで、今まで任務を失敗したことはなかったため安心し切っていたらしい。だがここでライアスに倒されてしまい、真相が暴かれることになった。

「今頃王都は大変なことになっているだろうな。あの伯爵は仕事は真面目で人当たりがよく、色々な事件の黒幕とは思えない人物だったらしいぞ。まさかの人物が犯人だったんだ。きっと王宮内はごったごただな」

　あー、そういや前世でもあったな。犯人が捕まった時、インタビューで『そんなことするような人に見えませんでした』ってやつ。そんな奴はどこの世界にもいるらしい。

「ライアス。恐らくだが、お前に報奨金が出るだろう。国がずっと捜していた極悪人を倒したからな」

「マジか!? やったな! 流石俺のライアス!」

ふははははは! 俺のライアスは、そんな極悪人でもサクッと倒しちゃうんだぜ! どうだ! すげーだろ! ふはははははは!

「俺の、ねぇ……堂々と惚気てくれちゃってまぁ。熱いねぇ」

「あ、ちがっ……! そういう意味じゃっ……」

「エレン!」

「うおっ!? ライアスやめろ! デイビットさんが見てるだろっ! 放せ! 放せってば!」

それからすぐにアーヴェイ伯爵が捕まり色々調べたところ、伯爵の屋敷からは攫われた男が五人救出された。だがかなり精神的にまいっていて、この先ちゃんと社会復帰出来るかはわからないらしい。

性奴隷として扱われただけじゃなく、かなり暴行も加えられていて痛々しい姿だったそうだ。最悪、俺もその中に加わっていたんだよな。ライアスが側にいてくれなかったらと思うとゾッとする。

伯爵はその後処刑されることになった。家は取り潰し。王宮内でも伯爵と繋がりがあった者がいたとかで、内部はかなりの混乱を極めたそうだ。

この大事件の解決に繋がったのが『俺誘拐未遂事件』だなんてな。解決してよかったと思う一方、俺の見た目が目立ちすぎて起こったことだからなんだか複雑な気分だ。

そんであのあん・ぽん・たんの三人組だが、伯爵と手を組み俺を誘拐しようとしたことでもちろん犯罪者となった。自ら用意したわけではないにせよ、一般人に向けて使ってはいけない魔力封じの魔道具を使ったことや、伯爵の仲間になってしまったことによりかなり重い刑罰が科されることに。

刑期二十年の奴隷労働だ。犯罪奴隷の身分となり鉱山での重労働が科せられる。もちろん魔法も封じられ抵抗することは出来ない。あまりにも重労働で長くても十年持たないと噂で聞いた。あのあん・ぽん・たんの三人組が生きてそこから出られるかはわからない。バカな奴らだよな。自分達の力量を認めず、俺達に難癖付けた結果がコレだ。せいぜい後悔して真面目に刑に服してくれればと思う。

その事件からおよそ二か月たったある日、俺とライアスがいつも通り依頼を受けにギルドへと来た時だ。受付の人にギルドマスターが呼んでいると言われ、ギルドマスター室へと向かう。

「おう、来たか。悪いな呼び出して」

「別に大丈夫だけど、なんかあった？」

事件は解決したし、俺達は今まで通り普通に生活してただけで特に何か問題が起こったわけじゃない。他の冒険者の人とも割と友好な関係を築けているし、あのあん・ぽん・たんの三人組みたいなことにはなっていない。はて。何かあったのか？

「ライアスに報奨金が支払われることになるだろうって言ったの覚えてるか？　それが一か月後に

正式に決定したぞ」

なんと。そういやそんなこと言ってたな。事件が解決したのとライアスとの生活が楽しすぎてすっかり忘れてた。

「それでな。あー……まぁお前は元貴族だから平気だと思うが、その授与に王太子が来ることになった」

「は？」

え？　何？　王太子？　え？　王太子ってリッヒハイムの王太子!?

「え、な、なんで、報奨金を授与するためにわざわざ王太子が？　え？　意味わからないんだけど……」

「なんでも、国でもずっと捜していたあの暗殺者だがな、なかなか見つけられずにいたところをライアスのお陰で捕まえることが出来た。それと同時に伯爵の悪事も明るみになって王宮内は相当バタついたらしい。ま、ここまでは予想通りなんだがな。それで国の人事もかなり動いたとかで、不正も一斉検挙出来たらしい。その一役を担ったことに感謝の意を表するために王太子がわざわざお越しになるそうだ」

いや、相当ごたついたことは理解出来る。だけどだからと言って王太子がわざわざ来るってのが意味わからん。別に王太子の代理で誰か立ててしまえば済む話だ。なのになんで本人が来る??

「——というのは建前でな。エレン、お前と直接話がしたいそうだ」

「「は？」」

は？　はあぁぁぁぁぁ⁉　俺と話がしたいだと⁉　なんで⁉　俺、今平民なんですけど⁉　しかも今回の報奨金はライアスに渡されるものだろ⁉　なのにどうして俺と話をすることになってんの⁉

「俺も詳細は知らん。領主からそう言われただけだからな。というわけで一か月後、領主の屋敷で報奨金の授与が行われる。お前達二人で行ってこい」

そんな爆弾発言を受けたら動揺してしまって依頼どころではなくなった。今日はそのまま市場だけ寄って帰ることにした。食材庫に買ってきたものをしまうとライアスはお茶の準備をしてくれた。それを飲みながらどうしてこうなったのか、と頭を悩ませる。

「なんで王太子がわざわざ俺と話をしに来るんだろうな……」

リッヒハイムの王太子、フリドルフ・ヴァン・リッヒハイム。俺はあのクソ野郎の婚約者だった時に会ったことがある。フリドルフ殿下が国同士の貿易関係で来訪したことがあったんだ。その時に婚約者として挨拶をしたが、その程度だ。

王子の婚約者でもあり、クリステンの筆頭公爵家の次男でもあったから挨拶をしただけ。だから別に重要な話をしていたわけじゃない。

「領主からデイビットさんに伝言がされた時点で、俺が平民になってソルズの街に来て冒険者になったって知ってるってことだろ？　なんでそうなったのか知りたいと思われるほど親しいわけじゃないんだけどな……」

めっちゃ仲のいい友人だった、っていうならわかるけどそうじゃない。俺と話をしたい理由がさっぱりだ。

「……恐らくですが、あの第二王子のことと関係あるのではと思います」

「え？」

「つい先日、旦那様から届いた手紙の中にあの王子について書かれていたんですよ」

送られてきた手紙の内容は王子とイアンの件。この二人は未だに婚約が認められていない。陛下も王妃殿下もイアンのことを認めていないのだ。イアンは今でこそ男爵令息だが元々は平民だった。

ラウラーソン家には魔力量が多い人間がいなかったため、魔力量が多く見た目もよいイアンを養子に迎えた経緯がある。だからイアンには教養が足りていなかった。そんな人間を王子妃とするわけにはいかないとして認められなかったのだ。

だが王子はなんとしてもイアンと結婚したかったため、イアンに王子妃教育を受けさせたいと陛下へ奏上。「イアンは素晴らしい！　エレンに出来たことならイアンだって出来る！」と強く主張した。陛下も王妃殿下も、そこまで言うならやらせてみろということで一年という期限付きではあるが王子妃教育を受けさせることを了承。その結果次第で婚約するかどうするか決めるとなった。

「ですがあの男爵令息は真面目に取り組むことはなかったそうです。教育の途中で泣き出したり逃げ出したりすっぽかしたりと、それはそれはもう教師陣や周りの人々から大変な怒りを買っていたらしく」

全く成果を出せないイアンをただ一人、王子だけは出来ると信じ続けていたそうだ。そんな中、フリドルフ殿下が外交でクリステンを訪問。陛下は「イアンを絶対に会わせてはならん！」と強く王子に言っていたにもかかわらず、大事な会談中にイアンを連れて登場した。

そこでイアンを紹介するという暴挙に出て、その会談の重要性もわからずマナーのなっていないイアンは無礼な態度でフリドルフ殿下に接した。それを見たリッヒハイム側は激怒。会談を途中でやめて帰国することになった。

「マジかよ……それ国際問題に発展してるやつじゃん！　信じらんねぇ……」

我儘放題だった俺でさえ、フリドルフ殿下と面会した時はマナーを守り丁寧に挨拶をしたもんだ。あの王子だってそれくらいわかっていると思っていたのに、本物のバカだったとは……

勝手な行動で国際問題となりかねない行動をとったイアンを陛下は処罰した。貴族籍を剥奪し王都追放としたのだ。そしてイアンを養子として迎えた男爵家も同じく処罰。貴族籍剥奪は免れたものの、男爵家では払い切れるかわからない罰金が課せられた。

王子の方は部屋に監禁。しばらくは自由を奪い反省させることになったらしい。とりあえず今は正式な処罰はどうするかを議論しているそうだ。

「しかもその謹慎中の王子から、フィンバー公爵家にエレンを呼び戻すようにと命じられたそうです。それに激怒した旦那様は抗議文を王家に送ったとのことです」

「は……？　俺を呼び戻せだ？　勝手に婚約破棄しておきながら何言ってんだよあいつは!!」

うがーー！　ムカつくぅぅぅ！　俺はお前の便利な道具じゃねぇ！　クソがっ！

「ええ。実に腹立たしいことです。ですからこれをエレンに言うかを悩みました。エレンにはあんな王子のことで不快な思いはもう二度としてほしくなかったので。ですが今回のリッヒハイムの王太子がエレンと直接話をしたいというのは、もしかしたらこれが関係しているかもしれないと思いまして……」

その可能性大じゃねぇか……なんてことやってんだよあのバカ二人は！　未だに俺をムカつかせるとかふざけんじゃねぇ！　俺は怒りのあまりソファーの上にあったクッションをぼすぼすと殴りつけていた。本当はあの王子の顔を一発、いや五十発ほど殴らなきゃ気が済まねぇけどな！

「はぁ～……仕方ねぇ。会って話をすることは避けられないからな。行くしかねぇけど行きたくねぇ………」

俺は平民だし王族からの要請を簡単に断れる立場じゃない。行くしかねぇけどめんどくさすぎる!!

「それとエレン。衣服なのですが、早急に用意しなければなりませんね。手持ちにあるのは王族と面会出来るようなものではありません。明日にでも服屋に行って見てこなければいけないかと。本当は仕立てたいところですが一か月しか時間がありませんし、間に合うかどうか……」

そうだった……そんな服一着も持ってない。今あるのは全部平民としての服だし、冒険者として動きやすい服しかない。流石にそれで王太子と面会はダメだろ……

「……なんとか稼げててよかった。これで金もなかったら最悪だったぞ……」

一回しか着ないだろう服を新たに買わなきゃいけないなんて無駄な出費じゃねぇか！　本気でふざけんなよ！　はぁ……報奨金が出るっていうのが唯一の救いだな。

そして翌日からソルズにある服屋を巡りに巡り、一週間ほどかけてやっと服を見つけることが出来た。既製品ではあるが仕立てる時間がないから仕方がない。それに俺達は平民だし、質もそこまで上等なものじゃなくても大丈夫だろう。

形はシンプルなロングコート。色も濃紺という落ち着いたものにした。シャツもフリルのない簡素なものだ。平民なのにあまり華美なのもおかしいからな。これで十分だ。

だが試着した時のライアスのカッコよさは半端なかった！　従者だった時も礼服を身に着けることはなかったし、こんな格好のライアスを見るのは初めてだったっていうのもあるけど、背が高くてスタイルもいいから着こなしっぷりが半端なかったんだ。思わず俺は見惚れてしまった。イイ男ってのは何着ても似合うもんだな。すげぇ。

「なんだかお揃いみたいで嬉しいですね」

「ふあっ！　それを言うな！」

色も形もほぼお揃い。ちょっとしたデザインに違いはあるが、俺達はまるでペアルックと言わんばかりの姿だった。そしてそれを嬉しいとか思った俺は乙女か！

「いやはや、お二人は仲のいい恋人同士なんですね。とてもお似合いで羨ましいですなぁ」

「感謝する。そう思われて嬉しい限りだ」

一切の照れがないライアス。お前のそういうところ、本当に強いよな……。

その服を購入し帰宅。これでなんとか面会に行けるな。間に合ってよかったぜ。

「明日からまた依頼頑張ろうぜ。ここ一週間服探しで依頼受けられてないし」

「そうですね。それとエレン。…………今度、この服着てやりませんか？」

「なっ……⁉」

やるって何を⁉　ってナニだよな⁉　後ろから抱きしめられて耳元でそんな風に囁かれるとぞくぞくするからやめてくれっ！

「エレン？　どうですか？　俺のあの姿に見惚れてくれていたんでしょう？」

「くっ……か、考えとく！」

恋人になったしえっちなことも一回と言わず何回もしているけども！　それでも未だに平常時にこうされると心臓がバクバクする。こいつがカッコよすぎるのがいけないんだ！　お前のせいだぞ！

「んっ……んん……」

「……はぁ……エレン……」

後ろから抱きしめられたまま重ねられた唇。ぬるっと舌も入り込んだえっちなやつだ。俺も結局ライアスとこうするのは好きだから振り解けないし甘んじて受け入れてしまう。

「んっ……ライアスっ……ご飯、作るからっ……んん」

「……そうですね。後でたっぷり楽しみましょうか」

「……明日は依頼に行くんだからほどほどにしてくれよ」

こいつが本気出すと、翌日の俺は死んだも同然だからな。せっかく依頼受ける気満々なんだから手加減してくれマジで。ってその笑顔はわかってるのかわかってねぇのかどっちだよ……

翌日。ほどほどにしてくれたライアスのお陰で今日は依頼を受けることが出来そうだ。少し腰は重だるいがこれくらいならまだ動けるしちゃんと戦える。

ギルドへと赴き依頼を確認。すると大型の魔物の討伐依頼書を見つけた。場所はここから馬で一日半かかる場所。少し遠いがその分、依頼料もおいしい。

「ライアス、これ受けたい」

「泊まりがけの依頼ですか。珍しいですね」

泊まりがけの依頼は今までにも何度か目にしたことがある。だけどちょっとめんどくさくて受けることはなかった。それにCランクの奴でも討伐出来るような魔物だったりしたし、パーティーランクがAの俺達がやるより他の冒険者にさせた方がいいと思ったしな。稼ぎを取られたとかそんな風に思われるのも嫌だったし。

「遠いから道中にも魔物が色々と出るだろうし、何より大型の魔物だ。暴れるにはもってこいだろ？」

俺はあのクソ野郎どものせいで暴れたい気分だ。魔物討伐でその鬱憤を晴らしてやろうと思っている。ライアスも俺の気持ちをわかってくれたみたいで「そうですね」と依頼を受けることにした。

出発は明日になる。野営セットなんて持ってないからまずはその準備だ。道具屋へ行ったり食料の調達をしたり、馬を借りる手配をして今日は終わった。

そして翌日早朝から俺達は馬に乗って出発した。この世界の馬は前世の世界の馬よりも大きくて逞しい。魔物との交配で生まれた強い馬だ。足も速く力も強いため、いろんなところで活躍している。俺も馬には乗れるが一頭だけ借りてライアスと相乗りだ。そっちの方が節約になるし、俺達二人が乗っても馬は平気だし軽快に走る。

「天気もいいし風は気持ちいいし最高だな！」

「ええ、たまにはこういうのもいいですね」

この世界には車どころか自転車だってない。こうやって風を感じて駆け抜けるなんて久々の感覚だ。ライアスと相乗りしてるっていうのもあるんだろうけど、最高に気持ちいいし楽しい！

森に入り木々の間を走り抜ける。ライアスの手綱捌きのお陰で不安もなく駆け抜けていく。途中馬に水をやったり休憩を取ったりしながら奥へと進み、魔物が現れたら馬の上から俺の魔法でバシュッと一撃。俺の魔法も本当に上達したな。最初は動き回る魔物に当てることすら出来なかったのに。

素材を採取して薬草もついでに少し採取しながら野営が出来そうなところで今日は終わりだ。道中で狩った魔物の肉を焼いて、持ってきた野菜を使って簡単なスープを作る。鍋や調味料も持ってきておいた。時空魔法のかかった鞄のお陰でこういったものも持ち運べるからマジで便利だよな。俺達も結構稼げるようになったから、その鞄ももう一個購入している。

食事も済んで軽くお茶を飲みつつ夜空を見上げた。星が綺麗に見える側では炎がゆらゆらと燃えている。ぱちぱちと爆ぜる音も心地よくて隣には俺のライアス。テレビやスマホなんてない世の中だけど、こうやって過ごしているとつまらないなんてことはない。

夜も更けて魔物除けの薬草を火にくべてから、ライアスと一緒に毛布に包まって眠りについた。

翌朝、軽く朝食を済ませると早い時間から馬に乗って出発だ。今日は目的の大型の魔物討伐をすることになる。依頼にあったのは沼地に生息しているBランクの大型ワニの魔物だ。

　ワニの革は丈夫で扱いやすく、胸当てなんかの装備にもなるし革製品としてもよく使われている。

　そういや前世でもワニ革の財布とかあったな。この世界でも重宝されている素材の一つだ。もうすぐ昼頃になりそうなところで大型ワニのいる沼地へと到着した。

「おお、いるいる。二匹か。革が必要だっていう依頼だから傷は最小限にしておきたいな」

「そうですね。さくっと首を切り離してしまえばいいでしょう」

　それが一番手っ取り早くて傷が少ないか。作戦を決めたらやや離れたところで馬を繋いでおく。魔物の血が入っているからかこの馬はちょっとやそっとじゃ動じることはない。ここで待っててもらおう。

　杖を構えてゆっくりとワニのいるところへと向かう。二匹はただのんびりと沼地で日光浴でもしているかのようだった。

　魔力を練り上げ風の刃を発動。ワニの首元へ向かって魔法を投げた。だがワニは魔法に気が付くと大きな体からは想像出来ない俊敏な動きで身を捻り、尻尾で沼地の泥を撥ね上げた。そのせいで俺の魔法は相殺され消え去ってしまう。どうやら泥を撥ね上げる時に魔力も一緒に混ぜ込んでいるらしい。

「は？　マジ!?　動きが素早いと知っていたけどあんなに速いなんて聞いてない！」

　ワニはそのまま尻尾をびたんびたんと打ち付け泥水をぶちまける。その勢いと量が凄くて俺達は泥を頭から被ることになってしまった。

「なっ……こいつっ！」

もう頭から泥水でぐっしょりだ。頭にきた俺はさっきよりも強く魔力を練り上げ威力を上げた風の刃を発動させようとした。だがここでライアスから待ったがかかる。

「エレン、魔法は待機で。俺が動きを止めてきます」

そう言うと瞬く間にワニに接近し、その頭を剣の柄でゴン！　と殴る。そのままワニを足蹴にしてもう一匹に飛びかかり同じく頭を殴りつけた。脳震盪を起こしたのかワニの尻尾の動きは止まりふらついている。

ライアスがその場から離れたのを確認後、威力増し増しの風の刃を首元に放った。お陰でスパッと一匹のワニを討伐。そのまま再び魔力を練り上げ同じようにもう一匹のワニも討伐した。

「くっそ。思ったよりも手こずったな。ライアスのお陰で討伐出来たけど、俺一人じゃ上手くやれなかったのは悔しい」

Ｂランクの魔物だし俺一人でもやれると思ったんだけどな。修業が足りないか。

それにしてもライアスの動きは人間離れしてるよな。速さもそうだけど、頭を一発殴っただけであの巨大ワニに脳震盪を起こさせるとか。どうなってんだよマジで。

「ですが魔法の威力は流石でしたね。硬い皮を持つ魔物でしたが、綺麗に切断されています。それ以外の傷をつけずに討伐出来たので上出来ですよ」

確かに練り上げた魔力量が少ないと綺麗に切れないから上手くいったのは嬉しいけど、まだまだライアスに頼らないといけないってのはやっぱり悔しい。うん、頑張ろ。

それから主にライアスが討伐したワニの解体作業に入った。必要なのは皮だけだから綺麗に素材を剥いでいく。俺も手伝おうとしたけど硬い皮を持っているから非力な俺じゃ上手く刃を入れることが出来ない。ここは申し訳ないがライアスに任せることにした。

「よし。これで依頼完了だな。だけど俺達すげぇことになってんな。明日家に帰るまでこのままってのは流石に嫌だぞ」

綺麗に剥いだ皮を鞄の中へとしまい仕事は完了だ。後は帰るだけなのだが、ドロドロのまま明日まで過ごすのは気持ち悪すぎる。

「ここへ来る途中に湖がありましたからそこへ行って泥を流しましょう。今の時間でしたらまだそこまで寒くはないでしょう。火も起こしてそこで野営しましょうか」

「だな。水でもなんでもいいから洗い流せればいいや」

馬に乗って目的の湖まで駆けていく。夕方になろうかというところで到着した。水浴びで冷えた体を温めるために先に火を起こし、着替えなんかも取り出しておく。念のためにと着替えも持ってきておいて正解だったたな。泥でぐちゃぐちゃの服は簡単に湖で洗って火の側で干しておけばいい。家に帰ってからちゃんと洗濯しよう。

湖の深さは割と浅めだった。とりあえず服に付いた泥も全て落としたかったため、湖の中へ着衣のままドボン。頭まで水中に入ってざばっと顔を出す。

「う〜〜っ！　思ったよりも冷たいな！　でも泥が落ちて気持ちいい！」

「はい、エレン。これをどうぞ」

ライアスに手渡されたのは家で使っているいつもの石鹸。え、お前これも持ってきてたのかよ。一度湖から出て服を脱ぐとまた入って石鹸で髪や体を洗った。隣ではライアスも同じようにしている。

ってか今お互い裸なんだよな。しかも外で。ライアスの逞しい体が水で濡れてしっとりしていて、こんな明るいところで見ているからか凄くどきどきとしてしまう。そんな俺の視線に気が付いたのかこちらを見るとくすっと色気のある顔で笑った。ぐっ……カッコいいなちくしょー！

「エレン、洗ってあげますね」

そう言うと俺の返事を待たずライアスの手が伸びてきた。石鹸で滑りがよくなった手で俺の胸元を撫でていく。

「おいっ……それ、洗う手つきじゃ、ないっ……」

胸全体を撫でるように触った後は、乳首を指でくりくりと摘まれる。洗うとか言いながらその手の動きは卑猥そのもので、それに感じた俺も自然と声が出てしまった。

「んあっ……やめ、ここ、外っ……」

「大丈夫ですよ。既に魔物除けの薬草も火にくべておきましたから」

そういう問題じゃない！　魔物が寄ってこないのはありがたいけど、こういう目的で使うもんじゃないだろ！

キッと睨みつけてみるものの、ライアスはくすりと笑うと「可愛い」と呟いた。

「真っ赤な顔して潤んだ瞳で睨まれても可愛いだけですよ。何もしなくてもエレンは可愛くて尊い存在ですが」

手の動きはそのままに耳に顔を近づけて、ぐにゅりと舌を捻じ込まれた。

「そんな顔も堪らない」

「んあっ……！」

ライアスの色気のあるいい声がダイレクトに耳に届く。そのままくちゅくちゅと舌を動かされると、いやらしい水音が鼓膜を刺激して段々と興奮が止められなくなってしまう。

「このまましたいところですが体が冷えてしまいますからね」

そう言って石鹸を全て洗い流したライアスに手を引かれて湖を出た。泥は綺麗さっぱり落ちている。それはすっきりしたが別のところがすっきりしない。

「エレン、気持ちよかったんですね」

俺のあられもないところが大きくなってしまって、それを見たライアスはくすりと笑った。

それを言うならお前だってそうだろうが！　キッと睨みつけたがまた「可愛い」と笑われるだけ。

くっそ……こいつに勝てる気がしねぇ。

火のもとへ行くと体を優しく拭かれていく。髪の水分もある程度とると近くにあった木の側まで連れていかれ手を突くように言われる。そしてそのまま後ろから抱き込まれ首筋に吸い付かれた。

「んんっ……」

「ああ……エレンの香りが……」

すんすん匂いを嗅がれたりぺろぺろと舐められたり。手は胸からお腹、続いて緩く立ち上がった陰茎へ。軽く扱かれるとあっという間に完勃ちだ。

「んあっ……ライアスっ……」

「もっと気持ちよくなって」

そのままライアスはしゃがみ込み俺の双丘を割り開く。暴かれた秘孔に息をふっとかけられるとびくりと体が竦んだ。

「ひゃあっ！　ちょ、まっ……！」

「ココ、ひくひくしてる。期待してて可愛い」

それからぬるっとしたものが触れた感触があった。どうやらライアスは俺の後孔を直に舐めているらしい。じゅるっぺちゃっという音と、生温かい舌の感覚が恐ろしく気持ちよくて背筋が震えた。

まだ明るい時間にこんな外でヤることになるなんて思っていなかった俺は、恥ずかしさと快感とで頭がおかしくなりそうだ。手にぐっと力が入り木の皮に爪を立てた。

ライアスは遠慮することなくぐいぐいと舌で中を刺激する。その刺激でもっと熱くて硬いものが欲しいと、後孔がくぱくぱ蠢いているのが自分でわかった。まるで淫乱だ。

嬌声を上げながら舐められている感覚を味わっていると、今度は液体が纏わりついた指が入ってきたことに気が付いた。

「おまっ……まさか、香油っ……持ってきてっ……」

「もちろん。いつでも持ち歩いてるよ。エレンを傷つけたくはないから」

いや、そういう問題じゃねぇ！　なんで今！　ここに！　そんな香油を持ってきてるんだよ！

そう言いたいのに俺の口からはもはや喘ぎ声しか出てこない。

「ああ、もうぐちょぐちょだ。早く欲しいってぱくぱくしてる」

「バカっ……もう、俺っ……！」

「うん、挿れるよ」

「あああっ……！　ヤバっ……」

ぐっと質量の大きなものが入り口を広げて入ってくる。圧迫感と共にぞくりとする快感が背中を駆け抜けた。

奥まで入るとまたすぐに引いていく。その動きは緩慢で優しい刺激だ。何度も何度もゆっくりと動かされて気持ちがいい。だけどもっと強い快感を知った俺はそれじゃ物足りなくなっていた。

「んあっ……ライアスっ！　もっと……！」

「もっと欲しい？」

「んあぁぁっ！」

腰の動きはゆっくりなまま、俺の陰茎に手を伸ばされて扱かれる。俺が欲しかった刺激はそれじゃない。でも前と後ろとに同時に刺激を加えられたことで、声は自然と大きくなった。

「あ、あ、あっ……ダメっ……もう、イクっ……！」

「うん、イっていいよ」

「んあああああっ！」

手の動きが速くなり俺は簡単に達してしまった。とぷっとぷっと白濁を噴き出して体はぴくぴくと痙攣(けいれん)する。それを確認したライアスは俺の腰を持つと急にがつがつとぶつける動きを速めた。

「あっ……！　バカっ、それ、いまっ……！　俺、イッたっ……ばっか、りっ……」

少しも休ませてくれないとかどんだけだよ⁉　もう目の前がちかちかする。イッたばっかりの体に与えられる強い快感に、立っていられなくてへたり込みそうになる。そんな体を支えられて後ろからガンガンに突かれておかしくなりそうだ。

外で肌と肌がぶつかる音が響き渡っているシチュエーションが酷く淫猥(いんわい)で恥ずかしい。こんな森の奥に誰かがいるわけがないのに、もし見られたら。そう思った途端、体の奥からぞくぞくとした感覚がせり上がり大きな喘(あえ)ぎ声が出た。

「くっ……一気に締まったなっ……興奮、してるのか？」

「ヤダっ……そんなこと、言う、なっ……！」

興奮。その言葉を聞いた瞬間またぞくりと体が震えた。間違いなく俺は人に見られることを想像して興奮してしまっていた。あれから何度もライアスとはえっちなことをしているけど、今までずっと家の中だけで、こんな外でなんてしたことがない。

風が体に触れる感覚、緑の匂い、鳥の鳴き声。そんな自然の中で、自然にはない卑猥(ひわい)な音が響き渡る。普段ならあり得ない、特別なこのシチュエーションが俺の興奮をさらに掻き立てた。そのお陰なのか、俺の感度もいつもより高い気がする。

ライアスの熱が後孔を何度も出入りし、最奥を何度も突き上げられる。今日はソレをいつもより感じてしまいまた早々に絶頂へと向かった。

「エレンっ……もう、出ますっ……！」

「俺もっ、またっ……イクっ……！」

「ぐっ……！」

一際強く、ぐんっ！　と腰を打ち付けられると中でぴくぴくと動くライアスを感じた。じんわりとした温かさを感じて中で吐き出したことを知る。そして俺もいつの間にか吐き出して正面の木にぶちまけていた。

全て出し切ったライアスがずるりと俺の中から引き抜くと、その感覚に俺はまた短く声を上げてくたりと力を失った。

ライアスの逞しい腕が俺をがっしりと支え抱き上げる。俺の息は上がっていて、そのままライアスにしなだれかかることしか出来ない。だけどいつも思うのは、この腕の中はとても安心出来るということ。

「んっ……」

お尻からライアスが吐き出したモノがとろりと零れてくる。その感覚に体を震わせ、「勿体ないな」と頭ではそんなことを考えていた。

「また汚れてしまいましたね。このままもう一度湖に入ります。汗を流したら服を着ましょう」

汚したのはお前だろうが。喋る気力もない俺はこくんと首を縦に振るとそのままライアスに抱きかかえられたまま湖へと体を沈めた。

軽く汚れを落とし、湖から出るとさっと体を拭かれ服を着せられる。そして髪の手入れセットまで持参していたライアスを呆れた顔で見ながらいつものように手入れをしてもらった。

そうして俺は毛布に包まれて火の側で横になっている。今はもうだるくて動きたくない。ぼーっと夕食の準備をしているライアスを眺めている。ぱちぱちと燃える火が温かくて気持ちがいい。

「はい、出来ましたよ」

簡単に肉を焼いたものと温かいスープ。単純な料理なのにライアスが作ると驚くほど美味しくなる。それをゆっくり二人で食べて食後のお茶を飲む。

周りはもう真っ暗だ。森の中でこんな暗闇にいたらきっと怖いと感じるだろう。だけどライアスがそこにいるだけで怖さを感じることはない。むしろこの暗闇に安らぎ何故か心が落ち着く。

「はぁ……まさか青姦までするとは思わなかった……」

空を見上げると今日も綺麗に瞬く星々が見える。ほんのりと光る三日月も出ていてそれは前世と変わらないんだなと思った。

「外でするのも気持ちよかったですね。いつもより興奮していたみたいですし」

「……バカ。もう二度とやらないからな」

「それは残念です」

お前のその顔はまたいつかやろうと思ってる顔だろ。俺だってそういうのわかるようになってるんだからな！

いつもより時間は早いけど、俺の体は誰かさんのせいで疲れてしまったのでさっさと寝ることにした。森の中でもライアスの腕の中はいつも通り安心出来てぐっすりと眠れた。

翌朝、馬に乗って街へと帰る。まだマシとはいえ、俺の下半身はダメージを受けているため来た時と違い、横座りになったり正面を向いたり座り方を変えてスピードも抑え気味で帰ってきた。お陰で街に着いたのは暗くなってからだった。

「二人ともお帰りなさい。無事でよかったです」

ギルドが閉まるギリギリの時間に滑り込みで依頼完了の報告が出来た。素材を渡し報酬を受け取る。傷もない綺麗な状態だから依頼主も喜んでくれるだろう。

そのまま外で軽く食事をとってさっさと家に帰った。家に帰るなり浴室へ直行し、湯を張り風呂に入る準備をした。昨日は湖での水浴びと野営という慣れない場所での睡眠。とにかく風呂に入って一息つきたい気持ちだった。

風呂の準備が整うとすぐ俺は服を脱ぎ浴室へ足を踏み入れた。体に湯をかけているとライアスが何食わぬ顔して入ってくる。

「俺も一緒にいいですか？」

いいですか？　と聞く割にはもう入ってきているんだが。ま、こいつも水浴びしかしてないし疲れているのも同じだろう。早く湯に浸かりたい気持ちは痛いほどにわかる。それにもう入ってきてしまったのだから追い出すのも可哀そうだ。

ライアスも軽くお湯を体にかけ、後ろから抱き込まれるようにして一緒に湯に浸かった。

「気持ちいいですね」

「やっぱり冷たい水より温かい風呂だよな」

「エレンは昔からお風呂が好きでしたよね」

「昔からというか前世からだな。これは筋金入りだ」

体の芯から温まって体の緊張が解れてくるこの感じが堪らないんだよな。重だるい腰にも効く感じがする。風呂がもたらす効果をのんびりと実感していたら、ライアスの手が俺の胸をまさぐってきた。

「ちょっ……ライアスやめろ！　昨日もしただろうが！」

「明日は休むんですよね？　でしたら今日はゆっくりベッドの上でしたいです」

泊まりがけの依頼を受けたし明日は休みにしようと言っていた。だからといって今日もするのはちょっと……

「今日はダメ！　昨日もしたし今日もするとなると、もし子供が出来たらどうすんだ……」

この世界は男しかいない摩訶不思議な世界。だが、しっかり子孫繁栄していて人々の営みは続いている。ということは妊娠もするし出産もする。男同士だがちゃんとそれが出来る。でもどうやって？　ってなるよな。

その秘密は『魔力』にある。というか、精子に含まれる魔力だが。

精子は所謂『命の素』。この『命の素』を受ける側に注ぐと受ける側の腹に『命の部屋』が出来る。『命の部屋』が完成して再び精子が注がれると、精子が持つ魔力と受け側の魔力が合わさって『命の種』が出来る。そこにさらに『命の素』である精子が注がれると子供が出来る。

まぁつまりはめっちゃえっちなことをしまくれば子供が出来るってわけだ。前世の記憶が蘇った時にどこのエロゲーだと思ったぞ。

　そこで問題なのは男娼だ。男娼は妊娠する確率が高まってしまうから、そこはちゃんと考えられていて前世で言う避妊薬にあたる魔法薬がある。しばらくは子供を望まないとかこれ以上子供を作ることが出来ないとか、それぞれの考え方や生活があるからな。そういう人達にも重宝されている。

　魔法薬なので傷を治すポーションなんかと同じ扱いだ。だが避妊用ポーションは割と安く、平民でも手に入りやすい魔法薬だ。それに副作用なんかもないし使いやすくなっている。

　それと妊娠した後は妊夫（にんぷ）の魔力が注がれて子供が育っていく。妊娠初期は前世の妊婦さんみたいに悪阻（つわり）がある。これは妊夫の魔力がぐんぐん取られていくから魔力の流れが乱れに乱れて体調を崩すせいだ。

　悪阻（つわり）期間が大体三か月、それが落ち着いたら大体三か月で子供は生まれてくる。合計六か月。早っ！

　妊娠も妊娠期間も魔力でなんとかなってしまうこの世界。凄すぎ。

　そして妊娠期間中だが前世の世界のようにお腹が大きくならない。凄い！　ファンタジー！　お腹の中にはちゃんといるんだけど、魔力で育っているからなのか小さいまま。だったら産む時楽でしょ？　なんてうまい話はない。

　子供が生まれてくる時に使うパワーは母親の魔力を借りる。だからゴリッゴリに魔力が吸われてめちゃくちゃしんどいらしい。そしてこの時にあまりにも魔力を持っていかれて体調を崩し、そのまま亡くなってしまう人もいる。

魔力の回復ポーションを使えばなんとかなるが、それも高くて平民はなかなか手に入れることが難しい。

そして母体から出た瞬間、ポーンと普通の赤ちゃんの大きさに変化。摩訶不思議な世界は妊娠、出産も摩訶不思議仕様だ。

ちなみに子供が生まれた後は『命の部屋』はなくなる。二人目三人目が欲しい時はまためっちゃえっちなことをしまくらないといけない。だからエロゲーか！

「エレンは俺との子供を望んではくれないのですか？」

ちょっとしょんぼりした声が聞こえて振り向くと、眉をへにょんと下げたライアスの顔。くっ……俺がその顔に弱いと知っててわざとやってるんじゃなかろうな。

「違う。その、いずれは欲しいと思ってる。だけどまだ結婚だってしてないし、それに、その……」

ライアスとの子供だったら欲しい。これは本当だ。だけどまだ早い。移住して八か月程だしライアスと恋人関係になってたった二か月だ。だから――

「その……？　なんですか？　何を考えているんです？」

「うっ……その、まだ俺は、ライアスと二人で、だな。もう少し、楽しみたいというかなんというか……この関係をだな、味わいたいというか……」

正直、今のこのラブラブな生活が楽しいと思ってるし、子供が出来たら可愛いんだろうけど、もうちょっとライアスとの二人の時間を大事にしたい。冒険者の仕事だって軌道に乗ってきたところだし、俺だってもっと強くなりたいという気持ちはある。だけど子供が出来たらそんなこと出来なくなってしまう。それはちょっと寂しい。

「エレン！」

「わっ！」

俺の返事を聞いたライアスに勢いよく抱きしめられる。その動きで風呂のお湯がぱしゃんと跳ねた。

「嬉しいです。エレンがそんな風に考えてくれていたなんて」

「お、俺だってお前のこと好きだし、せっかくこういう関係になったんだから、その、もう少しこのままでいたい、というのはダメでしょうか……」

「全然ダメじゃないです。むしろご褒美です」

本当に嬉しいんだろう。俺の肩におでこをぐりぐり擦り付けて抱きしめる力も強くなっている。

「だから、えっちなことは間隔をあけることにしよう。それじゃダメか？」

「いいえ。ダメじゃないのですが俺が我慢出来そうにありません……」

「……そこは我慢しろ」

「魔法薬を買ってきます」

「おい！　俺の体のこともちょっとは考えろ！」

こいつ！　本当にブレないな！　体力オバケで精力オバケのお前に付き合う俺の身にもなってくれ！

まぁ優しいこいつのことだから無理強いは絶対しないことはわかってる。俺は今日はベッドでゆっくり眠りたかったし、そう言って我慢してほしいと言ったらわかってくれた。その日の夜はまた抱きしめ合って二人で眠った。

そしてとうとうやってきた王太子と面会の日。この日のために買った衣装に身を包んだ。相変わらずライアスの姿に惚れ惚れとしてしまう。俺も久々にこういった服を着るが、今まで楽な服装をしていたからか、昔は思ったことがなかった息苦しさみたいなものを感じてしまった。きっと前世からの庶民根性が抜けてないせいなんだろうな。

領主の屋敷はソルズの街にはない。ソルズはエリオドア・グライフェルト伯爵が治める領地の中の街の一つ。領主であるグライフェルト伯爵はダミアの街に住んでいる。ここがグライフェルト領地で最も栄えている街だ。ダミアの街へ行くには転移門を使うことになる。その予約も何もかも王太子側がしてくれたそうだ。

俺達はあらかじめ予約しておいた馬車に乗ってソルズの街の転移門へ。ここに来たのもクリステンから移ってきたあの日以来だ。まだ一年も経っていないのに随分と久しぶりに感じる。受付を済ませて案内される。大きな転移門の姿を久々に見た。少し感慨深く思いながらその転移門を潜(くぐ)りダミアの街へと転移した。

転移門を出るとすぐに迎えの人が待機してくれていた。その人の後に付いていき馬車に乗って領主の館へ。しばらく走っていくと、立派な屋敷が見えてきた。あそこが領主の家なんだろう。

馬車が止まりライアスが先に降りる。差し出された手を取り馬車を降りるのは、昔を思い出してなんだか少しくすぐったく思った。

「ライアス殿にエレン殿。ようこそ我が屋敷へ。私が領主のエリオドア・グライフェルトだ」

「お初にお目にかかります。私がライアス、こちらがエレンです。よろしくお願いいたします」

昔であれば俺が先陣切って挨拶するが、今は平民になっているのと今回の表面上の目的はライアスへの報奨金の授与になる。だから俺じゃなくてライアスが挨拶をしたんだが、様になりすぎていてカッコよかった。

ずっと公爵家で俺の従者をしていたからマナーなんかも完璧だし、貴族との面会にだって全く動じていない。普通の平民だったらここで固まるなりして挨拶どころではないだろうな。

「ふむ。その容姿を見ても貴族と縁のある者、というのがわかるな。詳しくは知らないが殿下が直接話をしたいというのだから何かあるのだろうとは思っていたが……では殿下のいらっしゃるところへと案内しよう。こちらだ」

そして伯爵の案内で殿下のいらっしゃるサロンへと向かう。使用人が扉をノックし返事があったので扉を開けた。一歩足を踏み入れるとかなりの広さがあり、内装は白を基調とした落ち着いた雰囲気だった。

天井には煌々(こうこう)と輝くシャンデリアも取り付けられていて豪華さもあるが厭味(いやみ)ったらしくない。この伯爵はかなりセンスのいい人のようだ。平民になってからもこんな場所に来ることになるなんて思わなかったな。

部屋の奥に視線を移すと見たことのある姿がそこにあった。王太子殿下だ。久しぶりだがあまりお変わりないように見える。軽く微笑みつつソファーに腰かけていらっしゃった。俺達が近くに来るとゆっくりと腰を上げる。俺達は揃って膝を折り頭を下げた。

「殿下。お待たせいたしました。こちらがライアス殿とエレン殿です」

「頭を上げよ。エレン、久しいな。私のことを覚えているかな？」

ライアスと俺はすっと立ち上がり姿勢を正す。

「はい、お久しぶりでございますフリドルフ殿下。まさかここでまたお会いすることになるとは思いませんでした」

相変らずの眩しいご尊顔だな。元婚約者もかなりの美形だったがフリドルフ殿下も負けてはいない。というかむしろフリドルフ殿下の方がカッコいいかもしれないぞ。

「色々と話をしたいところだが、本来の目的を先に済ませてしまおう。ライアス。そなたの働きで我が国の不穏分子が片付いた。そなたに感謝を。これを受け取ってほしい」

殿下がそう仰(おっしゃ)ると後ろに控えていた侍従だろう人が黒い箱を俺達の前へと差し出した。ライアスはそれを受け取り感謝の言葉と共に頭を下げる。

「かなりの手練れだったと聞く。よく無事で奴らを倒してくれた。そなたの力量ならば我が国の騎士団に欲しいくらいだ」

「恐れながら、そのことについてはお断り申し上げたく」

俺はその会話を聞いて一人ドキドキとしていた。殿下がライアスを騎士団にと望むのはわかる。だがライアスが即断でスパッと断ったのに驚いた。それについて何か言われるんじゃないかと気が気じゃない。

「ははは。断られると思っていた。エレンを一人には出来ないのだろう？　昔からエレンは人の目を惹く存在だったからな。まぁ今回私が話をしたいと言ったのも、今のそなた達について関係があるだろう」

よかった。殿下は本気でライアスを騎士団に入れようと思っていたわけじゃなかったみたいだ。ソファーに座るよう促されてライアスと共に腰かける。お茶が用意されると、この場には俺達と伯爵と殿下の侍従だけが残り後は人払いがされた。

「先日、外交でクリステン王国へ訪問した時のことだ。面会予定はなかったのだが、そこで第二王子のクリストファー殿下とイアンとかいう男爵令息に会った」

やっぱりその時の話か……予想が当たってしまったな。

「驚いたぞ。クリストファー殿下の婚約者はエレン、そなただったはずだ。なのにあのイアンとかいう男を婚約者だと紹介したのだ」

マジか……婚約者と認められていないのに、他国の王太子に勝手に婚約者だと紹介するとか何考えてんだ……

殿下の話を聞くと、父上の手紙に書かれていたこととほぼ変わりはなかった。ただ違うのはイアンはフリドルフ殿下に惚れたらしく口説いてきたというのだ。

「全く意味がわからなかったぞ。クリストファー殿下の婚約者だと紹介されたのに、その婚約者の前で私に惚れたと言ったあの神経は。それでクリスファー殿下に『私が知っている貴殿の婚約者は違う者だったはずだが？』と聞いたんだ。するとどうだ。イアンとかいう男は『あんな人より僕の方がずっと素晴らしいんです！』と何を比べてそう言っているのかわからないが堂々と主張していたぞ」

あんなにイチャイチャ目の前で浮気していたくせに、フリドルフ殿下に惚れて口説くとかどうなってんだ。……おおう、隣からブリザードが吹き荒れるかのごときライアスの怒気を感じるぞ。

「するとクリストファー殿下とイアンとかいう男が口喧嘩を始めてな。あまりにも幼稚で失礼な態度で接され、予定になかった面会を強要され時間を無駄にされた挙句、最終的にはこちらを放置。一緒に来ていた大臣や侍従、護衛含めて怒り心頭でな。会談を途中で放棄し翌日には帰国した」

いやそうなるわ。そんなん誰でも怒るに決まってる。他国の要人をバカにしたも同然だからな。大事な外交をあいつらのせいでめちゃくちゃにされ、最悪大きな国際問題へ発展し同盟や国交を断絶されてしまってもおかしくない一大事件だぞ。

「クリステンの国王陛下からの謝罪はすぐに届いた。数日後にはイアンとかいう男の処分内容も。クリストファー殿下に関しては、王族でもあるため上層部と協議を重ねしかるべき処分を下すとあった。ま、どんなに軽くとも王室から降下させられるだろうな」

自分は王族だと胸を張っていたあいつにしたら、それだけでも受け入れがたいだろう。だがそれで済ませられるほどの問題じゃない気がする。リッヒハイム側は納得するんだろうか。

「うちの上層部からは極刑を、なんて声も上がってはいるがそこまで求めるつもりはない。こちらとしてもあまりクリステンとの仲を悪化させたくないからな。むしろ今回の件を利用して有利に外交を進められそうでありがたいくらいだ」

　たしかリッヒハイムって隣国のガンドヴァと小競り合いがずっと続いていたはずだ。国境付近ではちょくちょく紛争が起きているって聞いたことがある。ガンドヴァは閉鎖的な宗教国で一筋縄ではいかないって王子妃教育の中で聞いた気がする。

　そんな国と戦争なんてなったら同盟国からの支援が必要になるはず。そういう事情もあるから、隣国のクリステンをあまり敵には回したくないよな。クリステン側もそれをわかってはいるだろうが、今回の第二王子とイアンがやらかしたことはかなり不味い。結構な痛手を負う可能性が大きいだろう。

「まぁそれでエレン、そなたについて調べたのだ。私が会ったことのある婚約者はそなただったのに、今はわけのわからない男が婚約者だと言われた。何が起こったのかを調べさせてもらったのだ。まさか婚約を破棄され、平民へ落ちて国外追放となり、このリッヒハイムにいるとは思わなかったぞ。それとそなたが学園などで行っていたことも知った。それにもかなり驚かされた」

「……お恥ずかしい限りです。婚約を破棄されても仕方ないことを私は行ってきました。責任を取るために平民となり国外追放となったのも私が望んだことです」

　そうらしいな。王太子は一言そう呟くと目の前にあるティーカップに手を伸ばし喉を潤していた。

俺も喉が渇いたのでありがたくいただくことにする。

「とはいえ、元はと言えばクリストファー殿下が婚約者であるそなたを蔑ろにしたことが原因だろう？　我々王族や貴族は政略結婚など当たり前だ。だがだからと言って相手を蔑ろにしていい理由にはならないし、これからの将来を共にする相手に寄り添うことも出来ないのは人としてどうかと思うがな。おまけに堂々と不貞を行っていたというのにも呆れてものが言えなかったぞ」

フリドルフ殿下はそう言うと大きなため息を一つ零した。

「平民となって冒険者となり、それからは周りの人間とも上手くやっていると聞く。自らを省みて改めることが出来たのは素晴らしいことだ。それにライアスは早々にAランクに昇格したとも。公爵令息だったそなたが平民となったのに何も問題なく生活出来ていることにも驚いたし、まさかアーヴェイ伯爵関連の事件を解決するきっかけにもなったとはな。まぁそなたの見た目であれば狙われるのも致し方なかろう。今のそなたであれば婚約破棄された時に私の第二妃として迎えてもよかったのだがな。惜しいことをした」

「え……」

第二妃……確かフリドルフ殿下は既に結婚していて王太子妃がいらっしゃったはずだ。仲もいいと噂で聞いたことがある。なのに俺を第二妃として迎えたいと言われるとは思わなかった……

「クリステンでの王子妃教育も済んでいるであろうし、何よりその美しさだ。一度会った時にそなたを迎えられたらと思ったものだ。だが既にクリストファー殿下の婚約者だったからな。その時はそれで諦めたが今は違う。……ふむ。元は貴族だったのだしどこかの養子にでもすればなんとかなりそうだな」

顎に手を当て思案するフリドルフ殿下。え。マジでそれをやろうと思ってる!? 冗談じゃない！もう王族どころか貴族に返り咲きたいとも思ってないし、何より俺にはライアスがいる。

「ご無礼を承知で申し上げます。エレンは誰にも渡すつもりはございません。無理やりエレンを娶るおつもりであれば俺も容赦はいたしません」

「ライアス……」

ライアスは真っすぐにフリドルフ殿下を見つめはっきりとそう言った。その青い瞳には強い怒りを感じる。王太子相手にきっぱりとそう言い切ったライアスが凄く頼もしくてカッコよくて、俺はこんな状況であるのに心臓がどきどきと高鳴った。

もし王太子が怒って実力行使でもしてきたら一緒に逃げよう。俺はライアスと二人ならどこまでも逃げてやる。握り締めたライアスの手にそっと自分の手を重ねた。

「エレンの美しさに心奪われる気持ちはわかります。エレンはこの世に舞い降りた銀の天使そのもの。俺はこの天使に命を捧げました。俺の天使を奪うというならば全力をもって叩き潰します」

なっ⁉　なんてこと言いやがる！　おま、お前ッ‼　天使だとかわけのわからんことを真面目な顔して言うんじゃない！　しかも王太子に向かって叩き潰すとか不穏なこと言いやがって！　こっちが全力で叩き潰されるに決まっているだろうがッ！　ほら見ろ！　フリドルフ殿下も伯爵もぽかんとしてるじゃないか！　お前の気持ちは嬉しいがこれ以上はやめてくれぇぇ！

「ふは……はははは！」

「え……？」

……あれ？　お腹抱えてめっちゃ笑ってるんだが……平民にこんな風にむちゃくちゃ言われて怒るかと思ったのに、めっちゃ笑ってるぞこの人。

「ははははは。はー、はー、すまんすまん、からかっただけだ。そなた達がこの部屋に入ってきた時には既にわかっていた。恋仲になったのだとな。揃いの衣装を着ている時点でただならぬ関係だというのは一目瞭然だ。無理やり奪おうと思えば出来るがそんなことをするつもりはないし、私には既に愛する妃がいて彼を蔑ろにするつもりもない。それに私に対して臆することなくそうはっきりと言う度胸も気に入った。エレン、そなたはよい男を捕まえたようだな。それにしても『銀の天使』……くくっ……もの凄い惚気だなっ……くはっ……」

「あ、ありがとう、ございます……」

遊ばれてただけかよ！　よかったけどよくない！　そんで王太子！　お前いつまで笑ってやがる！　恥ずかしいからもう笑うのやめてくれ！　怒られなくてよかったけど、俺のライフはもうゼロだ！

「くくっ……元々はエレンの従者だったか。主人に対する忠誠心見事だ。今は主従関係ではないのだろうが、そなたのエレンに対する気持ちがよく伝わってきた。気に入ったぞ。そなた達がリッヒハイムに移住したのも何かの縁だろう。何かあればまた手を貸してほしい。そなた達に何かあった時も力になろう。元々全く知らぬ仲ではないしな」

やっと笑いが収まったか……ったく。それと俺とお前は全く知らない仲じゃないけど大した仲でもないと思うが。なんせただ挨拶をしただけだしな。

なのに何故協力関係を持ちかけてくるんだろうか。

「クリステン側が公表していないことではあるが、クリストファー殿下が行方不明になっているぞうだ」

「は……？」

え、なんて？　行方不明、だと⁉　一体どういうことだ⁉

「クリステンに忍ばせていた諜報員からの情報だ。部屋から出ることのかなわないクリストファー殿下が忽然と姿を消した。宝石やらもなくなっているが、荒らされた形跡はなかったことから自ら出ていったのではないかと言われている。こちらも詳細を調べているが他国のことだからな。そこまでの自由は利かない。ただ私の目の前でイアンと喧嘩をしていた時『エレンならこんなことはしなかった。エレンならば上手くやってくれた』などと言っていたからな。もしかしたらそなたに会いに来る可能性もある。もし手荒な真似をされた場合は私に連絡をくれ。そなた達にとってそうならないことが一番だろうが、あの王子ならやりかねん。常識がないようだからな」

俺なら上手くやれたとかよくそんなことが言えたな。あの野郎、どこまで調子のいいことほざいてやがる！

思えば俺達と話をするのに伯爵と侍従以外人払いしたことも不思議だったんだ。ただの日常会話ならそんなことをする必要はない。この極秘事項の話があったから人払いしたのか。

「もしそんなことになったら私としてはクリステン側との交渉をより有利に進められる。リッヒハイムの国民を不当に扱ったとしてな。連絡の中継はこのグライフェルト伯爵に任せよう」

「御意」

あんなに俺を嫌っていたあのクソ王子が来るとは思えないが、一応気には留めておくか。逆恨みとかも平気でしそうな奴だからな。

　しかしなんで平民になってリッヒハイムまで来た俺はこんなことを知らされているんだろうか。縁はすっぱり切れたと思ったのに。マジでどこまでも腹の立つ奴だな！　これで本当に俺に被害があったらボコボコにしてやる！

　フリドルフ殿下が俺達との協力関係を申し出たのもクリステンとの交渉材料の一つにするため。純粋に俺達を助けるわけじゃない。ただ万が一そんなことが起こったら俺達の立場は平民だし難しいところもある。その時は存分に王太子様の威光を借りてやろう。

　そしてクリステンの陛下と王妃殿下は不憫だなと思う。あのクソ王子のせいで国政が危うくなりそうだし、国内だけならまだしも他国にまで恥を晒している状態だ。あのお二人はいい人だっただけに気の毒すぎる。

　フリドルフ殿下には今後、ちょっとでもいいから手加減してあげてほしい。まぁ国同士のことだし俺がとやかく言える立場でもないんだけど。陛下と王妃殿下、頑張ってくれ！

　そうしてちょっとした、いやかなりの恥をかいたものの王太子殿下との面会は無事に終了した。来た時と同じように転移門を使って家へと帰る。

　精神的に疲れたのもあって帰りに食事をして帰ることにした。報奨金が貰えたことと着ている服が立派なのもあって、初めてソルズの街にある高級レストランへ入った。久しぶりにがっつりとマナーを気にするような食事だが、高級レストランなだけあって味はとても美味しかった。だがやっぱりライアスの作る食事の方が美味しいと思ったけど。

「んっ……！　ライア、スっ……！」

　家に着くなり玄関でいきなりライアスにキスをされた。背を壁に付けさせられ身動きが全く取れない。一体どうしたんだ⁉

「エレン……どこにも行かないでください」

「は……？　俺はどこにもいかないぞ？」

ん？　どういうことだ？　どこかに行く予定も何もないが、いきなりこんなこと言われて理解が出来ない。

「王太子殿下がエレンを第二妃に迎えようとしていると聞いて、正直言えばとても怖かったのです。俺を置いて他の誰かのところに行ってしまうんじゃないかと」

　そのまま強く抱きしめられて苦しいくらいだ。あんなにはっきりと拒絶の意思を見せたライアスも、本当は怖かったのか。だからあんなにもきっぱり発言したのかもしれない。

「やっとエレンと結ばれたのに俺は捨てられるんじゃないかと。想像するだけで死にそうでした」

「ライアス……大丈夫だよ。俺はどこにも行かない。俺が抱かれるのもライアスだけだ。他の男がどんなに美形で金を持っていても俺には無理なんだ。だから安心してくれ。な？」

　なんだか小さな子供のようで微笑ましく思うのと同時に、あのライアスがここまで明確に自分の気持ちを主張してくれたことに驚きと嬉しさを隠せない。自分を二の次にしていたライアスが、王族に楯突いてまで俺を放さないと言ってくれた。そんな奴を捨てて他に行けるわけないじゃないか。

「……今日は抱いてもいいですか？　あなたを感じたいんです」

「ライアス……わかった、いいよ。今日は俺のためにありがとう」

王太子が笑って済ませてくれたからよかったけど、側にいた侍従はライアスのことを思いっ切り睨みつけていた。王族に対して平民が取る態度ではなかったからな。俺も正直ヒヤヒヤした。

だけどそうまでして俺を放さないと主張してくれたライアスの気持ちが嬉しかったし、そんなライアスと恋人になれたことは凄く幸せで恵まれたことなんだと実感した。人の気持ちなんて簡単に移ろうのにライアスはずっと昔から俺のことを好きで大切にしてくれた。だから俺はライアスを好きになったんだ。こいつなら大丈夫だって思えたから。

「エレン、今日は止まれないと思います。覚悟してください」

「……出来るだけ頑張るけど、なるべく手加減してください。お願いします」

ちょっと不安だがなるべく受け止めようと覚悟を決めた。そのまま寝室へと連れていかれそうになるが、先にどうしても風呂に入りたかった俺は説得して風呂へ。

ライアスも一緒に入ってきてそこからもうスタートした。散々風呂場で致した後にベッドの上でさらに睦み合う。途中で俺は気絶するというお決まりのパターンとなり、翌日も介護状態となったが心の中ではライアスが満足してくれたのならそれでいいかと納得している。体はもの凄く辛いが。

ライアスも不安な気持ちがなくなったようで顔色が抜群にいい。心なしかツヤツヤして見える。

本当にお前の体はどうなってんだ。ま、嬉しそうだし別にいいんだけど。

それからはまたいつもの日常に戻った。

報奨金はなんと平民の生活費およそ三年分もあった。お陰である程度の貯(たくわ)えも出来たから毎日毎日依頼を受けているわけじゃない。無理をせずのんびりこなしている。

依頼を受けていない日はライアスに教わりながら手の込んだ料理を作ってみたり、天気のいい日は馬を借りてピクニックに出かけたり。それ以外にもライアスと手合わせして体術訓練なんかもやったり。的確なアドバイスを貰えるから以前よりも体の動きもよくなった。

誘拐未遂事件もあったからな。自分で自分の身を守れるようにちゃんとしておかないと。いつもライアスが側にいてくれるけど、そうはいかない日もあるかもしれないしな。

「ライアス、今日は久しぶりに服でも買うか。冒険者やってるから仕方ないけど、服の傷みが早くてヨレてもきてるし」

というわけで久々に街にある服屋へと向かった。最初に買った服を中心に着回してたけど、生地自体そこまでいいものでもないし、冒険者という仕事柄どうしても汚れや傷なんかもついて早くにボロボロになってしまう。凄く切り詰めた生活をしなきゃいけないわけじゃないし、また数着買うことにした。

「こんにちは～」

「はーい、いらしゃいま……あ」

店に入ると店員が出てきてくれたが、俺達の顔を見るなり固まってしまった。どうしたんだ？

俺の顔になんか付いてる？

「えっと……すみませんが帰ってくれませんか？」

「は？」

え？　帰れ？　なんで？　え？　いきなりそんなこと言われてフリーズしてしまう。

「うちはあんた達に売る商品はないんでね。悪いけど帰った帰った！」

「え？　ちょ……な、何？　なんで!?」

成す術(すべ)もなく店から追い出された俺達。目の前で店の扉がバタン！　と勢いよく閉まる。何が起こっているのかわからず棒立ちになってその扉をしばらく見つめていた。

「え……？　ライアス、俺達この店に何かしたっけ？」

「いいえ。特に何もしていないはずです」

「だよな……」

全く意味がわからないが、売ってくれないというなら仕方ない。そのまま別の店へと足を運ぶことにした。

「悪いが帰ってくれ！　あんた達犯罪者なんだろ!?　うちはそういう奴に売るもんなんかない！帰ってくれ！」

「はぁ!?　犯罪者!?　違う！　俺達は何もしてない！」

「はんっ！　犯罪者は皆そう言うんだよ！　とにかく帰ってくれ！」

またもや目の前で扉がバタンと勢いよく閉まる。どうなってんだ一体……

このまま店の前で立ち尽くしていても仕方がない。俺とライアスはその店から離れてカフェへ寄ることにした。この店も追い出されるかと思ったがそういったことはなく、問題なく席に案内してもらえた。

「なぁライアス。これって一体どういうことだ？　俺達知らない間に犯罪者になってるぞ……」

「……俺も全く心当たりがありません。何が起こっているのかわからないです」

ライアスと二人色々と考えてみるが全く思い当たることがない。俺達は罪なんか当然犯していないし普通に生活していただけだ。なのになんでこんなことになってる？　とりあえずこの店では普通にしてもらえたから全ての店がそうではないみたいだ。一体どういうことなんだ……

お茶と軽食の後、服を買う気が失せたため市場へと寄ることにした。食材を買って家でゆっくりしようと思ったのだ。だが市場でも同じような目に遭ってしまう。

「あんた達、もう二度とうちの店に寄らないでくれ！」

「悪いが犯罪者はちょっとねぇ……他を当たってくれ」

ライアスと二人、意味もわからず店から追い出される。そしていつもの八百屋の前を通った時だ。

「お、エレンとライアスじゃねぇか。しけたツラしてんな。あれだろ？　犯罪者だとか言われて追い出されたんだろ？」

「え。そう、そうなんだよ！　おっちゃん何か知ってる!?」

八百屋のおっちゃんからそう声をかけられて、食いつくようにして迫った。

「おおっと。その様子じゃ結構やられたみてぇだな。……数日前、いきなりこの辺じゃ見ねぇ奴が来てな。『この男はこの国に来る前に未来の王子妃に向かって暴力沙汰を起こし断罪された犯罪者だ。

今はその乱暴な本性を隠しているがいずれはお前達も酷い目に遭うから気を付けろ』って言い回ってたんだよ。しかもそいつはクリステン王国の王子様の知り合いとかで『今もその男に苦しめられている。なんとかしたいんだ』って散々語ってたな」

な、なんだよそれ……その話をした奴は俺がクリステンでやってたことを知ってる奴なのは間違いない。そいつが俺がいるソルズの街へ来てわざわざ言いふらしてるってこと？　一体なんのために？

「それでお前のことをよく知らない奴はすっかり信じ込んでな。しかもお前見た目が派手だから名前を知らなくてもすぐわかるだろ？　あっという間に広まってしまったって感じだな」

確かに俺はクリステンではやってはいけないことをやってきた。だから自分から平民に落ちて国外追放にしてもらったんだ。それでもまだ俺を断罪し足りないと思っている奴がいるってことだ。

「お前、その噂で言われてた『未来の王子妃に暴行した』ってのは本当なのか？」

「あ……それ、は………」

ここでおっちゃんに本当のことを言ったらどうなる？　暴行を加えたことは嘘じゃない。だけど俺も苦しい目に遭ってきた。それを言っても信じてもらえるのか？　俺は気のいいこのおっちゃんにも嫌われて詰られるのか……？　そう思ったら声が出なくなってしまった。

「その件は本当だ。だがエレン一人が悪いわけじゃない。エレンは王子の婚約者だった。だが王子はエレンを長期間にわたって蔑ろにし、挙句に堂々と不貞を働いたんだ。その『偽の未来の王子妃』と。本来の『未来の王子妃』はエレンのことだ。『未来の王子妃』に対し精神的苦痛を与えボロボ口にしたのは当の王子と『偽の未来の王子妃』だ。エレンは自らの罪を認め、平民となり国外追放となることを選んだ。十分罰は受けている。これ以上苦しめる必要などない」

「ライアス……」

俺を抱きしめて力いっぱい否定してくれるライアス。嘘は言わず本当のことだけを伝えてくれた。俺の以前の行いは許されるものじゃない。でもそれを認めた上で俺がされたこともちゃんと言ってくれた。俺が嘘をつくのを躊躇ったのもわかってた。自然と涙が零れる。やっぱりライアスは俺の絶対的な味方だ。

「なるほどな……今のエレンを見てるとそんなことをやっていたようには見えなかった。きっと心を入れ替えたってことだろ？　十分反省したんだな。だったら悪いのはその噂を流してる奴らじゃねぇか。やることが汚ねぇ。隣国の王族ってのはそんな汚い奴らなのか？　俺はそういうのが大っ嫌いなんだ。安心しろエレン。俺はお前を信じるぜ。今までのお前を見てりゃわかるってもんよ」

「おっちゃん……ありがと」

小さな子供にするように頭をぐりぐりと撫でられた。髪はぐしゃぐしゃになったけど、そうされたことが凄く嬉しかった。

「ライアスに聞いたことを俺の口からも広めておく。悪いのはエレンだけじゃねぇってな。どこまで力になれるかわからんがやってみるさ。こっちでも何かわかったら教えてやる。だからいつも通り、この店で買い物してくれよ」

「うん。本当にいつもありがとう」

俺がそう言うとおっちゃんはニカッと笑って「いいってことよ！」って答えてくれた。本当にこのおっちゃんはいい人だ。この人と仲よくなれてよかった。

そのままこの店でいくつか野菜を買って俺とライアスは家へと帰った。買ってきたものを食材庫に入れ冷気の魔法をかけると、俺はソファーへ深く沈み家の天井をぼーっと見上げていた。

「一体何が目的なんだろうな……」

俺のことが気に入らない奴がやっているんだろうと思う。それだけ恨まれても仕方のない真似をしたと思うから。でも手を上げたのはライアスとイアンだけで、他には暴言を吐いたくらいだ。まぁだからと言って許されるわけじゃないんだけど。

それにしても俺がソルズの街にいるってなんでわかったんだろう。国外追放となった件はきっとクリステンの全貴族が知っていることだと思う。だけど、どの国のどの街にいるかまではわからないはずだ。それは公表するつもりがないって父上も言っていたし。俺を捜し回って見つけたとしても、ここへ移住してから一年弱。あまりにも早すぎないか？

「エレン、大丈夫ですか？」

ライアスが隣に座り俺をそっと抱きしめる。こいつがいなかったら俺は今頃潰れてたかもしれないな。

「……うん、大丈夫。ライアスがいてくれるから平気」

ライアスの背中に腕を回してその胸に頬を擦りつける。こうやって甘えられる存在がいるって大きいよな。ただ抱きしめてもらうだけで精神が安定していくのがわかる。トクトクと聞こえるライアスの心臓の音が心地いい。

「誰がこんなことをしているのかわかりませんが、腹が立ちすぎておかしくなりそうです。これからしばらくは用心しましょう」

「うん……もし、もしもこれが解決しなかったら、この街を出て他に行こう。その時も付いてきてくれる？」

俺がぼそりとそう聞くと抱きしめる力が強くなった。

「何当たり前なことを聞いてるんですか。嫌だと言われても付いていきますよ。あなたの側が俺のいる場所です」

「……ありがと」

俺はライアスさえ側にいてくれればそれでいい。他には何もいらない。それだけで俺は生きていける。誰に何を言われても何をされても、ライアスがいれば俺は平気だ。

その日はずっと引っ付き虫になっていた。なんだかライアスと離れると不安になってしまう。ライアスがキッチンで料理を作っている間も後ろから抱き付くという、ライアスにしたら邪魔以外の何者でもなかった。

でもライアスは笑って「役得ですね」って言ってくれる。邪魔だとか離れろとか絶対言わない。俺のことを全肯定してくれてやりたいようにさせてくれる。

お風呂も一緒に入った。えっちなことは一切せずにただ一緒に湯に浸かる。そしてベッドに入ると顔中にたくさんのキスが降ってくる。前は恥ずかしくて堪らなかったこんなキスも、今じゃ俺の精神安定剤だ。ライアスにそっと抱きしめられて眠った。

ライアスの存在がとてつもなく大きい。俺はずっと昔から、そして今もライアスに救われている。

そのことに感謝した。


「エレン、本当に行くんですか？」

「うん。じっとしているのは性に合わないしな」

翌日、ギルドへ行って依頼を受けることにした。どこまで俺の噂が広まってるかはわからないけど、だからといって家でじっとしているのも俺を貶めようとしている奴の思う壺だから、負けを認めたような気がして嫌だった。

ギルドへ向かい依頼書を眺める。薬草採取はポーションなど、薬の材料で必要だから常にある依頼だ。低ランクの冒険者でも出来るのにあまり受けたがる人はいない。魔物討伐の方が稼ぎがいいからだ。

でも俺達はこれをなるべく受けるようにしている。薬草はたくさんあっても困らないからな。今日もこれを受けて魔物討伐はついでにやるくらいでいいか。

「おい、お前犯罪者って本当か？」

「は？」

そう言われて後ろを振り返ると数人の冒険者がそこにいた。面白そうに見ている奴や嫌悪感を滲ませた奴と様々だった。

「なんでもクリステン王国で王族相手に暴力沙汰起こして、平民落ちになった公爵家のおぼっちゃんなんだって？　お前、ろくでもねぇ奴だったんだな」

「ちがっ……」

「あーあ。すげぇ奴らだと思ってたのに残念だぜ」

まただ。こいつらもあの噂を聞いて信じてるんだ。仲よくなれたと思っていた冒険者達にもこんな風に言われるなんて。

「口を閉じろ」

「っ!?」

ライアスがもの凄い怒気を放ちながら静かに声を出した。決して大きくない声なのに、聞くだけで背筋が凍るようだった。

「何も知らないくせに噂だけを鵜呑みにして勝手なことを言うのはやめてもらおう」

「ちっ……行こうぜ」

ライアスの怒気に怯んだ奴らはそのままギルドを出ていった。それを見届けた後、他へ視線を移すと、皆俺と目線が合った瞬間すっと逸らす。きっと誰もがあの噂を信じてしまっているんだ。全部が全部嘘じゃないだけに俺は何も言うことが出来ない。

「エレン、大丈夫ですか？　もし辛いなら帰りましょうか？」

「……いや、大丈夫。依頼、受けよう」

依頼書を手に取って受付へと向かう。するとデイビットさんがギルドマスター室から出てきて声れたみたいだ。

をかけられた。どうやら俺がまた冒険者に絡まれてると思ってギルド職員の誰かが呼びに行ってく

「よぉ。お前、またあんどくせぇことに巻き込まれてんな」

「デイビット、面白がるんじゃない」

「わりぃわりぃ。つい、な」

デイビットさんと親しげにしている人がいるが、俺は見たことのない人だ。冒険者か？　そう思えるほど、鍛えられた体をしていて強そうな雰囲気だ。

「エレン、ライアス。紹介しよう。こいつはケリー。俺の愛する嫁さんだ」

「え⁉　デイビットさん、結婚してたの⁉」

新事実発覚。まさかの既婚者だった。ライアスも声は出さなかったけど驚いている。

「お前失礼な奴だな。こんなイイ男が独身なわけねぇだろうが」

「………ソウデスネ」

いや、まぁデイビットさんは確かにイケオジって雰囲気でかっこいい。体もムキムキだし背も高いし、Sランク冒険者だし顔も渋いイケメンだ。確かにモテそうではある。が、『俺は一生独身でいくぜ！』みたいな感じだと勝手に思ってたからビックリした。

「こう見えても子供だって二人いるんだぞ。めちゃくちゃ可愛くて俺は幸せ者だぜ」

子供までいた……しかも二人も。全然そんな風に見えなかったからマジで驚いた。

嫁さん、ってことはケリーさんが産んだってことだよな？　……人の趣味にとやかく言うつもり

はないけど、このガチムチな人が産んだのか。そうか。すげぇ。いや、今の世界じゃ当たり前のことだからな、うん。

「初めまして、俺はケリー。エレンとライアスのことはデイビットから聞いている。よろしく」

「あ、はい。エレンです。こっちはライアス。よろしくお願いします」

ケリーさんはデイビットさんと違って爽やかなお兄さんって感じの人だ。こういう人はなんか安心する。でもなんでケリーさんを俺達に紹介したんだろうか？　不思議に思っていたがギルドマスター室に来てほしいと言われて付いていくことになった。中に入ると早速ソファーに腰かける。

ケリーさんは皆の分のお茶を淹れてくれた。あ、美味い。お茶淹れるの上手いな。

「俺の可愛い嫁さんのケリーが市場に買い物に行った時なんだが、あの噂を聞いたらしくてな」

……デイビットさんって結構堂々と惚気る人だったんだな。なんか似合わねぇ……ま、それは置いといて。

デイビットさんの話を聞くと、ケリーさんが市場で不自然な人だかりを発見。近づいて耳をそばだてると俺について噂していた。内容は俺が八百屋のおっちゃんに聞いたのと同じもの。どうやらそいつが俺の噂を流してる犯人のようだった。

「俺がその話を聞いたのは一週間ほど前だ。会ったことはなかったが、デイビットから聞いてた気鋭の新人のことだってわかったんだ。それでデイビットにその件を伝えた。デイビットに聞いていた話と食い違いすぎててな。おかしいと思ったんだ」

デイビットさんは俺がここに来る前のことを知らない。当然ここであったことだけを話していただろうから食い違って当然だ。だがデイビットさんは俺の過去を既に知っていた。

「領主から話を聞いていたんだ。お前、王太子と会ってその後何かあれば連絡をくれって言われてたんだろ？　その関係で領主から俺にも話が来たんだ。ただ何がどうしてそうなったのかがわからなかったから聞かせてもらった」

「そう……だったんだ」

嘘をつくつもりはないけど、デイビットさんにも知られてしまっている。俺は本格的にこの街を出る準備をした方がいいのかもしれない。

「お前は十分に罰を受けてる。それにちゃんと反省したんだってことも、今のお前を見てりゃ嫌でもわかる。なのに未だにぐちぐちとあんな噂立てやがって気持ち悪いったらないぜ」

「え……？」

「あ？　なんだその顔。俺がお前を嫌うとかギルドを追い出すとか、そんなことを思ってたのか？」

「だって……」

だって俺がやったのは本当のことで、それを聞いたら俺を嫌うのは当然のことで……もう二度とあんな真似をするつもりもないし、周りに迷惑をかけるつもりもない。だけどそれを言ったところで信じてもらえるなんて思ってもいなかったし……

「お前な、俺のこと見くびってんじゃねぇぞ。俺は領主の話を聞いて、今のお前を見て判断している。確かにお前が昔やったことはダメなことだったろうよ。だけどあっちにも原因はあったし、不貞を堂々とするとか王族のくせに何やってんだって話だ。それを一方的にお前が悪いとか言われてんのはおかしいだろうが。俺はそういう奴は大っ嫌いなんだよ」

「デイビットさん……」

その言葉を聞いて不覚にも涙が零れそうになった。俺は今の状況に相当参っていたらしい。そう言ってもらえてどれほど安堵したか。

「実はデイビットも似たような過去があるんだよ」

「おい。それは言わなくてもいいだろうが」

ケリーさんは止められるも、それを無視してデイビットさんの過去を話してくれた。

デイビットさんは元々子爵家の三男だったらしい。そして剣が得意で学園を卒業後は騎士団へ入団。新人騎士として気合を入れていたのに当時の騎士団長に狙われることになった。

「あの野郎、新人で爵位の低い可愛い男が入ってくると、権力を振りかざして無理やり手を出す最低野郎だったんだ。今まで犠牲になった奴はかなりいた。だがそれを言えば家を潰すぞと脅されていて誰も声を上げることが出来なかった」

「ちょっと待って。可愛い騎士……？　え？　デイビットさんって可愛い騎士だったの？」

「あはははは！　そこ気になるよね。実はデイビット、昔は線も細くて可愛かったんだ。今の姿とは大違いで、昔のデイビットを知ってる奴は皆信じられないって言ってるな。あはははは！」

いや、どう考えてもムッキムキのデイビットさんと可愛い騎士って繋がらないだろ……何がどうしてこんなゴリラに進化したんだ……？　意味がわからん。

「それが嫌で無理やり体を作ったんだ。そんなことは別にいい。話を続けるぞ」

ぶすっとしたデイビットさんの話を聞くところによると、当時の騎士団長はそんな色ボケジジイだったらしく狙われたデイビットさんは何度も丁寧に断った。だがとうとう実力行使に及ばれそうになり騎士団長を殴った。それに怒った騎士団長は、団長命令に背き規律違反を犯したとしてデイビットさんをクビにした。

一方、デイビットさんの学園時代にライバルが存在した。その人は高位貴族で同じ騎士団でもエリートの近衛隊に入っていた。そのライバルだった人と特に仲がよかったわけじゃないが、デイビットさんの実力や誠実さを認めていたようでクビになった経緯を確認に来た。それで事情を知ったその人が『時間はかかるだろうが必ず真実を明るみにする』と言ってくれたらしい。

「そいつはそう言ってくれたが簡単に出来ることじゃない。当時の騎士団長は侯爵家という高位貴族で騎士団長という地位にあった。俺の家にも圧力をかけてきやがって俺は勘当されることになった」

デイビットさんの家は子爵家だから侯爵家から圧力をかけられたらたまったもんじゃない。デイビットさんもそこはわかっていて平民となって王都を出た。そしてこのソルズの街に来て冒険者となり今に至る。

「俺のライバルだった奴の尽力のお陰で、あのクソ野郎は騎士団長を辞めることになった。そんで今はそいつが騎士団長だ。ま、そんな経緯があるから上の人間が下の人間を好き勝手にするってことが嫌いなんだよ」

なんだかデイビットさんと俺って境遇が似てる。それにデイビットさんも元貴族だったなんてびっくりだ。

騎士団長となったライバルの人とは今も交流が続いていて、ライアスに騎士団に入らないかと誘ったのも、そのライバルの人から強い奴がいたら紹介してほしいと言われていたからだったそうだ。

「ま、そういうわけだ。だからお前のことをどうこうしようなんて思ってねぇよ。その噂を流してる奴だがこっちでも調べてみる」

「それは俺に任せてくれ。昔の怪我で引退したが元々は冒険者だしこの街のことも詳しいし、何より俺はその噂を流してる奴らからすれば全く知らない人間だ。君達より断然動きやすい」

ケリーさんも協力してくれるらしくて、この二人には頭が上がらないなと思った。ライアスだけじゃなくて八百屋のおっちゃんもデイビットさんも、奥さんのケリーさんも俺の味方になってくれた。これって本当にありがたいことだ。

「エレン、よかったですね。わかる人にはわかるんです。エレンの素晴らしさが。きっと上手くいきますよ」

「うん。俺もへこたれていられないな！　犯人を捕まえたらボコボコにしてやらねぇと！」

どこのどいつかか知らねぇが売られた喧嘩は倍にして返してやるからな！

その後も、市場へ行けば帰れと言われ、冒険者達からは遠巻きにされる毎日だ。だが俺にはライアス以外にもちゃんと味方がいてくれることはわかっていたし、へこみはするけどそれでやられることはなかった。

それに、デイビットさん達の他にも噂よりも今の俺を見て応援してくれる人もいたりして、そういう人達の温かさに触れることも出来た。見てくれる人は見てくれる。だから俺は大丈夫。

ただ噂がどんどん広まっているのは変わらない。ついには家の前に動物の死骸が置かれたり、ゴミが捨てられたり壁に泥をかけられたりと、嫌がらせもされるようになって来た。

流石(さすが)にそれには落ち込みそうになったが、掃除をしていると俺の味方をしてくれる人達が手伝いに来てくれて立ち直ることも出来た。

一部の冒険者にも俺の味方をしてくれる人が出てきた。ギルドでは俺達につっかかってくる奴らもいたけど、そういうのは俺の味方をしてくれる冒険者達が追い払ってくれた。ついでに一緒に依頼を受けたりしてかなり仲よくなれたりもした。

噂が流れたことで嫌なこともあったけど、それ以上に嬉しいこともあったしそういったことに気付けたことに感謝した。

「オットー右だ！」

「任せろ！」

今日はBランク冒険者のオットーとジャレミーと一緒に依頼に来ている。この二人は俺の味方をしてくれる冒険者で、一緒に依頼を受けるのは三回目だ。二人とも剣士で結構強い。だがAランク昇格試験になかなか合格出来ずにいるらしい。一緒に依頼に行く時はライアスにアドバイスを貰ったりして向上心のある人達だ。

ちなみに向こうから一緒に行かないかと誘われたんだけど、その時のライアスはめっちゃ嫌そうだった。どうやら俺が他の冒険者と仲よくしてるのを見てやきもちを焼いたらしい。可愛いかよ！　ライアスには申し訳ないがその姿を見てきゅんきゅんしたのは内緒だ。

「ジャレミーまた出てきたぞ！　気を抜くなよ！」

「大丈夫だ！」

今日も森へと出かけて魔物討伐と薬草採取をしていた。魔物に遭遇し討伐していると、またも新たな魔物が出現。なんだか今日は数が多い。

大きな熊型を三匹倒した途端に狼の魔物が五匹。そしてそれを倒した後、豹によく似た魔物が二匹出てきた。ジャレミーの近くに出現したため、俺は草の蔓を呼び出し脚を拘束。動きを止めたところをジャレミーがそのままとどめを刺す。もう一匹はライアスが難なく討伐。

「ふぅ……やっと落ち着いたか？」

豹の魔物を倒した後、しばらく気を張り詰めて新たな魔物の出現に備えていたけどその気配はないようでほっと息を吐いた。

「おかしい……熊と狼はわかるが、こいつは見たことのない魔物だ」

オットーが討伐された豹型の魔物の前に行くとそう言った。

「俺達はこの街で長く冒険者をやってる。だから大体の魔物は覚えてるが、こいつは見覚えがない」

ジャレミーも豹型の魔物をまじまじと見ながら同じことを言った。確かに二人の言う通り、俺達もこの森にはよく来るがこいつは初めて見る。まだ出会ったことがなかっただけかと思っていたけど、そうじゃないらしい。

「それに魔物全体の数が多い。ここに来るまでに遭遇した魔物の数も多かった。今日は稼げるな、って喜んでたけどこれはちょっと異常な気がしてきたな。ギルドマスターに報告した方がいいかもしれない」

早くギルドに知らせようという結論になり、討伐した魔物を解体した後は急いで街へと戻ることになった。ギルドに着くなり受付へと行き、デイビットさんを呼んでもらう。するとすぐに出てきてくれて、森で感じたことをそのまま報告した。

「お前達もか。実は他にもそういった報告を受けている。これはちょっと怪しいな」

どうやら違和感を覚えたのは俺達だけじゃないみたいで、他にも数件同じ報告が上がっていたらしい。俺達よりも前からここで冒険者をやってる人達が皆そう言っているのなら、やっぱり魔物の数が多いことや見覚えのない魔物が出たことには何かあるのかもしれない。

「……俺も明日森へ行ってみる。最悪スタンピードが起こる可能性があるかもしれないからお前達もそのつもりでいてくれ」

スタンピード。何が理由かはわからないが、魔物が一斉に現れて大群となり襲いかかる現象のこと。もしかしたらそれが起こるかもしれない。それもこのソルズの街で。

そうなったら俺もライアスも他人事じゃない。自分達が住んでいる街が狙われたら大変だ。この街はかなり大きくて人も多い。魔物に蹂躙(じゅうりん)されでもしたら被害はどれほどになるか。

昔なら家でじっとしているかどこかへ避難しているかだったろうが、今は俺も冒険者だ。もしスタンピードが起こったら街を守るために前線に出る必要がある。そうならないことが一番だが、準備をしておこう。

ギルドで依頼完了報告と換金を済ませた後は、そのまま薬屋へ向かいポーションを多めに買っておいた。備えあれば憂いなしってな。ちなみにこの薬屋の人も俺の味方をしてくれる人だ。多めに買ったら少し値引きまでしてもらえた。ありがたい。

「エレンにライアス、よかった、ここにまだいたか。さっきギルドに行ったら薬屋へ向かったって聞いたから急いでここに来たんだ」

「ケリーさん、どうかしたの？　なんかあった!?」

走ってここへ来てくれたらしくて息が少し上がってる。何か嫌なことが起こった感じだ。

「実は、噂を鵜呑みにした人達がエレン達を捕らえろって騒いでる。あんな犯罪者を捕まえて罰を与えてやろうって。かなりの騒ぎになっていたからそれを知らせに来たんだよ」

「え……嘘だろ」

街の人達が俺を捕まえようとしているって、それって最早私刑じゃんか。

「見たことのない男がエレンを捕まえようって煽っていたんだ。とにかく今すぐ家に帰った方がいい。俺も一緒に行くから一旦帰ろう」

ここに長居は出来ないと判断してすぐに薬屋を出た。ケリーさんと一緒に家へ向かって走る。ただケリーさんは昔の怪我の後遺症で速く走ることが出来ない。「足手まといだな」って言われたけどケリーさんのお陰で危険を知ることが出来たんだ。足手まといなんかじゃない。ここまでして協力してくれて、どれほど感謝しているか。

「エレン！」

もうすぐ家に着く、というところで剣を抜いたライアスに庇われる。バシッ！　っという音が聞こえたことでライアスが何かを斬ったとわかった。

「ちっ……邪魔しやがって！」

イラついた声が聞こえてライアスの腕の中から顔を向けると、なんとそこにはもう二度と会うことはないと思っていた男がいた。

「イアン……!?」

庇護欲をそそるようだった顔に、親の敵と言わんばかりの怒りを滲ませていた。目は吊り上がり眉間には深い皺が刻まれ体は怒りで震えている。最後に見た姿とはあまりにもかけ離れている上、イアンがここにいることに驚きを隠せない。

イアンの回りにはフライパンや金属の棒などその辺にあったものを武器として手に持った街の人達もいる。

「お前が邪魔しなければこいつを殺せたのにっ……！」

殺す……？　イアンは俺を殺そうとしたのか？

「エレン、怪我はないですね？　この男がいきなりエレンに向かって攻撃魔法を放ってきたので剣で相殺しました。ですのであいつを殺す許可をいただけますか？」

さっきのバシッ！　って音は剣で魔法を相殺した音だったのか。っていうかお前剣で魔法を相殺するとか、そんなバカみたいなこと出来たんだ……

「何を不思議そうな顔をしているんですか？　思いっ切り振れば剣圧であれくらいの魔法なら消せますよ。それよりも殺す許可を」

「お前が異常なのは今に始まったことじゃないな……っていうか殺しちゃダメだからな⁉　一旦落ち着こう⁉　な⁉」

　不満たらたらな顔をしてもダメなものはダメ！　なんでここにいるのかとか、どうして俺を殺そうとしてるのかとか、聞きたいことはいっぱいあるんだからな！

「お前のせいで僕の人生はめちゃくちゃだ！　平民に戻されて、男爵には娼館に売られそうになったんだ！　僕が王子妃になるはずだったのに！　お前のせいだ！　だからお前は僕に殺される必要があるんだよ！」

　はぁ⁉　何言ってんだコイツ⁉　王子妃になれるチャンスがあったのにそれをぶち壊したのは他でもないてめぇのせいだろうがっ！

「エレン、街の人達を煽ってこんな騒ぎにしたのはあいつだ」

「ケリーさん、それ本当⁉」

　イアンがあの噂を使って街の人を煽ったのか。俺を殺すために……

「イアン、どうして俺がここにいるって知ってる？　それと俺の噂を流したのもお前なのか？」

「お前の居場所なんてクリス様に聞いて知っていたに決まってるでしょ？　それと噂を流したのは僕じゃないよ。お前のことを恨んでる奴が勝手に流してたんだ。お前って相当恨まれてるんだね。いい気味。だから僕はその噂を利用しただけだ」

噂を流したのはイアンじゃない？　じゃあ一体誰だ……それと俺の居場所をあのクソ王子から聞いていたってどういうことだ？

「……エレン、恐らくですがエレンの移住先は旦那様から王に報告が上がっていると思います。それであのバカ王子が知っていたんでしょう。そしてそれをあのクソガキに教えたんだと思います」

そういうことか。国外追放とはなったけど、家を買ったり転移門の予約をしたりしたのは父上達だ。その支援に関して王家から許可を貰ったと言っていたし、俺がどこに行ったのかは報告が上がっていてもおかしくない。

「エレン、お前はどこまで僕の邪魔をすれば気が済むんだよ！　この街の人達だって皆僕の味方だ！　僕が幸せになれなかったのはお前のせいなんだ！　だからお前はここで死ねよ！」

「そうだそうだ！　お前みたいな犯罪者はこの『未来の王子妃』に死んで詫びろ！」

街の人達も俺を許せないと思っていて、イアンが言ってる内容がおかしいことに気が付いていない。反撃しようと思えば出来るけど、それで傷つけてしまったら俺は本当に犯罪者になってしまう。

「お前が王子妃になれなかったのは自業自得だろう！　それに関してはエレンは全くの無関係だ！」

ライアスが俺をギュッと抱きしめてイアンに吠えた。こんな状況なのに、嬉しくてドキドキしてしまう。

「うるさい！　クリス様だけじゃなく、リッヒハイムの王太子にまで言われたんだ。『エレンとは全く出来が違う』『エレンならなんの問題もなくやり遂げた』ってね！　それにあの教師達もみんなみんなみんな！　僕よりお前の方が優秀だったって！　何もかも比べられてお前の方がよかったって！　せっかくお前がいなくなったのに！　僕はずっとお前に嫌がらせされ続けてきたんだ！　お前はずっと僕の邪魔をし続けてきたんだよ！　だからお前なんて死ねばいい！」

そう叫ぶとイアンは魔力を練り上げ炎を展開させた。ぐんぐんと魔力を込めて強く大きな炎を顕現させる。こいつ、こんな街中であんな火魔法放ったらどうなるかわからないのか!?

「やめろイアン！　街が火事になる！」

「うるさいうるさいうるさい!!　お前を殺せるならこの街がどうなろうと関係ない!!」

くそ！　自棄(やけ)になって周りのことも見ていない！

すぐに魔力を練り上げ水の魔法を放てるように準備する。あの大きさの炎を一瞬で片付けないといけない。やりすぎなくらいの魔力を込めて絶対に被害が出ないようにしないと。間に合え！

「お前なんか死んでしまえぇぇぇぇ!!」

「させるかぁぁぁぁ!!」

イアンが炎をぶつけようとしたのと同時に、俺も思いっ切り水の魔法をぶっ放した。イアンの作った火魔法は一瞬にして俺の水魔法に呑まれて消える。俺の水魔法の方が威力が高かったらしく、相殺されずに残った水魔法はそのままイアンにぶつかることになった。

「うわぁぁぁ!!」

火魔法の相殺で残った分だけだから大した量じゃない。だけどイアンは水の勢いに押されて尻もちをつく羽目になる。

「おい！　こいつ『未来の王子妃』に向かって攻撃してきたぞ！　やっぱりこいつは犯罪者だ！」

「殺せ！　殺せ！　こいつを許すな！」

だがそれを見ていた武器を持った街の人達が俺に攻撃をしようと向かってきた。まずい。さっきの魔法も火事にさせないために放ったものだから攻撃する意図は全くない。でもそんなの街の人達にしたら関係ないことだ。俺が魔法を使ったことに変わりはないからな。

街の人は武器を振り上げ俺に向かって走ってくる。俺はこの人達に向かって魔法を撃つことは出来ない。このままだとやられてしまう。どうしよう、どうすれば……！

「やめんかぁぁぁぁぁぁ!!」

「「っ!?」」

いきなり大音量の怒鳴り声が聞こえてその場にいる全員がびくりと体を竦ませた。

「お前達！　一体何をしている！」

「デイビットさん！」

数人の冒険者を引き連れて駆け付けてきてくれたらしい。お陰で街の人の動きを止めることが出来た。

「この場にいる全員動くな！」

そんな声が聞えて振り向くと、街の衛兵もかなりの人数でここへと駆け付けてきた。

「おい！　止めるんじゃねぇ！　この犯罪者を殺すんだ！　こいつが全部悪いんだ！」

武器を持った一人が俺を指さしそう叫んだ。だが衛兵は冷静にその男を拘束した。

「これ以上騒ぎを起こさせるわけにはいかない！　武器を持っている者全員拘束する！」

そして街の人達は衛兵によって次々と拘束されていく。その中にはイアンの姿もあった。イアンは逃げようとしたが、すぐ衛兵に取り押さえられることになった。

「放せ！　僕は関係ない！　僕は悪くない！　悪いのはあの男だ！　僕じゃない！　だから放せ！　放せよ！」

「うるさい！　話は詰所で聞く！　大人しく付いてこい！」

そのまま武器を持った街の人達と一緒にイアンは連れ去られていった。そして俺のところにも一人衛兵が来る。

「お前達にも詰所まで来てもらおう。話を聞かせてもらいたい」

「ちょっと待ってくれ」

わかりました、と俺が返事をする前に待ったがかかる。デイビットさんだ。俺は付いていく気満々だったんだが、何故かそれを止められてしまう。

「悪いがこの二人を連れていくのはなしだ。この二人に関しては俺に一任されているんでね」

「お前は冒険者ギルドのデイビットか。いくらギルドマスターと言えどそれを了承することは出来ない」

衛兵からも待ったがかかり、二人は静かに睨み合う。……いや、睨んでいるのは衛兵の人だけだな。デイビットさんは余裕綽綽といった表情だ。それが面白くないのだろう、衛兵はデイビットさんをさらに睨みつけている。

衛兵の管轄は騎士団だ。騎士団と冒険者は仲が悪い。それはこのソルズの街でも変わらないらしい。

「この二人はフリドルフ王太子殿下の知人だ。そして俺は王太子殿下からこの二人のことを任されている。おまけにエイデン騎士団長からもな。だからお前ら一介の衛兵がそれに異を唱える権限はない」

「なっ……嘘をつくな！」

まさかの王太子と騎士団長の名前を出されて衛兵も一瞬身構える。が、すぐに気を取り直したようでデイビットさんに掴みかかった。

「悪いが嘘じゃねぇよ。嘘だと思うなら確認してみてくれ。俺は逃げも隠れもしねぇ。それはこの二人も同じだ。そういうことで、悪いがこの二人は俺が預かる。じゃあな」

衛兵の腕を振り解くと、ケリーさんと共に俺とライアスを家まで送ってくれることになった。

家に着くとデイビットさん達を中に入れて、ライアスがお茶の用意をした。その準備が出来次第、事の経緯を話すことになった。

「エレン、助かったぜ。お前のお陰で火事にならずに済んだ」

「本当だよ。俺もその場にいたけど、あの男は異常だったな。エレンが止めたら街のことなんかどうでもいいとか言いやがって」

あの瞬間は本当にヒヤヒヤした。人も大勢いたし、下手すりゃ犠牲者だって出たかもしれないんだ。本当に止められてよかった。

まさかイアンがまぁまぁ魔法が使えるとは思わなかったし。あ。そう言えばイアンが男爵家の養子になったのって魔力量が多いからだったっけ。

「それにしても街の人間も異常だったよな。目が完全にイッてたぞあれは。ぞっとした」

ケリーさんが嫌悪感を滲ませてそう語った。確かにイアンが火魔法をぶっ放そうとしても平然としていたし、俺を殺そうと躍起になっていた。噂を信じたとしてもあそこまでなるのはちょっと異常としか言えない。

「……なーんか嫌な予感がするな。後で衛兵の詰所へ行ってあの男についてちゃんと調べてもらうことにする。ここまでの騒ぎを起こしたんだ。恐らく衛兵から領主へ報告がいくだろうが、俺の方からも上げておこう。ったく。魔物の動きが怪しいって時に騒ぎを起こしやがって……」

「……本当に俺のせいで迷惑かけてごめん。こんな騒ぎになったのも俺のせいなんだよな」

「あ？　バカ言うんじゃねぇよ。お前のせいじゃなくてあいつのせいだろうが。お前はただの被害者だ。それに街を守ろうとしてくれたんだろ？　お前が謝ることじゃねぇ」

「痛っ！」

呆れた顔をしたデイビットさんが俺の可愛いおでこにパチン！　とデコピンを喰らわせてくる。ヒリヒリして痛いが、デイビットさんの心遣いは嬉しかった。

「それにしても噂を流したのがあのクソガキじゃないとすると一体……」

ライアスが俺のおでこをさすりながらそう零した。そうなんだよな。イアンじゃないらしいし、一体誰があの噂を流したんだか。それに噂を利用したイアンも悪知恵はかなり働くし本当に迷惑すぎる。

「となると、この騒ぎはまだ続くってことだろうな。エレン、お前しばらく家から出てくんな」

「え⁉　そんなっ……」

　デイビットさんから外出禁止を言い渡された。それに異を唱えようとするがケリーさんからも説得されてしまう。

「俺もデイビットに賛成だ。犯人がまだわからないし、そうなればまた今回みたいにエレンを殺そうと大きな騒ぎになる可能性もある。しばらくは俺が市場で買いものをしてこの家に届けに来るよ。だからしばらく家で大人しくしていてくれ」

「ケリーさんまで……」

　二人の言ってることはわかる。俺が下手に出歩くよりも家でじっとしていた方がいいってことは。だけどもしかしたらスタンピードが起こるかもしれないのに、こんな時に何もせず家にいるだけなんて……

「エレン、俺も二人の意見に賛成です。俺がいれば怪我を負わせはしませんが、下手に騒ぎを起こすよりは家にいた方がいいでしょう」

「……うん、わかった。しばらくは家で大人しくしてる。でももしスタンピードが起こった時は教えてほしい」

「当たり前だろうが。お前達の力を頼りにしてるんだぜ。もしスタンピードが起こった時は、鬱憤を晴らすために思いっ切りやってくれ」

　そう言ってデイビットさんは俺の頭をぐりぐりと乱暴に撫で繰り回した。この前も八百屋のおっちゃんにこんな風に撫でられたし、俺って結構子供扱いされてる気がするんだが。

それから数日、俺は家から出ることはなかった。ケリーさんは毎日子供と一緒に俺の家を訪ねて市場で買ったものを届けてくれる。そのまま一緒に家で料理を作り賑やかな昼食を過ごした。

デイビットさんはあれからかなり忙しくなったらしい。魔物の調査で森へ行ったり、衛兵の詰所へ行ってイアンのことを聞いてきたり。その帰りに家へ寄ってくれて、イアンが陛下から処分を下された後のことを教えてくれた。

イアンは陛下の怒りを買い平民に戻った。男爵家も多額の罰金を支払う羽目になり、イアンがしでかしたことに憤慨し娼館へ売り飛ばそうとした。しかもその娼館は裏の人間が経営するところで、異常な性癖、たとえば暴力だったり調教だったりが趣味な人が客として訪れる危ないところだったらしい。

それを知ったイアンは逃げ出した。だが金を持っていないイアンは至るところで男を誘い売春をして金を稼いだ。イアンはあのクソ王子から俺の居場所を聞いていたためソルズの街へ行くことに決める。でも転移門を利用出来ないので自らの力で隣国へと渡るしか方法はない。

腕の立つ男を一人護衛として雇い時間をかけてソルズの街へ到着するも、俺がどこにいるかわからずかなり捜し回っていたらしい。だが街で俺のことが噂されていると知る。そこで街の人を煽り俺を殺そうとした。そして捕まり詰所で拘束中。

イアンがここでやったことと言えば、街の中で攻撃魔法を放ったこと。これだけだ。だから刑が言い渡されたとしてもそこまで大したものにはならない。だが。

「あのイアンとかいう野郎だがな、詰所でずっとフリドルフ殿下を呼べと叫んでいやがる。『僕は王太子の知り合いだ！　僕を拘束してタダで済むと思うなよ！』ってな。そこであまりにもうるさく騒ぐもんだから王宮に事実確認を行ったらしい」

王太子に確認したところ、『確かに面識はあるが自分とは関係のない人物である。だが隣国クリステンの者が我が国でそのような真似をしたことは許しがたい』と言って、クリステンの元養子先である男爵家に連絡を入れるとのことだ。その男爵はイアンを娼館へ売り飛ばそうとしていたくらいだ。きっと引き取りに訪れるだろう。

バカな奴だよな。本当に王子妃になれるチャンスがあったのに、最後は自分で自分の首を絞めたんだから。

「デイビットさんも忙しいのにわざわざ教えてくれてありがとう」

「気にすんな。スタンピードが起こった時はお前達を当てにしてるからな」

「うん、その時は力いっぱい暴れてくるよ」

デイビットさんの見立てではスタンピードは近いうちに間違いなく起こるだろうとのこと。そのことは領主や騎士団、そして王宮にまで連絡が行っているらしい。

今街は厳戒態勢だ。街の人達にもスタンピードの予兆は知らされていて、もし起こった場合は転移門を使っての避難となる。行き先は領主が住んでいるダミアだ。

ただ人の数が多いのに転移門は一つしかないせいで避難に時間がかかる。だから年配の人や小さな子供は既に避難を開始している。

俺達がやることはスタンピードの終結、もし手に負えない場合は非戦闘民が無事避難完了するまで持ちこたえること。この街の衛兵や騎士団の人も参戦するだろうから、なんとか終結させたいところだ。

そしてイアンからの襲撃事件からおよそ二週間。とうとう恐れていたことが始まった。

今日も朝からケリーさんが家に来てくれて一緒にお茶を飲んでいた時だ。ケリーさんの子供達は先に避難場所へと行っていてここにはいない。

「おいエレン！　ライアス！　開けてくれ！」

いきなり玄関扉をバンバンと乱暴に叩く音と俺達を呼ぶ声が響いた。この声はオットーだな。ライアスが扉を開けるとオットーとジャレミーの二人が息を切らせてそこにいた。

「エレン、ライアス！　スタンピードが始まったぞ！　すぐにギルドへ来てくれ！」

「っ……！　わかった！　すぐに準備する！　待っててくれ！」

「エレン、ライアス。二人とも頼んだ。俺は前線に出られないが、後方支援で出来る限りのことはする」

「うん、ケリーさんも気を付けて」

ケリーさんは軽く手を挙げると家を出ていった。それを見送った俺とライアスはいつもの装備を身に着ける。いつ招集がかかってもいいように、装備はすぐ側に置いてあった。それからオットー達と共にギルドへと駆け出す。

「森の近くに待機している冒険者から緊急信号弾が打ち上げられた。それほど時間は経っていないからまだ少し猶予はあるはずだ。ギルドで馬に乗って前線に出るぞ」

ジャレミーが今の状況と段取りを軽く説明してくれた。ギルドに到着後すぐに前線へ向かうことになるらしい。よし。イアンの襲撃で家にずっと引きこもっていたせいで鬱々としていたからここで大暴れしてやる！

ギルドへ到着するとすぐさま扉を開いて中へと入る。魔物の状況がどうなっているか確認が必要だ。

「デイビットさん！　来たぞ！　状況を教えてく…………は？」

中へ入ると同時にデイビットさんに声をかけようとしたら、もう二度と会いたくなかった奴の姿があった。

「エレン。待っていたぞ」

「な……なんでお前がここにいるんだよ⁉」

「……クリストファー殿下」

額に手を当てて大きなため息を吐くデイビットさんのすぐ横に、俺を散々嫌な目に遭わせてくれたあのクソ王子がいた。隣にいるライアスからは怒りのこもった冷えた声が聞こえる。

「随分と舐めた口をきくようになったな、エレンよ。この私が直々に迎えに来てやったというのに」

しばらく見ない間に随分とやつれたように見えるが、その態度は昔とちっとも変わった様子のない不遜そのものだった。

大体迎えに来ただと⁉　俺は迎えを頼んだ覚えはこれっぽちもない‼

「エレン、お前はこの街で随分と嫌われたそうじゃないか。辛かっただろう？　さぁ、私と共に王都に戻ろう。喜べ。婚約者に戻してやる」

「はぁ⁉　何勝手なこと言ってやがる！　そもそもなんでお前が俺の今の状況知ってんだよ⁉　ストーカーか⁉」

「すとー……？　何を言っているかわからないが、こうなるように仕向けたのは私だからな。あっさりと信じてくれて簡単だったぞ」

なっ……⁉　噂を流したのはこいつだったのか⁉

「殿下、スタンピードも始まります。急いでください」

「わかっている。いちいち私に指図をするな！」

クソ王子の横にいるのはあいつの侍従だったデボン。こいつも俺のことが嫌いで随分と嫌がらせされた覚えがある。暗い目をしていて何を考えているのかわからない、気持ちの悪い奴だ。俺にだけそんな目を向けてくるから他の人は誰も気付かなかった。

「さぁエレン。スタンピードが始まる前に帰るぞ！　来い！」

「行くわけねぇだろ⁉　俺は二度とお前の婚約者になんかならない！　俺とお前はもう関係ない！　帰るなら一人で帰ってくれ！」

スタンピードが始まるって時になんでこんなめんどくさいことになってやがる！　あーーー‼

ムカつくぅぅぅぅぅ‼

「ちっ！　冒険者になったせいで随分と乱暴になったな。私にそのような口をきいてタダで済むと思っているのか！　私の気を惹きたいからといってそれは悪手だぞ！」

「はぁ!?　お前の気を惹きたいわけねぇだろうが！　お前のことなんか大っ嫌いだバカ野郎!!」

うっわ……今でも俺がこいつのこと好きだと思ってるなんて信じられねぇ……全身鳥肌が凄い……気持ち悪っ！

「貴様！　殿下に向かってなんという口をきく！　お優しい殿下はお前を婚約者に返り咲かせてやると仰っているんだぞ！　わざわざこんな辺鄙な街まで迎えに来たんだ！　さっさと来い！」

「エレンに近寄るなッ！」

デボンが俺を捕まえようと一歩前に出たところでライアスが前に出た。ほんのしばらく二人は無言で睨み合う。

「……お前はエレンの従者だった男か。お前まで随分とものわかりが悪くなったな。この私が連れていくと言っているんだ。お前のような汚い平民が邪魔をするなど我慢ならん。命が惜しくないようだから希望に応えてやろう」

クソ王子がそう言うとデボンは剣を抜いた。こいつ、ここでライアスを殺すつもりか！

「ライアス！　そいつを気絶させろ！　ギルドマスターの俺が許す！」

ライアスはその言葉を聞いた途端、目に見えぬ速さで一瞬にしてデボンへ肉薄すると、手に持っていた剣を叩き落とし腕と胸倉を掴んで背負い投げをした。床に打ち付けられたデボンの腹部にすぐさま拳を一発入れる。「ぐはっ」と呻き声を上げたデボンはそのまま気を失った。

ここまでものの数秒。あっという間の出来事だった。ライアス、素手でもめちゃくちゃ強い……かっこいい！

「なっ……デボンはかなり優秀な剣の使い手だぞ!?　それがこんな一瞬で……そんな……」

クソ王子はライアスの強さを初めて目の当たりにして呆然としている。クソ王子の前で戦ったことなんて一度としてないからな。そうなるのも無理はない。

「クリステンの王子様、悪いがお前を拘束させてもらうぞ」

「なっ……何をする！　放せ！　私は王族だぞ！　その汚い手で私に触るな！」

デイビットさんは呆然として動かないクソ王子の手をあっという間に縛り上げ、ついでに体も縄で拘束した。

「すまんが、これはリッヒハイムの王太子殿下からの依頼でね。これからあんたはしばらく牢で大人しくしてもらう」

気絶しているデボンも縛り上げると、喚くクソ王子と一緒に地下牢へと連れていった。

「ライアス！　すげぇな！　お前カッコよかったぞ！」

ライアスの戦いっぷりに、俺はその胸に飛び込んだ。興奮してそのままぎゅーっと抱きしめる。

「ありがとうございます。エレンにそう言ってもらえてとても嬉しいです」

ライアスもそんな俺を抱きしめ返してくれた。はぁ……かっこいい。好き。

「……おいエレン。いちゃついてるとこ悪いんだが、スタンピードがもう……」

「あっ！　そうだった！」

ライアスがあまりにもカッコよすぎて一瞬忘れてた！　ってか俺、こんな人前でライアスに抱き付くとか何やってんだよ！

「あいつのせいで時間を無駄にした！　で、今までの魔物の状況ってどんな感じだったの!?」

「この辺の地域じゃ見ないのも含めて、多種多様な魔物の数が増え続けてる。今までも少しずつ討伐していたけど全然追いついていない。だからどれほどの数が襲ってくるかは正直未知数だ」

マジか……あれからまだ増えて続けていたのか。本当にこの先の戦いがどうなるかなんて全くわからないな。でもやることは単純だ。出てきた魔物を片っ端からやっつける。ただそれだけだ。

「エレン、あいつはしばらく牢に入れておく。信頼出来るギルド職員を見張りに立てたから逃げることは不可能だ。あいつのことはスタンピードが終わってからだな。さ、これから本番だ。俺も前線に出るぞ。死なないようにきりきり働いてくれよ！」

「任せろ！　今までの鬱憤晴らしてやる！」

デイビットさん達と共にギルドを出て用意されている馬にライアスと一緒に乗る。乗るなりすぐに駆け出した。街の中は未だに避難する人達が残ってる。だけど皆ちゃんとわかってるみたいで大きな混乱はなさそうだった。

街を出て森へと一直線に馬を走らせる。この馬が本気を出して走ると本当に速い。あっという間に前線にいた冒険者達の姿が見えてくる。既に戦いは始まっていてあちこちで怒号や爆発音などが聞こえる。

「マジか……」

もう目の前には魔物の大群だ。森から一斉に飛び出してきたのか、いろんな種類が襲いかかってきた。あちこちから魔法が飛び交い魔物は倒れていくが、どんどん森からなだれ込んでいる。

戦っているのは冒険者だけじゃない。少し奥にはこの街の衛兵の姿もあった。冒険者だけだとどうしても人数が足りない。だけどこの後騎士団も来るらしいしきっとなんとかなるはずだ。

馬を降りてその尻を叩き街へと帰す。賢い馬だから自分で街へ帰ることが出来るのだ。馬も大事な戦力だ。ここで魔物の攻撃に巻き込まれて数を減らすことだけは避けないといけない。

「よし、ライアス。気合入れていくぞ！」

「はい。頑張りましょう」

杖を構えてライアスと共に前へと出る。するとすぐに前方で苦戦している冒険者が目に入った。あいつらは確かCランク冒険者だったはず。低ランクなのにスタンピードで前線に出たのか。

「応戦する！　屈め！」

魔力を練り上げながら声を張り上げた。俺の声が聞こえたらしくさっと機敏な動きで身を屈める。それを確認すると風の刃を一気に放った。勢いよく飛び出した風の刃は魔物を二匹同時に切り裂いていく。

「大丈夫か!?」

「あ……あんたは……」

こいつらは俺の噂を鵜呑（うの）みにして遠巻きにしていた奴らだ。俺に助けてもらったことでばつの悪い顔をしている。

「あまり前に出すぎるなよ。俺達も参加するから一緒に頑張ろう！」

肩をぽんと叩きそのまま俺とライアスはさらに前へと進む。そんな俺達に標的を定めた魔物が数匹一斉に襲いかかってきた。

「ライアス！」

「任せてください」

俺はすぐに草の蔓（つる）を呼び出すと二匹の魔物の脚へと巻き付けた。動きを一瞬止めるだけでいい。ライアスが一瞬でその二匹、続いて近くにいた二匹もまとめて討伐する。うーん、相変わらずキレッキレの動きだ。俺も負けていられない。

すぐに魔力を練り上げ風の刃を放つ。少し離れた魔物に直撃し二匹まとめて討伐。もっと多くの魔物を一気に倒したいところだが、そこまで大がかりな魔法は俺には使えない。こういう時ってチートがあればと本当に思う。普通は転生者特典でチートがあるだろうが！

「エレン、俺を中心にある程度の魔物を土魔法で囲えませんか？」

「え？　そんなことしたらライアスが取り残されるだろ!?」

「俺を誰だと思っているんです？　信じてください」

すぐにわかったとは言えなかった。だけどライアスの顔は自信満々。かっこいいなちくしょー！

「わかった！　絶対に死ぬなよ！」

俺がそう返事をするとライアスは魔物の方へと向かって走る。それを見た魔物がライアスに一斉に襲いかかろうとした。魔物の数は尋常じゃないくらい多い。近づく数を制限するためにライアスを中心に魔物と一緒に土魔法の壁で囲った。これで壁の外にいる魔物はライアスに飛びかかることが出来ない。壁で囲われたことでライアスの姿は見なくなる。だが中からはザシュッ！　ザシュッ！と魔物が切られていく音が連続で聞こえる。

「エレン！　解除してください！」

ライアスの声が聞こえた直後、魔法を解除する。するとライアスと共に壁に囲われた魔物は全て地に倒れていた。

「エレン、次です！」

ライアスはすぐに次の行動に移る。俺とライアスはそれを三回繰り返した。ライアスがみるみるうちに魔物を討伐するからサクサクと作業が進んでいく。ライアス一人であっという間に魔物の死骸を積み上げていく。

「……あれ一体どうなってんだ？」

「人間辞めてるよな……」

ライアスの動きを見ている他の冒険者からそんな声が次々と上がっている。はははは！　俺のライアスは凄いんだ！　その凄さをとくと見よ！

「おぅおぅおぅ！　やってるねぇ！」

「デイビットさん！」

デイビットさんも体に見合った大剣を振るい魔物を討伐している。流石はSランク冒険者だ。大きな鋭い一振りであっという間に数匹の魔物が倒される。

「いいねぇいいねぇ！　こうやって戦うのも久しぶりだな！　ライアス！　討伐数を競うぞ！」

デイビットさんはそれはもう楽しそうに魔物と戦っている。この人ってかなりの戦闘狂だったんだな。

ギルドマスターになるとよっぽどのことがない限り討伐依頼に出かけることはない。久しぶりに思いっ切り剣を振り回すことが出来たみたいで実に楽しそうである。

「勝手にやってくれ。もう数なんてわからないからな」

ライアスも息を乱すことなくどんどん魔物を切り裂いていく。俺はライアスが戦いやすいように死角になっている魔物を中心に魔法を放っていった。ここは森の中じゃないから魔法の制限はない。火魔法だって使い放題だ。俺も負けじと魔法でヒャッハーして討伐数を稼いでいく。だからといって、ライアスやデイビットさんには敵わないけど。

「うわぁぁぁぁぁぁぁ!!」

「くそっ！　逃げろぉぉぉぉぉ！」

そんな声が聞こえて振り向くと、冒険者の数人が魔物にやられてしまったようだ。

「ライアス！」

「任せてください！」

俺とライアスはそちらへ向かい駆け出していく。走りながら魔力を練り上げ襲いかかっている魔物を吹き飛ばした。ライアスは俊足を活かしあっという間に肉薄すると辺り一帯の魔物を次々と斬り捨てていく。

「大丈夫か!?」

「ぐあぁぁぁぁ！　腕がぁぁぁぁぁ！」

血で真っ赤に濡れた腕は今にも千切れそうになっていた。俺は時空魔法のかかった鞄から特級ポーションを取り出すとその怪我部分に思いっ切り振りかける。かなり高額のポーションだが、腕はこれでくっつくはずだ。

「これで応急処置は出来た！　とりあえず下がって治療を受けてくれ！　あとこのポーションも渡しておく！　他に必要な人がいたら使ってくれ！」

「お……おい、これって特級ポーション!?　こんなもの使われても返せるわけねぇだろう!?」

Aランク以上の冒険者じゃない限り、高額なポーションを買うことはそうそう出来ない。腕が瞬く間にくっついたことで特級ポーションだとわかったみたいだ。

「バカ野郎！　誰も返せなんて言ってねぇよ！　死んだら元も子もねぇだろうが！　さっさと下がって治療を受けてこい！」

尋常じゃない血が流れ出ていた。早く処置をしなければ出血多量で死ぬところだったんだ。俺は特級ポーションを使ったことを後悔していないし、ましてやそれを返せなんて思ってない。命はなくなったらお終いだ。死ななくて済んだのならそれでいい。

「俺……お前らにあんなことしたのに……」

俺が助けたこいつも、噂を鵜呑みにして暴言を吐いてきた奴だ。だからと言って見捨てるなんて出来るわけがない。目の前で死にそうになってる奴がいたら助けるのが人情ってもんだろ。

「うるせぇ！　そんなことはどうでもいいんだよ！　とっとと下がってろ！」

もうまともに動けないこいつがこの場にいつまでもいるとまた魔物の餌食になってしまう。ぐじぐじ言っている奴を叱咤してとにかく前線から離すことにした。

「エレン！」

「くそっ！　ライアス、離れてくれ！」

俺達が数人固まっていることで大量の魔物が獲物を狩りにこっちへと向かってきている。ライアスもどんどん斬り捨てているが数が多い。

俺は自分の出来る限りの強力な魔法を使うことにした。魔力をどんどん練り上げ火魔法を顕現させる。そうして火もどんどんと大きくなっていく。

「まとめて焼かれろ！」

思いっ切り魔力を込めた火魔法を魔物に向かってぶん投げる。一体の魔物に当たるとそこを起点に大きな炎の柱が立ち昇った。お陰で多数の魔物が炎に巻かれて焼かれていく。

「はぁ……はぁ……一気に魔力がなくなったぞ」

鞄から魔力ポーションを取り出すと一気にごくごくと飲み干していく。これである程度は回復出来るし、まだ戦える。ポーションも多めに持っているから当分は持つはずだ。だがこんな戦い方はもう出来ない。魔力残量を計算しながら魔法を使っていかないと。

「エレン流石(さすが)です。しばらく休憩してください。後は俺がやります」

言うや否や、ライアスはあり得ないスピードでばっさばっさと魔物を斬り捨てては駆け抜けていく。いや、本当にお前の体どうなってんだ……？　だがお陰で俺はしばらく体を休めることが出来た。でもこれ以上休んでなんかいられない。魔物はまだ湧いて出てきている。

「攻撃開始っ!!　魔物を殲滅せよっ!!」

そんな声が聞こえてその方向へ顔を向けると、どうやら国の騎士団と魔法師団も到着したらしい。一気に戦力が増えてどんどんと魔物が討伐されていく。これならなんとかなりそうだ。と思ったその時——

「グオォォォォォ!!」

「っ!?　おい、なんだよアレは!?」

森の中から出てきたのは巨大な猪だった。全長十メートルはあるんじゃないかと思うくらいの巨体だ。なのに凄まじいスピードで目の前の魔物を巻き込みながら走っている。

「このスタンピードの原因はあのベヒーモスだったのか！」

「デイビットさん……？」

「あいつはずっと遠い地域にいる災厄級の魔物だ。獲物を求めて移動し、それで逃げてきた魔物がどんどんここへ集まってきたんだ。今回のスタンピードはあいつが現れたせいだ」

そういうことか。じゃああの巨大猪を倒してしまえば、このスタンピードも落ち着くってことか。だけどあんな巨体で走り回る猪なんてどうやって討伐すれば……

「魔法師団！　手の空いている者は草の蔓で拘束しろ！」

国の魔法師団はその号令と共に草の蔓を呼び出す。そして一斉に大量の蔓が伸びていき、あのべヒーモスをぐるぐるに拘束した。

「騎士団員！　今のうちに切り刻め！」

動きを止められた巨大猪に向かって騎士団員がどんどんと斬りつけていく。だが皮が厚くなかなか刃が通らないらしく、浅い傷しか付けられない。そこへ魔法師団の一人が巨大な風の刃をベヒーモスに向かって放った。やったか⁉　と思ったものの、その風の刃は弾かれてしまう。

「面倒だな。ベヒーモスの体毛も魔力を帯びている。あれほど強い魔法ですら弾かれるとは思わなかったぜ」

ライアスがAランクに昇格する時に戦ったあの大鷲と同じらしい。流石は災厄級の魔物。一筋縄ではいかないようだ。ベヒーモスは暴れまくって拘束していた草の蔓を全て引き千切ってしまっている。

「ライアス！　あのベヒーモスをやるぞ！」

その声を聞いてライアスがさっとこっちへ戻ってきた。

「デイビットさん、あれ倒せるの？」

「どんな奴でも弱点がある。体毛が魔力を帯びていようと皮が厚かろうとも、目はどんな攻撃も貫通する。そこを狙う」

流石はギルドマスター。あんなレア魔物の弱点ですらわかってた。

「魔法師団に草の蔓で拘束させて、目を魔法で潰してもらう。たださらに暴れることになるだろうから、あいつの脚も潰さないといけない。ライアス、出来るな？」

「……関節部分を潰せばいいだろう。それなら出来る」

マジ？　あの巨体の脚の関節潰すの？　出来るとか言い切ってるけどマジで？

「よし。俺も一緒に潰す。なら早速作戦開始だ！」

「エレンはあまり前に出ないでください。すみませんが少し離れます」

「大丈夫！　俺も自分の力量はわかってる。無理は絶対にしない。だからライアスも頑張って！

絶対生きて戻ってこいよ！」

ライアスがあのベヒーモスに向かっていくのは正直不安だ。不安だらけだ。もしあの大きな脚で踏み潰されたら。あの巨体にぶつかって吹き飛ばされたら。そう考えると足が震える。だけどライアスなら大丈夫。俺はライアスを信じる。

「はい。必ず生きて戻ってきます」

ライアスはにこりと笑うと、俺の腰をぐっと引き寄せキスをした。

「は……？　え、な、え？」

「……おい、こんなところで見せつけんな。とっとと行くぞ」

ライアスはそのまま俺の頬をするりと撫でると、さっと身を翻（ひるがえ）しデイビットさんと共にベヒーモスに向かっていった。

「……こんな時にそんなことすんなよ」

いきなりの不意打ちと、たくさんの人がいる前であんな堂々とキスされるとは思わなかった。だけど皆戦闘に必死で俺のことなんて見ていないはずだ。

「……お前らってこんな時でもいちゃつけるんだな」

あーーー!! オットーとジャレミーにはしっかり見られてたーー!! 今すぐ脳内から記憶を消してくれ! 頼むから! くっそぉ……顔が熱い……ってこんなことしてる場合じゃない! 俺も出来る限り魔物討伐やらなきゃ!

気を取り直して魔力を練り上げる。大きめの風の刃を思いっ切りぶつけた。俺は魔法使いだから少し離れたところで攻撃出来るのがいい。あまり前に出たら俺みたいな貧弱野郎はすぐに魔物の餌食だ。ライアスも今は側にいないから魔物に取り囲まれることは避けなければいけない。

やや後方に下がりつつ、魔法で攻撃を続けていく。だけどライアスが気になってちらちらと目線を送って確認を取っていた。

ライアスとデイビットさんは魔法師団の人と軽く打ち合わせをしたみたいで、二人が動き出すと同時に魔法師団の人達が草の蔓(つる)を呼び出しベヒーモスを縛り上げた。

動きが止まったその一瞬で二人は一気にベヒーモスに近づき剣で思いっ切り脚の関節部分を狙っていく。流石(さすが)のライアスやデイビットさんでも一度で潰すことは出来なかったらしく、草の蔓(つる)が引き千切られると同時に場を離れる。

また草の蔓(つる)で動きを止められると攻撃を再開。それを繰り返していった。騎士団の人達も一緒になって脚の関節を狙い始めた。だが一瞬の判断ミスが命取りになる。騎士団の人が数人、ベヒーモスに蹴られて吹っ飛ばされたのが目に入った。

「ライアス……気を付けてくれ」

ライアスが気になりながらも俺も魔法をぶっ放していく。オットーとジャレミーが俺の近くで戦って、俺に魔物が近づかないようにしてくれている。ライアスがいない今、凄くありがたい存在だ。

「ジャレミー！　伏せろ！」

ジャレミーの後方から魔物が襲いかかろうとしているのが目に入った。俺は急いで火魔法をその魔物にぶつける。魔力の練り上げが足りなかったから倒すまでは出来ない。でも怯んだ魔物にジャレミーが剣を振るい討伐に成功する。

「エレン、助かった！」

一言お礼を言うとジャレミーは改めて剣を振るう。それを確認して、俺はまたライアス達の方へ視線を動かした。

ベヒーモスの脚は未だ潰せていないらしい。だけど動きが鈍くなっている感じがする。また草の蔓で動きを止められたベヒーモスの脚に向かって剣を振り下ろす。するとライアスが入れた一撃が効いたのか左前脚がおかしな方向へ曲がった。マジで脚の関節潰しやがった……すげぇ。

脚が一本いかれたベヒーモスは体勢を崩す。そのチャンスをみすみす逃すわけはなく、再び草の蔓で拘束すると残った三本の脚に向かって攻撃を仕かけた。そして右後ろの脚の関節も潰れたようでベヒーモスは完全に伏せる。

そこで魔法師団の人が巨大な氷の矢を作りベヒーモスの目に向かって放った。だが首を動かせるベヒーモスはその氷の矢を避けることに成功する。ベヒーモスの戦意はまだ失われておらず必死に抵抗している。しかしまた氷の矢が放たれ今度は目に見事に刺さった。『グオォオォオ！』という雄たけびを上げるベヒーモス。それでもまだとどめには到らず首を必死に振り回していた。どんどん氷の矢が放たれるも未だに生きている。目が柔らかいところだとしてもきっと脳まで到達していないいんだろう。

　そこでライアスが動き出した。どうするのかと思ったら少し離れたところから思いっ切り自分の剣をベヒーモスに向かってぶん投げた。剣は吸い込まれるようにしてベヒーモスの目に突き刺さり、そのまま勢いよく中へと突っ込んでいく。するとベヒーモスがビクッと痙攣を起こした直後、ドスンとその巨体は地面に倒れ込んだ。

「え……ライアス、剣を刺して脳まで到達させた……？」

　あまりのことに呆然としてしまう。しばらく動かないベヒーモスを固唾を呑んで見守っていると、わぁぁぁぁぁ！　と騎士団と魔法師団の人達の勝鬨が上がった。

「やった！　ベヒーモスの討伐成功だ！」

　凄い凄い！　俺のライアスは世界一だ！　カッコいい！　最高！

「……ライアスって実は魔物だったとか？」

「魔物じゃない！　強すぎるだけだ！」

　ジャレミー、その気持ちはわかるが同意しかねるぞ！　討伐に成功したのを確認したライアスとデイビットさんは俺達の方へと駆けてくる。ライアスの手には新しい剣が握られていた。時空魔法のかかった鞄から取り出したんだろう。

「ライアス！　お前ってマジで最高だな！」

俺は堪らずライアスに向かって走り出し、そのまま飛びついた。それを嬉しそうな顔をして抱き止めてぎゅっと抱きしめてくれる。

「エレンも無事でよかったです。思ったより手こずりましたがなんとか討伐に成功しました」

「うん！　見てた！　最高にカッコよかった！　最後なんてあまりに凄すぎて言葉にならねぇよ！」

もう俺のライアスが最高にカッコよすぎておかしくなりそうだ。はぁ……好き。

「おいエレン。喜ぶのはわかるがまだスタンピードは終わってねぇぞ。さぁ残りは雑魚ばっかりだ！やるぞ！」

「「おう！」」

魔力回復ポーションを飲み干すと、俺とライアスはまた一緒に魔物討伐に戻った。一番の脅威だったベヒーモスを倒した後は、冒険者、ソルズの衛兵、騎士団、魔法師団総出だ。こちら側の被害も出てはいるが、流石は戦い慣れた人達だ。そこからは怒涛の勢いで魔物の殲滅が行われていく。そしてそれは終息を迎えることになった。

「「うぉぉぉぉぉぉ!!　スタンピードを乗り越えたぞぉぉぉぉぉ!!」」

「よっしゃぁぁぁ！　ライアスやったな！」

「はい！　エレンもお疲れさまでした」

近くにいた人達とハイタッチを交わしながら喜びをわかち合う。結構大変な戦いだったけど、皆で協力して街を守り切った。そのことが最高に嬉しい。

時間は既に夜。俺達は長時間ずっと戦い続けていたらしい。目の前の魔物を倒すことに必死で時間なんて気にしていなかった。スタンピードが収束した安堵感からか、疲労が一気に押し寄せてくる。

「エレン、ライアス。お疲れさん！　特にライアス。お前がいてくれて本当に助かったぜ。流石の一言だ。もう疲れたしあの迷惑王子の件は明日にしよう。今日は帰ってゆっくりしてくれ」

あ、忘れてたけどまだあいつのことが残ってたんだった……スタンピードでへとへとになったところに、追い打ちをかけるかのように更なる疲労が圧しかかってきた。

もう今からあいつのことをどうにかする気は全くないので、デイビットさんのお言葉に甘えて魔物の死屍累々となったその場を離れ、とっとと家に帰ることにした。


家に着くなり俺達は早速風呂場へ直行。体はべとべとだし魔物の返り血だって浴びている。さっさと汚れを洗い流してさっぱりしたい。

湯が張り終わる前に服を脱ぎ捨て浴室へ入る。どうせ先に体を洗わないと湯に浸かることが出来ないからな。しかし、この服はもうダメだな。ここまで血で汚れてしまったら洗ったところで綺麗に落ちることはないだろう。

ライアスもかなり汚れてしまっている。ライアスはずっと前衛で戦いっぱなしだったからな、仕方ない。本当にお前の戦いっぷりは見事だったぜ。

早速シャワーで洗い流していく。ある程度の血が流れ落ちたところで、石鹸を使い髪と体を洗っていった。気持ち悪くて、髪も体も二回洗い上げた。お陰様でやっとすっきりした。

ライアスと二人、綺麗になったところでゆっくりと湯に浸かる。後ろから抱き込まれるいつもの体勢でゆったりと温かさを楽しんだ。

「はぁ……やっと人心地ついた気分だな。こうやってまたゆっくり風呂に入れることがありがたい」

「そうですね。今日は流石(さすが)に俺も疲れました」

そりゃそうだろう。誰よりも働いたのは、他でもないライアスのはずだから。

「しかし本当にお前って強いのな。ベヒーモスの目に剣を投げて刺したのは本当に凄かった」

あの一撃でベヒーモスを仕留めたようなもんだからな。それをやったのが俺のライアスだなんて最高の気分だ。

「俺の強さも全てエレンのためです。あなたを守るために、俺は強くなったんです」

そんな言葉と共にぎゅっと強く抱きしめられ、俺は嬉しくて胸がきゅんとした。俺のため。ここまでの強さになるには相当厳しい訓練を積んだんだろう。逃げ出したくなることもあっただろうに、俺のためにここまでして鍛えてくれた。こいつのその気持ちが心底から嬉しい。

「ライアス、本当にいつもありがとう。俺はお前がいてくれて本当によかった」

今日は誰よりも頑張ったライアスに、俺からご褒美をやろう。なんてそれは建前(たてまえ)で、俺のためにそこまでしてくれるライアスが愛しくて堪(たま)らない。今日はもうガンガンに攻められてめちゃくちゃにされたい気分になった。

くるりと後ろを振り返り、自分からライアスにキスをした。軽く何度か唇を重ねると、ライアスが強く抱きしめたことでそれは深くなる。俺もライアスの首に腕を回しぎゅっと抱きしめた。

ぬるりと舌が入り込み、俺も積極的に絡めていく。ライアスの舌が上顎や歯列をなぞり、舌を吸われる。それが気持ちがいい。

「ライ、アス……一回だけ、しよ？」

「いいんですか？　疲れているのでしょう？」

「うん。だけど今日のライアスは凄く頑張ったし、そんなライアスにご褒美あげたい。それに嫌な奴にも会ったし……だから一回だけ……」

そう言うとまたライアスに深く口づけした。そのまま手はライアスの立派すぎる『雄』へと伸ばす。既に大きくなりつつあったソレを軽く上下に扱いていく。するとすぐに硬く大きくなった。

口づけはそのままに、ライアスも手を伸ばし俺の蕾へと指を這わせる。そうして一本ゆっくりと指を入れ解しにかかった。戦いの後で気持ちが昂ったからか、その指の動きも気持ちがいいけど早く挿れてほしくて堪らなかった。俺はキスをやめて立ち上がるとライアスに尻を向けて壁に手を付いた。

自分からこんな風にしたことはない。当然恥ずかしさはあるけれど、そんなことより早くライアスにめちゃくちゃにされたかったのだ。

「早くっ……欲しい」

「エレンっ……」

ライアスは俺の双丘を割り開くと目の前に晒された蕾へと吸い付いた。ぺちゃぺちゃと舌で舐められたりぐいぐいと中へと入れられたり。指も入ってきていろんな刺激を与えられる。

「んあっ……早く、挿れてっ……」

「香油がありませんから、もう少しこのままで……」

早くしてほしいのにライアスはどこまでも俺の蕾を舐め続けた。少しくらい乱暴にしてもいいのに、優しいライアスはそんなことをしない。どこまでも俺を傷つけないように配慮する。

だけど今日ばかりはその配慮を恨めしく思う。今日は俺の方が我慢が出来なかった。

ずっと舐め続けてだいぶ濡れたからだろう、指が恐らく二本入ってきてぐちゅぐちゅと掻き回された。欲しかった中への刺激に喜ぶものの、もっと大きなモノが欲しい俺は懇願する。

「あぁっ……！　ライアスっ……！　早くっ……お願いっ！」

一回だけと言っておきながら、何故か今日はたくさん乱暴にガンガン攻めてほしかった。ライアスでいっぱいにしてほしかった。強いライアスが俺のものなんだって体全体で感じたかった。

なのにいつまで経っても欲しい刺激を与えてくれない。もどかしくて腰を揺らして誘惑する。

「……これならいいでしょう。エレン、挿れますよ」

「うんっ……早くっ……！」

やっと待ち侘びた熱量が与えられる。それを今か今かと期待していると、狭い穴を押し広げてずぷりと大きなものがゆっくりと入り込んできた。

「あああ！　凄……おっきぃ……」

「くっ……エレンっ……」

ずっと欲しかった刺激に体が震える。少しずつ押し込まれる感覚に俺は喘いだ。

やがてぐっと奥まで入った後は、ゆっくりと抜かれまたゆっくりと奥へと進む。ライアスの『雄』

はかなり大きくて硬いから慎重に抜き差しされていても十分に気持ちがいい。

だけど今日の俺は早くめちゃくちゃにされたい気分だったから、どうしてももどかしくて悔しく思ってしまう。

「やだっ……もっと強く、してっ……激しく、してっ……」

「エレンっ……ならお望み通りに！」

「んあぁぁぁ！」

ギリギリまで引き抜かれた後、一気に奥まで押し込まれた。その直後から激しい腰の動きで俺を容赦なく攻め立ててくる。

湯舟の中のお湯もばしゃばしゃと揺れて周りへ零れていく。でもそんなことを気にしている余裕はない。とにかく強い刺激に翻弄されて俺は散々喘ぐことになった。

「それっ……いいっ……きもち、いいっ……！」

「今日はやけに、積極的で、嬉しい限り、だっ……！」

ライアスは俺の左足を持ち上げ、ぐっと足を割り開いた。そしてその体勢で激しく攻め立てられることでまた違うところに当たり、俺はいっそう快感に溺れていく。

パンパンと肌がぶつかる音、結合部のこすれる音、水が跳ねる音、お互いの息遣い。全部が俺の快感を刺激して興奮が収まるどころかさらに高みへと昇っていく。ライアスのふーふーという荒い息づかいが聞こえ興奮しているのがわかる。俺で興奮しているその事実が嬉しくて心が震えた。

だがふとライアスの動きが止まる。どうしたのかと思ったら、繋がったまま俺の体を正面へと向けた。また片足を持ち上げられ今度は正面から激しく突かれることになった。

目の前にはギラギラと欲情を灯したライアスの男らしい顔が。その顔がもの凄くカッコよくて心臓がきゅっとなった。堪らなくなってライアスの首に腕を回し薄い唇に吸い付いた。

「んふっ……んぅっ……！」

激しく突かれるその動きでキスがしにくい。それでも必死に唇を重ねて舌を捻じ込む。口からは唾液が零れ顎を伝っていき、口回りはお互いの唾液で汚れてしまった。でもそんなことはどうでもよく、ひたすら互いの唇を求め合った。

ライアスも相当興奮したのか、今度は俺の体ごと持ち上げてきた。落ちないように足をライアスに絡ませギュッと抱き付くと、そのままの姿勢で下からズンズンと突き上げられた。

「あああっ……！　それ、ダメッ……！　深いっ……」

当たる場所がまた変わり、下からの強い突き上げに喘ぐ声も大きくなる。最奥を突かれておかしくなりそうなほどの快感に襲われるも、それは俺が求めていたものだ。

もっともっと。もっと激しく。そのまま俺をめちゃくちゃにして。

「んあぁぁぁっ！　ダメっライアスっ……！　イクっ……イクぅっ……！」

「イって、エレン！　そのまま、イクところを見せて！」

「やぁっ……も、ダメ……んあぁっ！」

俺の揺れ動いていた中心から白濁液が勢いよく噴き出した。ライアスの突き上げが止まらず、吐き出された白濁液はあちこちへ散らばっていく。

俺はもうイったのにライアスはまだだ。さらに突き上げが激しくなって俺の頭の中に星が散る。

「俺も、もう出るっ……！　ぐぅっ……！」

一際大きくズン！　と突き上げられた瞬間、お腹の中に温かいものが広がっていく。ライアスが俺の中で吐き出したんだ。それをぴくぴくと痙攣する体で感じ取り、温かさが嬉しくて涙が零れた。

ライアスは俺の中からずるりと引き抜くと、力の入らない体を上手く支えてそのままた湯舟の中へと身を沈める。湯はだいぶ減ってしまっていたが、体は十分すぎるくらいに火照っていて丁度よかった。はぁはぁとお互い荒い息を吐き、しばらくその余韻に酔いしれる。そしてどちらからともなく深いキスを交わした。

そのまま小休止した後は、シャワーで軽く汗を流し浴室から出た。寝間着に着替えるといつものように髪の手入れをされ、そして二人で一緒にベッドに潜りライアスに抱き込まれた。

スタンピードで疲れた体で風呂場でえっちまでした俺達は、あっという間に夢の世界へと旅立っていった。


眩しさを感じて目が覚める。窓にはカーテンが引かれているが前世のように遮光性に優れているわけじゃない。窓から延びる太陽の光が顔に当たって目が覚めた。

もぞりと動くと隣ではライアスがまだ眠っていた。珍しい。いつも俺より先に起きて朝食の準備をしているのに。というか寝顔すらかっこいいとかどうなってんだ。

「こうやってまじまじと寝顔見たの、初めてかも」

規則正しくすーすーと寝息を立てている。ただ寝ているだけなのに、こういう何気ないことが幸せなんだと嬉しくなった。昨日のスタンピードでは大活躍だったライアス。思った以上に疲労が蓄積されていたんだろう。今日はこのまま寝かせて俺が朝食を作るか。

「もう少し寝ててくれ。後で起こしに来るからな」

普段は絶対にやらないことだけど、今日は俺が先に起きた記念だ。ライアスのおでこに軽くちゅっとキスをして、腕から抜け出そうと身を起こした。

「うわっ！」

そのタイミングでライアスから強く抱きしめられてしまう。

「……エレン、朝から可愛いことして俺をどうしたいんですか？」

「……起きてたのかよ」

くそ……おでこにちゅーしたのバレたな。ちょっと恥ずかしいぞ。

「おはようございます、エレン」

朝の挨拶と共に、ライアスから唇に軽くキスをされる。そしてニコッと笑ったその顔が陽光と相まって神々しく見えてしまった。俺も相当重症だな。寝起きでもかっこいいお前が悪い。

「さて、顔を洗ったら一緒に朝食を作りましょうか」

その言葉で一緒に起きて顔を洗う。さっと着替えて簡単な朝食の準備だ。と思ったが、どうやら昼くらいまで寝ていたらしく完全に寝坊だ。それだけ昨日の戦いが激しかったってことなんだけど。……その後、えっちな戦いも加算されたしな。

食事を済ませた後はライアスと共にギルドへと向かう。本当は心底嫌だがあのクソ王子のことがあるからな。行かないという選択肢はない。

大きなため息を一つ吐くと、ライアスが俺の頭にちゅーを一つ落とした。うん、ライアスがいるから俺は平気だ。嫌なことはさっさと片付けてのんびりしよう。

ギルドへ着くといつものように扉を開いた。中へ入ると普段より多くの冒険者がいて、その全員が俺達に視線を送ってくる。

「……ん?」

なんだこの異常さは。中に入れば誰かしらの視線を受けるものだが、今日に限っては全員俺達に注目している気がするぞ。

「エレン、ライアス。やっと来たか。とりあえず昨日はお疲れさん!」

「オットーもジャレミーもお疲れ。っていうか何?　俺達めっちゃ見られてる気がするけど気のせい?」

俺達の姿を見てすぐに駆け付けてきてくれたオットーとジャレミー。事情を知っているだろうと思ってそう声をかけてみた。

「ああ、そりゃ今王太子殿下がここにいらっしゃるからだろうな。お前達に会いに来たみたいだぜ」

「は?」

え?　王太子殿下?　ってフリドルフ殿下のことだよな!?　な、なんでそんな人がソルズの冒険

者ギルドにいるんだよ⁉

「お前達がまだ来てなかったから呼びに行こうかと思っていたんだ。丁度よかった。ギルドマスター室にいるから早く行ってこい」

そう言うジャレミーに背中を押されてギルドマスター室へと向かう。がその道中で他の冒険者に声をかけられる。

「エレン、昨日は助かった。…………あー、その、特級ポーションまで使ってくれて感謝してる。それと今まですまん。誤解して酷いこと、言ったよな」

こいつは昨日魔物にやられて腕が千切れそうになった奴。今の姿を見るとちゃんと治療を受けて元気になったみたいだ。

「ううん、もういいよ。それより助かってよかったな」

あの噂の全部が本当のことじゃないけど、全部嘘ってわけでもない。俺が昔やったことで俺を嫌いだと言われてもそれは仕方のないことだ。だからショックは受けてもどうこうしようなんて思っていなかった。それに謝ってくれたしな。それで十分だ。

他にも「お疲れ」や「昨日は凄かったぜ」なんて声をかけられながらギルドマスター室へと向かう。昨日のスタンピードは出来るならもう二度と経験したくないけど、こんな風に他の冒険者達とのわだかまりが解けてよかった。

「エレンとライアスです」

扉をノックしそう声をかけると「入れ」とデイビットさんの声。扉を開けて中を見たところ、しばらくぶりの眩しいご尊顔がそこにあった。

「お久しぶりでございます。遅くなり申し訳ございません。お呼びとのことで参りました」

「ああ、エレンとライアスも昨日は大変だったみたいだな。スタンピードもご苦労だった。さ、こちらへ来てほしい」

フリドルフ殿下に促されて正面にあるソファーに腰かける。殿下の後ろにはいつもの侍従と護衛が二人立っていた。

「フリドルフ殿下には昨日のうちに、うちの職員に頼んで知らせてもらったんだ。隣国の第二王子が訪ねてきたからな。それで殿下が先ほどこちらへとお越しになった」

電話なんて便利なものはこの世界にはない。だから直接出向いての報告になることはわかる。だけど昨日知って今日すぐに来るって殿下の行動の速さには驚かされる。

「隣国の王族がこの国に滞在しているんだ。私が出向くのは当然のこと。それにクリストファー殿下がこの街で騒動を起こしたそうじゃないか。その真偽を確かめる必要があったからな」

まぁ言ってることはわかる。だけど別に本人が来なくてもいいと思うんだけどな……この人は自分で動かないと気が済まないんだろうか。フットワーク軽すぎだろ。

「昨日見張りとしてつかせたうちの職員が軽く事情を聞いたらしい。というかあっちからべらべら喋ってくれたみたいだがな。それでわかったことだが、あの王子の侍従がこの街で噂を流していたんだとか。それだけならまだよかったんだがな。驚くことに洗脳効果のある薬草の粉を使っていたそうだ」

「洗脳……⁉　どういうことだよ⁉」

デイビットさんの話によれば、クソ王子は侍従と共に宝飾品を持って王宮を脱走。途中換金しながらリッヒハイムへと渡ってきた。こいつも転移門が使えなかったからな。馬車を借りてまでしてソルズの街へとやって来たらしい。

「脱走したのかよ……またどうしてそんなことを」

「カラバンナ王国のハーレムに入れられることになったらしい。それを避けるにはお前を婚約者に戻すことが必要だと思ったらしいぞ」

「カラバンナ王国……って確か――」

王子妃教育では近隣諸国の他に影響力のある国についても勉強した。カラバンナ王国は確かかなり大きな国で軍事力も大きく、鉱山などもたくさん所有する、財政力もある国だ。ここリッヒハイムからは国を四つほど跨いだ少し遠いところにあったはず。

そしてその国は王がハーレムを作っていて、そこに入ったら二度と出られない。外に出るのは死んだ時だけだとされている。どちらかと言えば人質の意味合いが強い。

カラバンナ王国の国王は代々好色家で、王妃以外の妾の数が非常に多い。妾は国内の者もいれば他国から嫁いできた者もいる。他国からはほとんど人質として嫁いでくる。二度と出られないハーレムに入る代わりに、友好関係や貿易など様々な恩恵を授かることが出来る。大国の後ろ盾を得ることは、小国や財政難の国にとってかなり大きい。

それに国王も相当の変態で嫁ぐのはどんな男でも構わないそうだ。反抗的な態度を取ったりすればするほど燃えるらしく、そうなればどんな扱われ方をするかわからない。従順であれば衣食住安泰で、かつ豪華絢爛な生活も保証されている。

クソ王子はそのハーレムに入ることが決まって、それを撤回させるためには俺を婚約者に戻し婚姻を結ぶことが一番だと思ったわけだな。

「結局自分のことしか考えてねぇじゃん……」

知ってたけど。本当に最低な奴だな。散々人を振り回して婚約破棄しておきながら、先行きが悪くなると俺を婚約者に戻そうとする。それが上手くいくとか考えてる時点でアウトだろ。しかも自分がフリドルフ殿下にした真似が国にとって一大事だなんてこれっぽっちもわかっちゃいない。全部自分の保身のため。それが王族のすることかよ。

「そのハーレムに入ることになったのは、私への対応での処罰だそうだ。最後は王族として国の役に立てというつもりだったのだろう。クリステンはクリストファー王子がしでかした件で王族への不信が高まっている。それを抑えると同時に大国の後ろ盾を得ようと思ったのだろうな。だがこのリッヒハイムへ密かに渡り、挙句に問題を起こした。人々を洗脳して暴動を起こすきっかけとなったのだ。しかし大した問題にはなっていないし、こちらとしても外交に有利な状況へと持ち込める。逆にありがたいな」

フリドルフ殿下はそう言うと、涼しい顔をしてティーカップへと手を伸ばした。あんたはそうでも当事者の俺はたまったもんじゃないぞ。

その後を引き継ぎデイビットさんが話を続ける。

「それであの王子達がソルズの街に到着後、侍従がいい方法があると言い、噂を流し始めた。ただそれだけじゃ信じてもらうのも時間がかかる。そこで洗脳効果のある薬草の粉を少量振りまきながら噂を人々に聞かせる。効果は個人差があって全員が洗脳されるわけじゃない。だが何回もそれを行うことによって洗脳された人が増えてしまったみたいだな」

そしてそのタイミングでイアンも登場。噂と洗脳された人達を利用して俺を殺そうとした。相談したわけじゃないだろうに、変なところで息がぴったりすぎてびっくりする。お前ら、本当にお似合いの二人だよ。

「あの王子の目的はお前をこの街で孤立させること。行き場を失ったお前を婚約者に戻すと言えば、喜んで付いてくると思ったらしい」

「……あまりにもバカすぎて言葉にならない」

たとえ孤立したとしてもあいつの手を取ることだけは絶対にない。ライアスが側にいなかったとしてもそれだけは絶対に変わらない。

「そういえば洗脳された街の人達は大丈夫なの？」

「ああ、時間が経てば効果は失われるようだ。だから今はもう普通の生活に戻っているはずだ」

そっか。ならよかった。それを聞いて安心した。

「これからクリストファー王子と侍従をこちらで預かる。隣国の王族だからな。丁重にもてなして国にお帰しすることにする」

「……よろしくお願いします」

その笑顔がめっちゃ怖ぇ……さて今からどうしてやろうかって考えてるだろ。だがとっとと引き取ってくれるならこっちとしてもありがたい。これでもう二度とあのクソ王子と会うことはないだろう。あいつも本当にバカな奴だよな。イアン同様、自分で自分の首を絞めやがった。カラバンナ王国のハーレムに入ることになったのも結局は自分のせいだ。けっ。ざまぁみろ！

「それとライアス。そなたのスタンピードでの活躍は聞いている。あのベヒーモスの目に剣を投げて刺し、脳まで到達させ討伐したそうだな。どうだ、騎士団へ入る気はないか？」

「恐れながら、以前と気持ちは変わりません」

「そうか……残念だ。本当に残念だよ」

おい王太子！　そんなもの欲しそうな目で見たって俺のライアスはやらないからな！　本人が嫌だって言ってるんだから諦めろ！

「それとベヒーモスの素材だが、一番いい素材は骨だそうだな。それを使って剣を仕立てよう。今回の功労者へ進呈する。届くのを楽しみにしていてくれ。ではデイビット、スタンピードの事後処理の報告を待っている。支援が必要ならば申し出よ」

「はっ。ありがたきお言葉」

そしてフリドルフ殿下はあのクソ王子と侍従を連れて王都へと帰っていった。クソ王子の顔は見たくなかったから見送りには行かなかったが、フリドルフ殿下もその方がいいと笑って許してくれた。

フリドルフ殿下の姿がギルド内になくなると、俺はギルドマスター室を出た。すると途端にわっと人が集まり俺は質問責めに遭ってしまう。

「王太子と知り合いだったんだな！」

「全部本当の話を聞いたぞ！」

「酷いこと言って悪かった！」

などなど。皆の言っていることから判断すると、どうやらフリドルフ殿下は事の詳細を話していったらしい。俺が散々あのクソ王子から嫌な目に遭わされた挙句、婚約破棄されたってことが皆に知られていた。

「そんで自分から平民になって国を離れたんだろ？　なのに今更こんなことしてくるなんてな。噂を信じた俺らもバカだけど、あいつもバカだよな」

「だけどそんな俺達のことをお前は助けてくれたんだ。特級ポーションだって惜しみなく使ってくれた。お前ってすげぇ奴だよ」

などなど。なんかいつの間にか俺達の株が上がっていた。わだかまりがなくなったのならそれでいい。俺もこの街でまだまだ過ごしていけそうだ。


それからの日々は今までのことが嘘のように過ごしやすくなった。噂が立つ前以上に皆が優しくなった。俺を追い出した服屋の主人も市場の人も、ひたすら謝っておまけまでしてくれた。

どうやら事情を知った冒険者の皆が俺のことを色々と話してくれたらしい。ここまでしてくれるとは思わなかった。確かにあの時はショックだったけど、皆洗脳されてたっていうのもあるし俺は気にしてないんだけどな。ちょっと逆に申し訳ないくらいだ。

「よお、エレンにライアス！　よかったな、変な噂も消えて」

「おっちゃん！　うん、おっちゃんもありがと」

八百屋のおっちゃんのところへ来たらそう声をかけられた。おっちゃんも俺の噂を鵜呑みにしないように色々と街の人に話してくれていた。だけど洗脳されていた人達はそれを聞き入れることはなかった。おっちゃんは「力不足ですまん」と謝っていたけど、俺はそうしてくれるその気持ちが嬉しかったしそれで十分だった。

「それとスタンピードのこと聞いたぞ。お前ら大活躍だったんだってな。特にライアスの活躍が凄かったってあちこちで噂になってるぞ」

そう。ライアスの凄まじい戦いぶりを目の当たりにした冒険者達や、街の衛兵までもがその武勇伝を話して回っていたんだ。人間の動きじゃないやら、一振りの威力が凄まじかったやら、ベヒーモスの目に剣を投げて刺した時は凄かったやら、それはもうもの凄い噂になっている。

お陰でライアスはモテ期到来中。街を歩いているといきなり告白されるという事態にまで発展した。それを見た俺は当然面白くないわけだが、ライアスは速攻で『俺にはエレンという最愛の人が既にいる』ってはっきり言ってくれるんだぜ！　あーもう、カッコよすぎるだろ！　好き！

「そんなお前達が俺のお得意さんだなんて鼻が高いぜ！」

「俺、この市場でおっちゃんの店が一番好きだよ！　今日もいっぱい買っていくからよろしく！」

「お！　毎度！　いつもありがとよ！」

俺はもうフードを被って顔を隠していない。街の人が俺の顔に慣れたからな。だけど街の外から来た人には、俺の姿を見るとよからぬことを考える人がたまに出てくる。そんな時は冒険者や街の人が情報をくれたり対処してくれたり。本当に皆には感謝してもしきれない。

あのクソ王子との邂逅(かいこう)から二か月が経ったある日、父上から手紙が届いた。内容はクソ王子のことについてだった。

クソ王子はフリドルフ殿下によって国へ送還。その際にクソ王子がリッヒハイムでしでかした内容も併せて報告。陛下と王妃殿下はクソ王子のまたのやらかしで、誠心誠意謝罪を行った。外交では出来るだけリッヒハイムの要求を呑んだのだ。自国内だけじゃなくて他国でも直接迷惑をかけた。それも王族が。洗脳行為までしていたのだから簡単な謝罪では済まされない。クソ王子は予定を前倒しし、早急にカラバンナ王国のハーレムへと入れられることになった。

そして侍従であるデボンはそのクソ王子と共にハーレムに入ることを自ら望んだらしい。デボンはクソ王子をずっと密かに想っていたそうだ。だから俺が婚約者だった時、暗い沈んだ目で見られたり嫌がらせされたりしてたのか。俺も前世の記憶が蘇(よみがえ)る前はきっちりやり返してたけど……

そんなわけで二人ともハーレム入りになることに決まり一緒にカラバンナ王国へと送られたそうだ。この二人はもう二度とハーレムから出てくることはない。警備は厳重すぎるくらい厳重で、外から誰かが訪ねることも不可能だと聞く。面会すら出来ないというのだからもはや監獄だ。

そして父上は俺が平民となり国外追放という重い罰を自ら受けたにもかかわらず、クソ王子が俺を婚約者に戻そうとしたり孤立させようとしたりと、未だに迷惑をかけてきたことが許せず陛下へ猛抗議したらしい。陛下も王妃殿下も俺に対して申し訳ない気持ちがずっとあって、父上の抗議にはっきりと反論することが出来なかった。

父上は俺の罪をなくし家に戻そうとしたそうだけど、そこは兄上が止めてくれたみたいだ。兄上、グッジョブ！　代わりに俺への支援を堂々と行うことを認めさせたらしい。家の購入や転移門の使用許可以降の支援は認められていなかったのを覆したんだ。

「で、コレか……」

手紙と共に送られた大量の荷物。空き部屋一室ほぼ埋まる量だ。箱を開けてみると平民が着るにはおかしい服やら宝石やら壺やら絵画やら石鹸やら香油やらが出てくる出てくる。服に関してはライアスの分まで入っていた。

「……父上、やりすぎだろ」

こんな服や宝石は平民となった俺には不要だし、石鹸は五年分既に在庫があるし、一体いくらするんだという壺や絵画には全く興味がない。

「よかったじゃないですか。服も裕福な平民が着るようなものもありますし、宝石はいざとなったら売ることも出来ます。持っておいて損はないですし、石鹸や香油はこれから先も使いますから」

とライアスは全く臆することなく受け入れていた。どうしてお前はそんな平然としていられるんだ……

そして送られた荷物を整理していると、ライアスは絵画や壺をあちこちに設置し始めた。それは見事に家に馴染んでしまって、しかも「今度花でも買って飾りましょう」ともの凄く楽しそうである。

荷物の中には俺が好きだった菓子店の焼き菓子やケーキまで入っていた。冷気の魔法を使えば生ものだって問題ない。

ある程度の整理が終わったところでライアスと一緒にお茶とケーキを楽しむ。

「あ～……久しぶりのこの味。懐かしい」

「エレンは昔からここのケーキ好きでしたよね」

「うん。甘ったるくなくて好きなんだよな。それにしても父上色々と送りすぎだろ。嬉しいけどさ……石鹸なんて軽く十年分はありそうだよな。今度デイビットさん達にもおすそ分けするか」

部屋が十部屋もある家だから全然問題ないんだが、お陰で一室は完全に物置状態だ。自分達の部屋のクローゼットに収まる量じゃなかったしな。ま、今じゃライアスと同じ部屋を使ってて九部屋余ってる状態だし。

後日、ありあまる石鹸をデイビットさんや八百屋のおっちゃん、オットーとジャレミーなどお世話になった人達に配ったんだが、高級石鹸だからか凄く喜ばれた。いっぱい貰ったから配っただけなのにそこまで喜ばれると少し申し訳ない気もする。

それからたまに、デイビットさん家族やオットーとジャレミーを家に呼んで簡単にパーティーをするようになった。この街に知り合いもいなくてライアスと二人だけだったけど、今じゃ仲のいい人達も出来た。

クソ王子達のせいでめちゃくちゃ嫌な目にも遭ったけど、そのお陰で前以上に街の人達と仲よくなれた感じがする。今は最高に楽しい毎日だ。

「ライアス！　いや、ライアスさん！　俺達にも指導してください！　お願いします！」

冒険者ギルドへ行くと、剣士として戦っている冒険者達が一斉にライアスに向かって頭を下げた。

実はこれ、オットーとジャレミーが俺達と一緒に依頼を受けるようになったことでライアスにアドバイスを貰った結果、なんとAランク冒険者に昇格したのが発端だ。

それで他の冒険者達がライアスに剣を教えてほしいと志願するようになった。スタンピードでもライアスの強さは群を抜いていたし、オットーとジャレミーがAランクになったことで自分達も強くなれるんじゃないか!?　と思ったらしい。

「ライアス、教えてあげなよ。今じゃ皆俺が狙われないように手を貸してくれてるしさ。お返しにってことで」

「……エレンがそう言うならば」

ライアスは渋々といった感じだだが、冒険者の皆の協力がありがたいのは事実だ。ライアスもそれはわかっているから了承してくれた。

それからは数人ずつ一緒に討伐依頼へ出かけてアドバイスしてあげるということを繰り返している。ただライアスに惚れ込んでしまうというけしからん奴も出てきたけど……ライアスは絶対に誰にも渡さねぇぞ！

ついでになるべく薬草も採取するようお願いもした。この前のスタンピードで街の薬屋からポーションがごっそりなくなったからな。皆で採取すれば薬屋の人達も助かる。結果、薬屋の人に「皆さんのお陰で薬草がたくさん手に入るようになったので本当に助かってます。いつもありがとうございます」って言われたらしく、今じゃ自ら薬草採取に乗り出す冒険者が多くなった。自分がやったことで誰かから感謝されると嬉しいもんな。なんだかいい流れが出来たみたいで俺も嬉しい。

そしてなんと！　俺のライアスがSランク冒険者に昇格した！　本来ならもう少しAランク冒険者としての活動と試験があるはずなんだけど、スタンピードでの働きで特別措置が取られSランクになったんだ。

いつものようにギルドに向かうとデイビットさんが待ち受けていた。それで俺達の顔を見るなり「ライアスをSランク冒険者に昇格する！」って大声で叫んだんだ。始めは何を言ってるかわからなかったけど、周りの冒険者の「うぉぉぉぉぉ！」っていう叫び声と「Sランクだ！」とか「流石ライアス！」とかの声で、やっと理解した。

その時はもう嬉しくて嬉しくて、皆の目の前だけどライアスに抱き付いた。皆から冷やかしも受けたけどライアスがSランクになったことが嬉しくて興奮してて、恥ずかしい気持ちは全然なかった。その日はギルドでも盛大に祝ってくれて、朝から一日中宴会だった。

近くの酒場から料理とお酒が運び込まれ皆でどんちゃん騒ぎ。Sなんてそう簡単になれるランクじゃないから本当に凄いことだ。俺は心底嬉しかった。

その後、家に帰ってからはまぁ、ね。朝までコースでベッドの上でえっちな格闘を繰り広げましたとも……俺から誘ったんだけどそれがいけなかったのか、ライアスも大興奮で本気モード突入。

翌日の俺は生きる屍だった。体はしんどいし喉はカラカラだし腰も尻も痛かったけど、でも俺から誘ったことを後悔はしていない。俺のライアスがこんなに早くSランクになるなんて誇らしさしかなかった。本当に嬉しい出来事だった。

そしてこの街に来て一年が経過した。最初は手探りだった生活も今じゃすっかり板についている。ライアスには敵わないけど料理だって上手くなったし、パンだって焼けるようになった。たまにお菓子も作ってはデイビットさんの子供達にあげたり、八百屋のおっちゃんにも差し入れしたり。俺ももう立派なソルズの街の人間だ。

俺とライアスが恋人だっていうのは、住人のほとんどに知られている。その話でからかわれたりすることも多くなった。おまけにライアスも調子に乗って皆の目の前で俺にキスしたりするもんだから、それだけは本当に困っている。

人に見られるのは恥ずかしくて堪らない。だから俺がわーわー叫んで皆がそれを見て笑って、とここまでがセットだ。ギルドの名物になりつつある。いや本当に名物にだけはしないでくれ……

そんなこんなで楽しい毎日を過ごしていたある日、ライアスの機嫌がすこぶるいい時があった。基本俺以外には愛想よく笑ったりしないんだけど、誰にでも笑顔を振りまいていたんだ。

「ライアスどうしたの？　なんか機嫌いいよな」

「ええ。とても嬉しいことがありましたので」

「へぇ。よかったじゃん。何があったの？」

「今はまだ秘密です」

と、理由を聞いても教えてくれなかった。俺に隠し事をしたりしないと思っていたのに何度聞いても教えてくれない。まさか浮気か？　と慌てたが、ライアスの俺への愛が駄々洩れなのは誰が見てもわかるからその線はない。「いつか教えます。それまで待ってください」と言われたら仕方ない。気になるけどライアスが教えてくれるまで待つことにした。すっごい気になるけどな！


「はい、今日の依頼完了報告、全て完了です。お疲れさまでした」

今日はライアスの指導を受けたいCランク冒険者三人と討伐依頼をこなしてきた。かなりライアスを崇拝している三人で、ライアスに見てもらえると張り切って剣を振っていた。的確なアドバイスをするライアスのお陰で少しずつ剣筋もよくなっているらしく、もうすぐBランクに上がれそうな感じだ。

「ライアスさん！　今日もありがとうございました！」

「教えてもらったことを忘れずに精進しまっす！」

一日中森の奥で討伐をしていたから報酬も結構多い。指導してもらえたことと、報酬が普段よりも多いことで皆の顔もにこにこだ。

報酬をしっかりと分割して、さて帰るか、とギルドを出ようとしたところでデイビットさんに声をかけられた。

「よぉ、エレンとライアス。悪いんだがちょっとこっちに寄ってくれないか？」

「ん？　いいけどどうかした？」

別に急ぎの用事があるわけじゃないし、とギルドマスター室へとお邪魔する。中に入ると見たことのない三人組がいた。

一人はソファーに座り、後の二人はその後ろで控えるように立っている。この三人組は肌が浅黒く髪も目も黒い。明らかに他国の人間だとわかる。黒目黒髪なんて前世を思い出す色だな。こっちじゃそんな色の人なんていなかったからなんだか少し懐かしい気分になる。

俺達もソファーに腰かけるとデイビットさんが三人組を紹介してくれた。

「紹介しよう。砂漠の国、タウフィーク王国から来た冒険者の三人だ」

砂漠の国タウフィーク王国って、ここリッヒハイムから三つほど国を跨いだところだよな。なるほど。その肌や髪や目の色も納得だ。

「初めまして、俺はウィサーム。後ろの二人がユースフとファハドだ。よろしく」

「俺はエレン、そしてこっちがライアス。よろしく」

全員と握手。お、結構剣だこが凄いな。鍛え上げられた体だし強そうな感じだ。もしかして高ランク冒険者かな？

で、なんでデイビットさんはこの三人組を俺達に紹介しようと思ったんだ？

「実はな、こいつらは強い奴と戦うためにあちこち旅をしているそうなんだ。つい二日前にこのソルズへとやって来たらしい。そしてこのウィサームはSランク冒険者だ。どうだライアス？　お前さん、こいつと手合わせしてみる気はねぇか？」

え？　なんですと？　Sランク冒険者のウィサームさんと、同じくSランク冒険者のライアスの戦いだと!?

「いや、悪いが……」

「いいじゃん！　ライアスやってみなよ！　俺、ライアスが戦ってるとこ見たい！」

「エレン……まぁ、エレンがそう言うならば」

「助かる！　よろしく頼む」

くふふふふ。相手もSランク冒険者だから絶対強いのは間違いない。だけどそんな強い相手と戦うライアスなんて間違いなくカッコイイに決まってる！　これは見ごたえのある試合になりそうだ！

「今日はもう時間も遅いからな。明日の昼頃から試合をしたいのだが、そちらは大丈夫だろうか？」

「ああ、問題ない」

というわけで、明日ライアス対ウィサームさんのSランク同士の試合が決定した。もう今から楽しみすぎてワクワクする！　相手も強いのだろうが、俺のライアスが勝つに決まってるしな！

「先ほどギルドマスターからもスタンピードのことを聞いた。ライアス殿はその戦いでかなり活躍したそうだな。災厄級のベヒーモスの討伐に成功したのもライアス殿の働きがあったからこそだとか。そんな人物と戦えるのは光栄だ」

このウィサームさんは本当にライアスと戦えることが楽しみで仕方ないって顔してる。Sランク冒険者って戦闘狂の集まりなんだろうか？

そして翌日。俺とライアスがギルドへ赴くと、なんとほとんどのソルズの冒険者がいるんじゃないかと思うくらいの人数が集まっていた。中にはケリーさんの姿まである。

「よぉ、ライアスがタウフィーク王国のSランク冒険者と戦うんだろ？」

「いやぁ凄いよな！　どんな試合になるか楽しみだぜ！　ライアス、頑張れよ！」

と口々に言われた。皆既に知っていたようだ。おまけに皆が皆、それを見ようと今日は依頼に出かけずここに集まっているらしい。

「お、エレンにライアス、来たか。今日はいっちょ頼むぜ」

「デイビットさん……皆この試合のこと知ってるんだけどなんで？」

「なんでってそりゃあ面白そうだから俺が声をかけるように言ったに決まってんだろ」

どうやら昨日俺達が帰った後、ギルド職員やギルドに残っていた冒険者にこの試合のことを伝え、知らない冒険者に教えるよう言ったらしい。そしてそれが伝言ゲームのようにしてあっという間に広まり、これだけの人が集まったそうだ。これじゃ見世物パンダになった気分だ。

「ま、実際ライアスとウィサームの試合は見ているだけで勉強になることも多いだろう。後進の育成の一環として今日は頼むぜ」

デイビットさんがギルドマスターとしてまともなことを言っているが、『面白そうだから』が本音だろうが。

「俺はスタンピードの時に前線に出ていないからライアスの戦いぶりを見られていないんだ。今日は楽しみにしてるよ」

ケリーさんまでわくわくとした顔でそう声をかけてきた。怪我で引退したものの、この人も元々はAランク冒険者だったしライアスの戦いぶりは気になるか。

「やあ、ライアス殿。今日はよろしく頼む」

デイビットさんやケリーさんと話をしていると、今日の対戦相手であるウィサームさんがやって来た。気負った様子もなくにこやかにライアスと握手を交わしている。

ギルドの裏には訓練場がある。今日はそこで二人の試合が行われるため、皆で移動した。それに合わせて集まった冒険者の皆もぞろぞろと移動を始める。

この訓練場は冒険者のための場所だ。街の中で剣を振ったりどたばたと体を鍛えたりすると流石に周りの迷惑になる。だからギルドにはちゃんと訓練場が併設されていて、訓練に勤しみたい冒険者がここを利用する。俺達が訓練をする時は自分ちの庭でやるからここに来るのは初めてだ。

訓練場へ入るとかなり広いスペースがあった。サッカーコート一面分はありそうだ。こういった訓練場はどこのギルドにもあるが大きさはまちまちらしい。ソルズはそれなりに大きな街だからギルドも訓練場も大きいようだ。付いてきた冒険者達は中央をぐるりと囲むように移動する。そこからライアス達の戦いを観戦するみたいだ。

「ライアス頑張ってくれよ。きっとお前なら勝てるから」

「はい。エレンに勝利を捧げます」

ライアスの肩をぽんぽんと叩き、俺も他の冒険者と同じように観戦場所へと移動した。ウィサームに付いていたユースフさんとファハドさんも、ウィサームさんに二、三言葉をかけると観戦場所へと移った。中央に残されたのはライアスとウィサームさん。そして審判役のデイビットさんだけだ。

「これよりSランク冒険者ライアスと、ウィサームの模擬戦闘を始める！」

デイビットさんのかけ声でライアスもウィサームさんも剣を抜いた。ウィサームさんはすっと前に剣を構えるが、ライアスはだらんと下げたまま。相手の出方を見るつもりだろうか。

「はぁ～……ドキドキするぅ……」

ライアスが勝つと思っているけど、相手だってSランク冒険者だ。一筋縄ではいかないだろう。ライアス、頑張ってくれ！

「始め！」

デイビットさんの合図で戦いの火蓋が切って落とされた。

最初に動いたのはウィサームさんだった。一瞬で距離を詰めライアスに迫り剣を振るう。速い！体の動きも剣を振る動きも無駄がなく綺麗だ。瞬きをしていたら何が起こったかわからないくらいの速さでライアスに迫っていく。

でもライアスは冷静だった。しっかりと剣筋を見てそれに剣を合わせる。カンッ！という高い音が響き、その次には相手の剣を押し返していた。そしてそのままの流れで反撃に出る。シュッと素早く横に薙ぐもウィサームさんもわかっていたらしくさっと後ろへ飛んで退避する。

足が付いた瞬間、ばねのように前進しライアスへ剣を振り下ろす。がそれもライアスにやすやすと受け止められ、また押し返されるもそこからウィサームさんの連続攻撃が始まった。右から左から下から上からと目にもとまらぬ速さで剣を振るっていく。

こんな攻撃されたら普通の人は対処出来るはずがない。だけどそこは流石俺のライアス！　ウィサームさんの素早い動きにも難なく対応し全て剣で防いでいく。

「凄い……これがSランク冒険者の戦い。なんちゅう動きしてんだよ」

そこからはお互い一歩も引くことなく攻めては避け、見事な剣技を見せていった。これは引き分けになるか？　と思われたその時、ライアスが相手の動きに合わせて剣を振るった。するとカーンッ！　という高い音と共に剣が一振り宙を舞う。そしてそれは二人から離れたところに落ちてカランカランと音を響かせた。ライアスの剣先はウィサームさんの喉元に当てられている。

「そこまで！　勝者、ライアス！」

デイビットさんの試合終了の声と共に、訓練場は「わぁぁぁぁぁぁ!!」と割れんばかりの歓声に包まれた。

勝った……ライアスが勝った！　凄い！　カッコいい！　流石俺のライアスだ！

「ライアス!!」

あまりにも凄すぎてかっこよすぎて、勝ったライアスの胸に飛び込もうと観戦場所から一歩踏み出したその時――

「ライアス！　見事だった！　俺と結婚してくれ！」

「……は？」

ウィサームさんのその一言で、うるさいくらいだった訓練場はまるで時が止まったかのように一瞬で静まり返った。

こいつ、今なんて言った……？　俺のライアスに『結婚してくれ』だと……？

「素晴らしい！　この俺が全く歯が立たなかった！　あの連続攻撃ですら易々と止められ反撃されるなんて初めてのことだ。お前こそ俺の伴侶に相応しい！　どうか俺と結婚してくれ！」

ウィサームさんはライアスの前で片膝を突きライアスの手を握っている。熱に浮かされ恍惚とした表情でライアスを見つめている。

「断る」

速攻で断り文句を言い放ち、掴まれたその手を乱暴に振り払うライアス。はい、ライアス偉い！いい子！　俺はお前を信じていたぞ！

「待ってくれ！　俺は国の掟に従い、俺を打ち負かす強い奴と結婚するために旅をしてきたんだ。それに俺はタウフィーク王国の第三王子だ。一生食うに困らない生活を保証出来る！」

「第三王子だと……？　興味ない。金は十分に稼げているし貴様の助けを借りる必要はない」

心底嫌そうな顔でそう突き放したライアス。だがウィサームさん、いやもうウィサームでいいや。ウィサームは諦める様子が全くなく、まだライアスに追いすがっている。

「王族に興味がないのか？　それともやはりあの男がいるからか？　エレン殿、だったか。お前の恋人なのだろう？　確かに美しい姿形をしていると思うが、あんな華奢な体ではお前を支えていけるとは思えない！　公私ともにお前にぴったりの伴侶は俺しかいない！」

ぷっちーん。おい、てめぇ。ライアスはちゃんと断ったよな？　第三王子だとか裕福な暮らしが出来るとか、そんなもんこれっぽっちも興味ねぇって言ってんだろ。しかもなんだ？　俺が華奢でライアスを支えていくには力不足だってか？　ふざけんじゃねぇぞ！

「おいてめぇ！　俺のライアスに手を出そうとするなんざいい度胸だなこの野郎!!」

我慢出来なくなって俺はライアスとウィサームの間に立ち塞がるようにして体を滑り込ませた。そしてライアスの胸倉を掴むと力いっぱいグイッと引っ張りぶっちゅーっと熱いちゅーをしてやった。

「見たか！　お前が付け入る隙なんざこれっぽっちもねぇんだよ！　ライアスは俺のもんだ！　こいつを奪うなんざ許さねぇ！　俺がてめぇをボコボコにしてやる！」

時空魔法のかかった鞄からいつもの杖を取り出すと、ウィサームに向かってビシッ！　と構えた。

こいつはSランク冒険者で、さっきの戦いを見た限り俺に勝ち目は一つもない。だけどただ見ているだけで何もしないなんてことは出来るわけがない！　男には意地でも負けられない戦いがあるんだ！

「……君はこの俺に勝てるとでも思っているのか？」

「はんっ！　そんなもんやってみねぇとわからねぇだろうが！　俺はこいつを守るためなら命だって懸けてやる！　さぁ勝負しやがれクソ野郎!!」

出来る限りの特大魔法をぶつけてやろうと体中の魔力を練り上げる。この一発で俺は魔力が枯渇するだろう。それで動けなくなっても俺は絶対に諦めない！　ライアスは誰にも渡さねぇ！　こいつは一生俺のもんだ！

「エレンッ！」

どでかいのを一発ぶちかましてやる！　と意気込んだその時、後ろからライアスに思いっ切り抱きしめられてしまう。

「ライアス放せ！　止めるんじゃない！　俺がこいつをボコボコにしてやるんだ！」

「エレン、大丈夫です。あなたの代わりに俺がボコボコにしますから。それよりも先ほどの言葉は本当ですか？　命を懸けてまで俺を守ると言ったのは本心ですか？」

「は？　当たり前だろうが！　お前は一生俺のもんだ！　絶対誰にも渡さねぇ！　だから放せ！　こいつを成敗してやる！」

今はそんなことを話している場合じゃない！　俺はこれからお前を守る戦いをするんだ！

そんな俺の気持ちがわかったのか抱きしめていた腕が解けた。が次の瞬間、俺はくるりと体をライアスの方へ向けられ、そのまま正面からぐっと抱きしめられて深いキスをされる。それは一度では済まず、何度か向きを変えながら続けられた。

「んはっ……ライ、アス……？」

「エレン、あなたの気持ちを聞いて、心がこれ以上なく震えました。ありがとうございます」

ライアスはそう静かに語ると、時空魔法がかかった鞄から小さな箱を取り出し俺の前へ跪いた。

その箱をぱかっと開けて俺の目の前に差し出してくる。

「エレン、あなたを愛しています。一生をかけて愛します。ですからどうか俺と結婚してくれませんか？　俺と家族になってくれませんか？」

箱の中身はライアスの瞳の色である青い宝石が付いたピアスだった。この世界では婚約、または結婚した人は相手を表す色のピアスを付ける習慣がある。前世の結婚指輪がピアスに変わった感じだ。そのピアスが目の前にあって、ライアスが俺に結婚してくれって……これってプロポーズ⁉

「先日、旦那様からエレンとの結婚を認めてもらいました。ピアスもやっと準備出来たんです。これで堂々とあなたに結婚を申し込むことが出来る。エレン……どうか、俺と一生添い遂げると言ってください」

父上から了承を貰った……？　いつの間に……？　あ、ライアスが機嫌がいい理由を聞いても教えてくれなかったのは、もしかしてこれだったのか⁉

ライアスは真剣な表情ながらも緊張を隠せずにいた。ピアスが納められた箱を持つ手も少し震えている。俺がライアスのことが大好きなのをわかっていても、それでも俺が断るんじゃないかって怖がっている。めちゃくちゃ強いライアスが。俺みたいな貧弱な男に断られる恐怖で震えている。

もう可愛すぎだろ。なんなんだよお前は。あーーー！　もう大好きだ！

ピアスが納められている箱を手に取って、ライアスににんまりと笑いかける。

「当たり前だろ！　俺がお前以外と結婚するわけないだろうが！」

そう叫んでライアスにそのまま飛びついた。片膝を突いているところに飛び込んだのに、体幹がしっかりしているライアスはものともせずに俺を受け止める。そして次の瞬間、また

「わぁぁぁぁぁぁ‼」という大歓声と拍手が巻き起こった。

あれ……？　はっ‼　しまった‼　観衆（ギルドの皆）がいたんだったぁぁぁぁ‼　やばいやばいやばい！

俺なんて言った？　何やった？　怒りで我を忘れてすげぇ恥ずかしいこといっぱい叫んだ気がする

し、皆の目の前でちゅーだってしたぞ⁉　これ、ばっちりしっかり余すことなく見られてたよな⁉

最初から最後までしっかりくっきり見られてたよな⁉　うわぁぁぁぁぁ！　恥ずかしいっ！　誰か俺を今すぐに埋めてくれぇぇぇぇぇ！

　俺はライアスに飛びついたまま動けなくなってしまった。顔はもう見なくてもわかる。間違いなく真っ赤だ。茹で蛸だ。恥ずかしすぎて顔を上げることが出来ない。

「エレン！　ああ、感動のあまり言葉が上手く出ません……本当にありがとうございます！　一生あなたを大切にします！　天にましますす我らが神よ！　このような幸福を与えてくださったことに感謝します！」

　ライアスも俺を力いっぱい抱きしめていて、そしてその体が震えていた。俺がプロポーズを受け入れたことが嬉しくて感動してくれている。めちゃくちゃ恥ずかしい思いもしたけどライアスにそこまで喜んでもらえたのなら、まぁいっか。俺も本当に心の底から嬉しいんだし。

「エレン殿、格上の相手にも怯まず愛する者を守ろうとする君のその心意気、とくと見せてもらった。俺が二人の間を引き裂くことが出来ないことはよくわかったよ。ライアスは諦めよう。幸せになってくれ」

　俺のライアスを奪おうとしたウィサームが拍手と共に俺を讃えてくれた。……こいつ、権力使って無理やり奪うつもりじゃなかったのか。なんだ。意外といい奴だったんだな。

「エレン、もしよければこの男をボコボコに処しますがいかがしますか？」

「あー……もういいや。折角嬉しいことあったんだし水差したくないし。それにこいつも案外いい奴みたいだし。だからボコボコにするのはなし！」

「わかりました。あなたの望むままに」

また俺はライアスにキスをされる。皆が見てる前でこんなことをされるのは恥ずかしくて堪らないけど、でも俺も嬉しすぎて今日くらいはいいやとライアスのキスを受け入れた。相変わらず周りからは割れんばかりの拍手と「おめでとう！」の言葉が飛び交っている。

こんな公開プロポーズをされるとは思わなかったけど、俺はこの日を一生忘れることはないだろう。


そしてその夜。俺はライアスに散々貪られることとなった。

「はぁっ……あうっ……もうっ、無理ぃっ……！」

「今日は、もう、止めらないっ！」

もう何度白濁液を吐き出したかわからない。出るものもなくなって中イキし続けている。それでもライアスは止まることなく俺を何度も何度も突き上げてくる。

辛くて辛くて堪らないのにどうしてだろうか。それでももっと欲しいと思っている自分がいる。

俺も相当ヤバいよな……

「エレン、水を飲んで。そしてまた続きをしよう」

「んう……う、ん……」

ずるりと俺の中から引き抜くとライアスが口移しで水を飲ませてくる。何度かそれを繰り返していると、俺の後孔からはライアスが出した白濁がどろりと溢れてくるのを感じた。

「ああ、エレン。素晴らしい景色だ……」

「あんっ……んんっ……」

俺の中から出てきた白濁をうっとりとした表情で眺めていたライアスは、そのごつごつとした指をまた奥へと押し込んでくる。ぐちゅぐちゅとした音が鳴ってもの凄く卑猥だ。敏感な体は指の刺激でもぴくぴくと反応してしまう。

激しく突かれないだけマシだがずっと快感が続くのも困りものだ。

ライアスの顔を見ると、その耳には俺の瞳の色のピアス。それを見る度に俺は心臓がきゅってなって嬉しくなる。ただピアスを付けただけなのに、もうこいつは俺のなんだって誰が見ても一目瞭然だ。形として証明されていることがこんなにも嬉しいなんて。

「ラ、イアス……ずっと、俺の側に、いろよ……」

「もちろん。俺はずっとエレンの側から離れない」

そしてライアスからの優しいキス。もう俺の顔は涙と汗でぐしょぐしょだ。それでもライアスは俺を愛しいという表情を変えることはない。

こいつのことは信じていられる。きっと一生俺を愛してくれるだろう。俺もライアスを一生愛し抜く自信がある。不思議だよな。人の心なんて変わるものなのに、俺もこいつも変わらないんだろうって何故か不思議な確信がある。

それはきっと俺のことをずっと想ってくれたライアスだから。それがわかっているから信じられるんだ。

「ライアス、大好きだ。きっと一生、ずっと大好きだよ」

「エレン、俺も。世界中どこを探してもあなた以上の人はいない。あなただけを一生愛し続けるよ」

今度は俺からのキスを。何度したってライアスとのキスは気持ちがいい。体は辛いけどまたライアスと繋がりたくなった。

弱々しい力でライアスを隣に寝かせると、震える体を必死に起こしライアスの上へと跨った。ライアスの大きな『雄』はもう既に臨戦態勢になっている。それを手で支えその上から腰を落とす。

「んあぁぁぁっ……」

ぐぷりと侵入したライアスの『雄』は容赦なく俺の中を圧迫する。そのまま腰を下ろしライアスを全部呑み込んだ。

「はぁ……はぁ……」

「エレン、無理しなくても俺が……」

「ダメ、今は俺が、ライアスを気持ちよく、させたいからっ……んあっ……ふっ……」

力の入らない体を無理やり使ってライアスの『雄』を自ら出し入れする。緩慢な動きにしかならないけど、それでもライアスを気持ちよくさせたかった。

「ごめん、速く、動け、なくてっ……んあっ……」

腕をライアスの体に当てて体を支えるも、ぷるぷるとして今にも力が抜けそうだ。自分が上に乗ることでいつもと違うところに当たって感じてしまい、速く腰を動かすことが出来ない。でも必死に踏ん張って無理やり腰を上下に動かしていく。

「エレンっ……」

ライアスには物足りないだろう。もっと気持ちよくさせたいのに体が上手く動かなくてもどかしい。俺だってライアスを気持ちよくさせたい。俺がライアスを気持ちよくさせたい。

気持ちだけが空回りしている自覚はある。だけど止める気は全くなかった。

「ひゃあっ⁉　え、ちょっ……んあっ、あんっ……！」

俺の緩慢な動きに焦れたのか、ライアスがいきなり下からズンっ！　と突き上げてきた。そしてそのまま何度も突き上げられ、俺の体は揺れ動き制御が利かなくなる。

とうとう体を支えられなくなりライアスの方へ倒れるが、それをしっかり受け止められ容赦なく中を抉られていく。

下からの突き上げが激しくて俺はただ嬌声を上げるしかなくなった。

「そんな、自ら腰を振って、俺が我慢出来るわけ、ないだろうッ！」

俺がしたことでライアスに火をつけてしまったらしい。何度か下からの突き上げを行った後、ずるりと俺の中から引き抜くと俺の体を下にして体勢を変え、ぐっと足を割り開きまたくぱくぱと蠢く蕾の中へと侵入する。

「んはっ、たまには、いいだろっ……？」

ライアスの上に乗ったって大した動きも出来なかったくせに、セリフだけは一丁前だ。煽るようにそう言ってにやりと笑ってやるとライアスはさらにギラついた瞳になった。

「いいなんて、もんじゃないッ！」

ライアスの腰の動きは強くなり、最奥へ容赦なく打ち付ける。ふーふーと荒い息をしながら腰を打ち付ける様はまるで獲物を狩る獣のようだ。俺がライアスをそうさせたことに愉悦を覚え興奮した。

「んうっ、んんっ……」

ライアスの腰の動きが止まることのないまま、口を塞がれて舌を捻じ込まれ俺の嬌声は呑み込まれた。最奥を突く動きはいっそう激しさを増し、強すぎる快感で目の前がちかちかと真っ白になる。

明日は間違いなく死亡コースだ。快感に冒された頭でそんなことを思う。だけど今日は別にいい。ライアスのプロポーズを受けたんだ。今日くらいはめちゃくちゃにされたいし、してほしい。

火が付いたライアスはその後も容赦がなかった。俺はいつの間にか気絶していたが、それでもライアスは止まらず突き上げ、何度も俺の中で吐き出していた。その激しい動きで俺の意識が戻りまた快感に悶えまくる。何度もそんなことを繰り返しているうちに外は明るくなっていた。


予想通り俺は生きる屍となった。声もガラガラで手を動かすことすら億劫で、もはやベッドで横たわることしか出来ない状態だ。あれだけ激しいえっちな格闘を繰り広げたのにライアスはぴんぴんしている。おかしいだろ……

風呂も食事も着替えも全て甲斐甲斐しく世話をするライアス。そして大体のことが終わると俺の隣に滑り込み腕枕をしてくれる。俺の耳に付けられたピアスをそっと撫でて嬉しそうに微笑んだ。

もう俺はお前のものだし、お前も俺のものだ。ピアスを付けたライアスの顔を見て幸せな気持ちでまた眠りにつく。このぬくもりを俺は一生手放すことはないだろう。


二日ほど家でダラダラと過ごして体も元に戻ったし、三日目にはギルドへ行くことにした。

「エレンにライアス！　ここ二日ほどお前達の話でもちきりだったぜ！」

ギルドに顔を出した途端、オットーとジャレミーに声をかけられた。

「そのピアス、なんだかんだ目立つな。とりあえず改めて。二人ともおめでとう！」

「あの後、速攻で帰りやがってちゃんと言えなかったからな。俺からもおめでとう！」

「ありがとう。なんか照れくさいな……」

例の公開プロポーズの後は、ライアスは俺を抱き上げてさっさと訓練場を出ていった。んで家に着くなり服をひん剥かれてアレに至ると。風呂にも入っていなかったから嫌だって言ったのに、匂いが薄くなるとかなんとか言いやがって。変態か。

「お、新婚さんが来たぜ。お前らこの二日間ヤリまくってたんだろ！　いっつもいちゃいちゃしてるしな！」

「まだ新婚じゃない！　っていうか二日間何してたっていいだろうが！」

俺達が来たことで早速冷やかしが始まった。

「それにしてもエレン。お前があんな熱い奴だったとは思わなかったぜ」

「デイビットさんまでっ……！」

冒険者達の冷やかしにデイビットさんまで参加しに来やがった。面白そうににやにやしやがって！　その顔一発殴らせろ！

「なんだったかな。えーと……『俺のライアスに手を出そうとするなんざいい度胸だなこの野郎!!』だったか」

「これもあるぜ。『俺はこいつを守るためなら命だって懸けてやる！　さぁ勝負しやがれクソ野郎!!』いや～、このセリフを聞いた時は武者震いが起きたぜ」

「わぁぁぁぁ！　やめろぉっ！　それ以上言うんじゃないっ！」

こ、こいつらぁっ……！　わざわざここで改めて言わなくてもいいだろうがッ！　俺を羞恥で殺す気か!?

「あのSランク冒険者相手に啖呵切るたぁやるじゃねぇの。そいつから伝言預かってるぜ。『ライアス以上に強くていい男を必ず見つけるから、その時はまた会おう』だってさ。お前ら、あの第三王子に気に入られたな。しっかし王族に気に入られる運命なのかねぇお前は」

うっ……平民になったのに、こんなにも王族に振り回されるとは思ってもいなかった。俺は平民として慎ましやかに生きる予定だったんだ。王族に気に入られる運命なんて冗談じゃない。

「ところでそのウィサームはもう旅に出たのか？」

「ああ。この街にはライアス以上の強い奴なんていないからな。行き先は知らんがもうここにはいない。しっかし面白半分でライアスにけしかけたら予想以上に最高だったぜ」

「おい。面白半分ってどういう意味だ？」

俺がそう聞くとデイビットさんは意地の悪い顔でニヤニヤしながら事情を説明してくれた。

デイビットさんは最初からウィサームの事情を知っていた。知っていて敢えてライアスと対戦してみることを提案したんだそうだ。ライアスだけなら断ることもわかっていて、俺と一緒の時に話す。まんまと俺はその話に乗ってライアスにウィサームと戦ってくれとせがんだ。

ウィサームが言っていた掟は必ずしも結婚しなければいけないというわけではなかったらしい。最終的にはお互いが了承しないといけない話だったらしく、俺達ならどう転んでも大丈夫だとデイビットさんは判断した。

「お前があそこまで暴れるとは想定していなかったが、お陰でいいもんが見れた。ケリーなんか感動して泣いてたぜ」

くっそぉ……最終的には俺が見世物になったじゃねぇか！　もうしばらくはデイビットさんのお願いを聞く気はないぞ！

「あの時のエレンは本当に素敵でした。流石は俺の伴侶です」

うっとりとした表情でライアスにそう言われ抱きしめられる。途端に周りからはひゅーひゅーと冷やかしの洗礼だ。

そして街にはあっという間に俺達が婚約したことが広まっていた。あの現場を見ていた冒険者達が言いふらしたらしい。お陰で市場へ行っても周りから口々に「おめでとう！」と声をかけられる。

「よぉ、エレンにライアス！　婚約おめでとう！　凄い噂になってんな！　しっかしエレン、お前って見た目と違ってかなり男前だな！　おっちゃん感動したぜ！」

「うわぁぁぁぁ！　おっちゃんそれを言わないでくれ！」

俺が叫んだあの恥ずかしいセリフも八百屋のおっちゃんだけじゃなく皆に知られていた。もう恥ずかしすぎてしばらくは市場を歩くことが出来ない……

「ほれ！　婚約祝いだ持っていけ！」

そう言って次々と渡されたのは店に並んだ売り物の野菜や果物。こんなに貰うわけにはいかないから金を払うと言ったら「素直に受け取れ！」と逆に怒られてしまった。申し訳なくもありがたく、おっちゃんからの婚約祝いを受け取ることにした。

おっちゃんの店だけじゃなく、普段よく行く魚屋や肉屋の店先でも同様のことが起こった。八百屋のおっちゃんほどじゃないが、それぞれ婚約祝いとして結構な量の店の売り物を渡された。こんなにたくさん貰っても俺達二人でどう消費すれば……

「ライアス、こんなにあっても俺達二人で食べ切るのは無理だからさ、ケリーさんにあげよっか」

「そうですね。このまま腐らせてしまうよりその方がずっといいでしょう」

と、ライアスにも了承を貰ったので、一旦家へ帰り自分達の分の食材を食材庫へしまい冷気の魔法をかけた。そして残った大量の食材を持ってデイビットさんの家へと向かう。

「なるほど。確かにこんなにあっても君達二人じゃ困るよな。…………うん、決めた」

ケリーさんに事情を説明し、はいどうぞ、と渡そうとしたら何か思いついたのか手をポンと叩いた。

「折角だからこの食材を使って料理して、君達の婚約パーティーをやったらいいんじゃないか？」

「はい？」

「よし！　出かけよう！」

「はい⁉」

ケリーさんに腕をぐいぐいと引かれ連れていかれたのはギルド近くにある酒場だった。デイビットさんもケリーさんもこの酒場をよく利用しているらしく、店主とは顔見知りだ。ライアスがSランクに昇格した時、料理や酒を持ってきてもらったのもここの酒場だ。

店に入るなり店主を呼ぶと俺達の婚約パーティーをここでしたいことを説明。いきなりそんなこと言っても店側だって困るだろうに。と思っていた俺の気持ちをよそに、店主は即答で快諾した。しかも日にちは明日。

「え⁉　明日⁉　そんな急に決めて店の方は大丈夫なの⁉」

「問題ない！　さぁ食材を出してくれ！　俺が美味い料理をいっぱい作ってやるからな！　楽しみにしてろ！」

と、言われるがまま食材を全て提供。酒場の主人はにっこにこで「腕が鳴るぜ！」と実に楽しそうだった。

「君達二人がスタンピードで活躍して街を守ってくれたことと、この前の公開プロポーズのこと。それで一気に君達を気に入った人が増えたんだ。それにここの主人は楽しいことが好きな人だから絶対引き受けてくれると思ったし」

にしても人がよすぎる気がするんだけどそう思うのは俺だけか？

ケリーさんと俺達はその足でギルドへ向かう。そこでケリーさんは明日の夜に俺達の婚約パーティーを開催するからと皆に宣伝した。一気に盛り上がり、明日はきっと酒場は人で溢れそうだ。

そして翌日。ケリーさんに「ちゃんとおめかしして来いよ！」と言われたので、父上から贈ってもらった服を着ることにした。王太子と面会した時に買った服以上に質のいい生地を使い、デザインも貴族らしいものだが俺達の婚約パーティーだしこれくらいでいいだろう。まぁ、決めたのは俺の専属スタイリストであるライアスだけどな。それに折角父上から贈られた服だ。着る機会はないと思っていたがひょんなところで出番が来た。

酒場へと向かうその前に、一度寄ってくれと言われていたのでその通りにギルドへと向かう。すると中にはデイビットさんとケリーさんが待っていた。

「お、主役の登場か」

「そういう格好しているともう貴族にしか見えないな。凄くしっくりきてるしよく似合ってる」

デイビットさんとケリーさんに連れられて、例の酒場へと移動する。酒場の少し手前で止まるとデイビットさんは中を覗き一つ頷いてから俺達を手招きした。酒場の入り口へと向かうとデイビットさんは扉を開け大声で叫ぶ。

「野郎ども！　主役のお出ましだ！」

その声と共にケリーさんに背中を押されて中へと入る。すると一斉に『婚約おめでとう！』の大合唱。中にいた人の数の多さとその声の大きさにびっくりした俺はぽかんとした。

冒険者ほぼ全員いるんじゃないかと思うくらいの人数で、冒険者以外にも市場の人の姿も多くある。見知った八百屋のおっちゃんに、一度は購入を断られた服屋の主人の姿もあった。

「え……？　こんなにたくさんの人が集まったの……？」

「すげぇだろ？　これからまだまだ集まってくる予定だぜ。全員店の中に入り切れないからな。順番に来る手はずになっている。さぁさぁ主役がこんなところで突っ立ってどうする。入った入った！」

デイビットさんに背中を押されて奥へと進むと、二人分の席が用意されていた。そこに俺とライアスが座ると飲み物が入ったグラスを渡される。

「よーし！　酒は手に持ったな？　ぐだぐだとした口上はなしだ！　エレンとライアスの二人に乾杯！」

「「乾杯!!」」

デイビットさんのかけ声で、一斉にあちこちでグラスの鳴る音が響き渡る。俺達も勢いに呑まれつつあったが、たくさんの人とグラスをぶつけた。中身は酒だったがかなり弱い果実酒。俺もライアスも酒があまり得意じゃない。それをちゃんとわかっていて用意されたものだった。

乾杯が終わった後からが凄かった。料理が次々と運ばれテーブルいっぱいに並べられた。明らかに俺達が持ってきた食材で作れる以上の量が並んでいて、どうしたのかとケリーさんに聞いたら参加者が少しずつお金を出し合って食材を市場から大量に仕入れたらしい。市場の人も協力的でお陰でたくさんの食材が手に入ったそうだ。

リッヒハイム独特の香辛料をいっぱい使ったものや、あっさりしたサラダ、煮込み料理に焼き物にスープなどなど。どんどん運ばれてくるがどんどん皆の胃に収まっていく。料理もこの酒場以外でも作って持ってきているらしく、俺ももうわけがわからない。ただ一つわかるのは、とにかく楽しいということだけ。

酔っぱらった冒険者が数人肩を組んで歌を歌い出したり、出身の村に伝わる踊りを踊ったり、どっちが多く飲めるか一気飲み競争まで始めたり。

店の中には入れ代わり立ち代わり人が出入りし、俺達に「おめでとう」と声をかけてくれる。まさかこんな大規模な、楽しい婚約パーティーになるなんて思ってもいなかった。貴族の粛々とした品のあるお祝いじゃないけれど、前世の記憶がある俺にはこの空気が堪らなく懐かしく楽しい。まるで前世の飲み会だ。こっちの世界の人達もこういう飲み方するんだな。

「ライアス凄いな。こんなことになるなんて思ってなかった」

「俺もです。ここへ来てまだ一年ちょっとですが、街の人に受け入れられたようで嬉しいですね」

出された料理も美味しいしちょっとほろ酔いになって気分もいい。こんな風に祝ってもらえるなんてここへ来た当初には想像もしていなかったことだ。

「二人とも楽しんでるか？」

「オットーにジャレミー！　うん、最高だよ。まさかこんなにも人が集まるなんてびっくりだ」

店の中は未だに人でごった返している。あちこちで笑い声が聞こえてうるさいくらいだ。

「ベヒーモスはライアスがいなければあんな簡単に倒せなかったかもしれないって言われてる。ライアスがいなくても総力戦でいずれは倒せたんだろうけど、その分犠牲者の数もかなり増えただろう。だからライアスをこの街の救世主みたいに思ってる奴もいるんだ」

なんだそれは。初耳なんだが。いや、ライアスがベヒーモスを倒すきっかけとなったことが広まってるのは知ってるけど、救世主って。ジャレミー、それ本当なんだろうな？

「この街にいる衛兵や冒険者で結婚して家族がいる奴もいる。その家族にしたらスタンピードなんて、その人が生きて帰ってくるかわからない不安でいっぱいだ。だからその大切な人が無事に戻ってきてくれて、ライアスに感謝してる人が多いってことだ」

「そうそう。それにエレンは普通なら買うことの出来ない特級ポーションを惜しみなく使って、しかもその代金を請求することもなかった。それで助かった人もいるし、何より救世主のライアスを守るためにSランク冒険者に立ち向かったことも称賛されてる。今じゃこの街でお前ら二人以上の人気者なんていないぜ」

だからか。こんにもたくさんの人がお祝いに来てくれたのは。俺もライアスも自分の出来ることをやっただけ。それがこんな風にたくさんの人に感謝されることになっていたなんて。

「それに俺もジャレミーもお前達と一緒に依頼を受けてから強くなれた。Aランクに昇格出来たのもお前達のお陰だと思ってる。だからお前達が婚約したことはすげぇ嬉しいんだぜ」

「ありがと……なんか照れるな」

俺もこの二人には精神的にたくさん助けてもらった。オットーとジャレミーは俺より少し年上だから、なんだか面倒見のいい兄が二人出来た感覚だ。

「静かにしろ！」

いきなりそんな声が聞こえて喧騒が一気に収まった。何が起こったんだと視線を移すと、ある二人を中心に人々が周りをぐるりと囲っている感じだ。ん？　あれは薬屋の人と冒険者の一人か？

「ボビー！　俺と結婚を前提に付き合ってください！」

冒険者の方が片膝を突くと、薬屋の人に大声でそう叫んだ。

「はい！　お願いします！」

すると薬屋の人も嬉しそうに答えて、冒険者の人に抱き付いた。その瞬間わーわーと歓声と拍手の嵐。

「お。あいつ、上手くやりやがったな」

「ジャレミー知ってるの？」

どうやら薬草依頼を多く受けるようになったことで薬屋の人と接点が出来、最近結構いい雰囲気だったらしい。あの二人もかなりの冷やかしを受けているが凄く幸せそうな顔をしている。

「よっしゃ！　おい、今日の主役が何やってんだ！　あの二人に負けてどうする！」

オットーがそう言うと、ジャレミーと協力して俺達二人を立ち上がらせた。

「え？　え？　え？　な、なになになに？」

「あの二人以上にいちゃついてやれ！」

はぁ!?　なんで俺達が皆の目の前でいちゃつかなきゃいけないんだよ!?

無理！　と叫ぼうと思った瞬間ライアスにがしっと肩を掴まれた。

「エレン、愛しています」

「ラ、ライアス……!?　ちょ、まてっ……んんーーー!?」

ライアスも少しだが酒で酔っているからか、ノリノリで俺に思いっ切りキスしてきた。そしてそのままぐっと抱きしめられ俺は逃げるに逃げられなくなってしまう。

途端に周りからはまた歓声と拍手と冷やかしの声が。くっそぅ……結局こうなるのかよ……

それからしばらくはまた、たくさんの人に冷やかされ続けて俺達の婚約パーティーは幕を閉じた。


「マジか！　おいライアス！　兄上に子供が生まれた！」

この街に来て一年半ほど。送られてきた手紙には兄上に子供が生まれたことが記されていた。クィンシー様は魔力量があまり多くないから心配だったが、二人とも健康だとも書いてあった。子供の名前はカイルと名付けられたそうだ。

おまけに兄上は子供が生まれたことを機に早くも爵位を継いだそうだ。現当主は兄上となったわけだが、しばらくは父上のサポートがあるだろう。あの兄上だったら立派に当主としてフィンバー家を引っ張っていってくれると思う。

「めでたいことですね。旦那様や奥様がカイル様を溺愛している姿が目に浮かびます」

きっと今頃可愛くてしかたなくて構い倒して兄上にうざがられてるはずだ。見ていないのにその様子がありありと想像出来てははっと笑ってしまった。

「俺達の結婚式にも来てくれるって！　楽しみだな！」

俺達は半年後に結婚式を挙げることにした。その頃にはクィンシー様の体調もよくなっているだろうし、フィンバー家全員でここへ来てくれるはず。久しぶりに父上達に会えるのが楽しみで仕方がない。

手紙には俺達に婚礼衣装を仕立てるとも書いてあった。ライアスがデザイン案をもう既に提出しているらしい。本当にいつの間にそんなことまでやりとりしてたんだろ。

　式場となるのはソルズの街にある教会だ。わりと大きな教会でソルズの街の人達は皆ここで結婚式を挙げている。この前ちょっと見に行ってきたけど、厳（おごそ）かな感じの綺麗な場所だった。

　クリステンの王都にあった教会はとにかく広くて大きくて、金を装飾として使っていたりと見た目も豪華な感じだったが、ここの教会は派手さはないが品のいい趣（おもむき）のあるところだった。神官さんも優しい雰囲気の人で結婚式を挙げたいと頼んだら「あなた方にここで式を挙げていただけるのは光栄です」と言われてしまった。教会の人達にも俺達のことは知られていたらしい。

　そしてなんと。驚くことにオットーとジャレミーもいつの間にか恋人になっていた。きっかけは俺達だったというのだから驚きだ。

「お前達の婚約パーティーでなんとなく幸せそうでいいなぁって言ったら、オットーが『じゃあ付き合う？』って言うからさ」

「ちょっと前からジャレミーのことは気になってたんだ。お前ら見てたら羨ましくてつい……」

　パーティーを組むようになって長い二人だが、最近になってお互い少しずつ気になっていたらしい。全然そんな様子がなかったから聞いて驚いた。

「え？　エレンは気付かなかったんですか？　わりとわかりやすいと思ってましたけど」

「……マジか」

　ライアスはなんとなく二人の様子に気が付いていたらしい。俺って相当鈍いのか……

それからも変わらない日常を送っていた。

ギルドで依頼を受けて討伐や薬草採取をしたり、たまに他の冒険者と一緒に依頼を受けてみたり。のんびり過ごしたい時は家でずっと料理したり、ごろごろと本を読んで過ごしたり。天気がいい日はピクニックにも出かけたし、デイビットさんやケリーさんと酒場に飲みに行ったりもした。

それからライアスの剣がやっと出来上がったから、領主の屋敷へ行って受け取ってきたり。刃が骨で出来ているとは思えないくらい灰色に光っていた。鍛冶師は素材と鉱石と魔力を特殊な製法で混ぜ合わせて剣を打つらしく、こういった仕上がりになるのだそうだ。

しかもこの剣を打ったのもかなり高名な鍛冶師なんだとか。ベヒーモスの骨はどの鍛冶師でも扱えるというわけじゃないらしく、フリドルフ殿下がちゃんと剣を打てる人に依頼してくれたそうだ。

「重さも重すぎず、でも軽すぎず。不思議と手に馴染む感覚があります」

と、ライアスもその剣に惚れ惚れとしていた。そしてその剣を持って討伐依頼に出かけてみたらいつも以上に斬れ味がいいとのこと。

「骨を断つ感覚があまり感じられませんでした。普通の剣では斬りにくい皮の硬い魔物も、これなら簡単に討伐出来そうです。これは本当に凄い剣ですよ」

そう語ったライアスの顔は本当に嬉しそうだった。いい剣が手に入ってよかったな。

そんな感じで日々を過ごしていたらあっという間に俺達の結婚式の日が迫ってきた。

式の二日前には父上達がここに来るという。事前に聞かされていた時間にライアスと二人で転移門へ迎えに行った。

「エレン！」

「エレンちゃん！」

「父上！　母上！」

転移門を潜った途端、俺の姿を見て駆け出す両親。俺も久しぶりに二人の元気な姿を見て駆け寄った。そして父上には思いっ切り抱きしめられ、その上から母上にも抱きしめられる。もう会えないと思っていた両親とまたこうして再会出来て不覚にもうるっときてしまった。

「エレン〜〜〜っ！　立派になったなぁっ……」

「エレンちゃん、いつもお手紙ありがとう。でもこうやって元気な姿を見られてお母様、本当に嬉しい！」

俺以上に父上も母上も号泣していた。それを見て流すまいと堪えていた涙が零れ落ちてしまい、それを見た両親はますます号泣。

「父上、母上。気持ちはわかりますがここにずっといては迷惑になります。場所を移動しましょう。エレン、毎日頑張っているようだな。元気そうでよかった」

兄上は号泣している両親を見て呆れながらも、俺の顔を見て嬉しそうに笑ってくれた。続けてぽんぽんと頭を撫でてくる。久しぶりにこの感覚をまた味わえた俺は、再びぽろぽろと涙を零してしまう。それを見た兄上は何も言わずギュッと抱きしめてくれた。

長居しては悪いと馬車に乗って転移門を離れ、俺達の家へと向かった。

「私が以前送った壺も絵画も綺麗に飾ってくれたのか。きっとライアスがしてくれたのだろう。お前の感性は流石だな」

家に着くなり、部屋に案内するついでにさっと中を見ていた父上も満足そうだ。十部屋もあるから父上達と連れてきた使用人で部屋を分けても大丈夫だが、どうしても公爵家と比べて狭くなってしまう。浴室も一つしかなく不便で仕方ないはずだが、それについては別に構わないと言ってくれた。

最初、ここへ来ることが決まった時は宿を手配するつもりだったが、久しぶりに再会出来るのだから家に泊まりたいと言われたのだ。

「ライアス、久しぶりだな。まさかお前がエレン様と結婚することになるとは夢にも思わなかったぞ」

「バイロンさんもお元気そうでよかったです。俺もまさか想いが通じるとは思ってもいませんでした」

従者仲間だった二人も久々の再会で話に花が咲いているようだ。先輩後輩として色々あっただろうし、ライアスにもしばらく時間をあげよう。ならば！　ここで俺がお茶を淹れて皆に振舞ってやろうじゃないか！

「あ、エレン様！　そのようなことわたくしどもがいたしますから！」

「いいのいいの！　俺だってかなり上手く淹れられるようになったんだ。皆に飲んでもらいたいんだよ」

父上付きの使用人に止められそうになるもそのまま押し切ってお茶を淹れた。もちろん使用人達の分もまとめてだ。そして昨日クッキーやパウンドケーキの焼き菓子を作っておいたのも一緒に用意する。

「父上達もお茶を淹れたから飲んでください。手作りのクッキーもありますから」

公爵家の人達に出すようなものじゃないかもしれないが、俺が自分で作ったお菓子だ。折角会えたのだから食べてもらいたい。

「ほう。エレン、かなり美味いじゃないか。このクッキーもお前が作ったのか。よく出来ている」

「エレン様の手作りのお菓子をいただけるとは思っていませんでした。本当に美味しいです」

兄上もクィンシー様にも好評でよかった。使用人達も恐る恐るといった風だったけど、一口お茶を飲んで目を見開いている。俺が淹れたお茶がかなり美味しかったのだろう。

「エ、エレンのっ……手作りぃぃぃぃぃ！　まさか食べられるとはっ……！」

「エレンちゃんっ……美味しいっ！　美味しいっ！」

「……父上、母上。喜んでいただけてよかったです……」

一口食べる度に号泣する両親。怖いな。いや嬉しいんだけどな。絵面がちょっと……

「クィンシー様、もしよかったらカイルを抱っこしてもいいですか？」

「はい、もちろんです。エレン様、どうぞ抱いてやってください」

そっとクィンシー様からカイルを腕に乗せてもらう。この世界に来て赤ちゃんは初めて見たかもしれない。今カイルはお昼寝中だ。すやすやと寝息を立てている顔が可愛すぎる。こんなに小さいのに生きてるんだ。凄い。

「ふふ。なんだかエレン様が母親になったかのようですね。それにとても優しいお顔で、今がとても幸せなんですね」

うわ、ちょっとそれは嬉しいけど恥ずかしい。俺にも子供が出来たらこうやって抱っこするんだよな。ライアスとの子供、いつかは欲しいと思っているけど俺にちゃんと育てることが出来るだろうか。

「カイル様はランドルフ様に似たのですね。将来は凛々しいお姿になりそうです」

そっと俺の側にライアスが来てカイルの寝顔を覗いている。その表情は優しい慈愛に満ちた笑みで、なんだか俺はきゅんとなってしまった。

「なんだかこうして見るとカイルがお前達の子供みたいに見えるな」

「あ、兄上……！」

兄上にからかわれたっ……！　でもそっか。いずれはこうして子供を抱いてライアスと一緒に育てていくんだ。俺一人じゃないもんな。ライアスがいてくれればきっと子供を育てていけるだろう。

しばらく家で一休みした後は、カイルを使用人に預け皆で市場へと買い物へ出かけることにした。

「ここがソルズの街の市場か。想像していたよりかなり大きく賑わっているな」

兄上も感心したように市場を眺めている。ゆっくり歩き店を覗いていく。すると市場の人達に次々と声をかけられた。

「エレンにライアス。今日は大所帯だな」

「こんにちは。今日は父上達がこっちに来たから案内してるんだ」

「え……？　エレンのお父さん？　ってことは、まさか公爵様!?　す、すいません！　声をかけてしまったこと許してください！」

　俺がクリステンの公爵家の息子だってことは、あの噂のせいでとっくに街に広まっている。それで一緒にいるのが公爵家の人だとわかると皆土下座をし始めてしまった。

「え!?　ちょ、皆!?　大丈夫！　別にそんなことで怒ったりしないから！　土下座をやめてくれ！」

ど、どうしよう!?　まさかこんなことになるなんて思ってなかったぞ。確かに平民にしたら貴族、それも公爵家だなんて何をされても文句を言えない存在だ。ここに連れてきたらこうなってもおかしくなかったんだ。俺のバカバカバカ！　皆を怖がらせてどうするんだよ！

「驚かせて悪かったな。頭を上げてくれ。いつもエレン達を気にかけてくれていると聞いている。こちらこそありがとう」

「こ、公爵様……！　とんでもありません！」

　父上がそう声をかけると恐る恐るといった感じだが頭を上げてくれた。母上がここのオススメは何かを聞いて会話に花を咲かせている。そしてそのいくつかを購入して店を後にした。

　その時ボソッと小さな声だったけど「なんてお優しい方なんだっ……」と感激していた声が聞こえた。父上も無礼な奴には容赦しないが、いきなり問答無用で怒ったりするような人じゃない。相手が平民だとわかっているし、俺達との関係性もちゃんとわかってくれているしな。

「お、エレンにライアス……って、まさかそこにいらっしゃるのは……」

「あ、おっちゃん！　俺の父上達がこっちに来てくれたんだ！　あ、でも大丈夫だから！　いつも通りでいいからな！」

「お、おう……あの、いらっしゃい、ませ……」

八百屋のおっちゃんも俺の父上達が一緒だとわかると、いつもの勢いがしぼんでしまった。先手を打っていつも通りでと言ったものの、やはり公爵家の人間相手だと緊張するようだ。まあ、仕方ない。おっちゃんごめんよ。

「兄上、ここの主人は俺の噂が広まった時に真っ先に味方になってくれたんです。凄くいい人でいつも助けられているんですよ」

「ほう、そうなのか。エレンが手紙に書いてた主人は貴殿だったのか。弟の味方になってくれたこと感謝する」

「い、いえ！　とんでもねぇです！　エレン坊ちゃんにはいつも世話になってまして……はは」

エレン坊ちゃん。そんなこと初めて言われたぞ。ははっ、なんだそれ。面白すぎる。

さっきは肉とか魚をいろいろ買ったから、野菜はもちろんおっちゃんのところだ。いつも以上にたくさん買うと、この店で一番高い高級果物をおまけしてくれた。別にそんなことしなくていいのに、変に気を遣わせてしまった。また今度ここでたくさん買ってお返ししよう。

家に帰ると早速俺とライアスはキッチンへ立つ。今日は俺達で料理を振舞うことにしていて、いつもより気合が入る。父上達には部屋でゆっくりしてもらおうと思っていたが、俺達が料理するところを見たいと結局全員が側で見守る形になってしまった。逆に緊張するんだが……

「エレンちゃん、包丁とか持って大丈夫!?」

「母上、心配しないでください。毎日やってることですし、もうすっかり慣れましたから」

母上だけは俺が怪我をしないか心配で後ろでうろうろしている。その気持ちはありがたいが大丈夫だから任せてほしい。

ライアスが肉と魚を捌いている横で、俺は野菜の皮剥きなどを進めていく。今日は人数も多いから使う食材も量が多い。だけど毎日やっていたことだから、多少時間はかかるが問題ない。

「エレン様、凄いです！　本当にお上手ですね」

クィンシー様まで食い入るように見つめている。昔の俺を知っているから余計に驚いているんだろう。

「ライアスも見事だな。お前って昔からなんでもそつなくこなす奴だったけど、料理まで習得するとかどうなってんだ……」

兄上の従者であるバイロンもライアスの手際のよさを見て驚いている。

「エレンに美味しいものを食べてもらいたかったので。ただそれだけですよ」

「……堂々と惚気まで聞かされるとは。お前も変わったな」

さて野菜の下ごしらえが終わったところで調理開始だ。時間のかかるものから順に取りかかることにする。今日のメニューはキッシュやテリーヌなどのオードブル盛り合わせ、リッヒハイムのスパイスを使った煮込み料理、鹿型の魔物肉を使ったロースト、カボチャのポタージュ、白身の魔物魚のポワレ、手作りパンにデザートにはアップルパイ。

煮込み料理はカレーにした。と言っても日本でよく見たカレールーを使うようなものじゃなくてスパイスカレーの方だ。ライアスと色々と試してみたら美味しいカレーが出来たんだ。それに角切りにした肉や野菜を入れて煮込んでいる。パンをオーブンに入れて、俺はポタージュ作りに取りかかった。ライアスは肉をフライパンで焼いている。

「これは初めて見るが一体なんだ？」

父上がカレーの鍋を見てくんくんと匂いを嗅いでいる。クリステンじゃスパイスをこんなに使うことはないから珍しいと思う。

「これは数種類のスパイスを調合して煮込んでいます。俺達はこれをカレーと呼んでいるんです」

「凄くいい香り。なんだか食欲が刺激される匂いだね」

母上も物珍しそうにカレーの鍋を覗いていた。

次々と料理が出来上がっていく。キッシュやテリーヌを切り分け、サラダと共に一皿に盛り付ける。出来たものから使用人がテーブルへと運んでくれた。本当はコース料理として順番に出す方がいいんだが、俺達も一緒に席に着くためアップルパイ以外は全てテーブルへと並べられている。

俺達も席に座ると、バイロンがワインの栓を抜き父上達のグラスへと注いでいく。俺とライアスはジュースだ。

「エレン、ライアス。少し早いが結婚おめでとう。最初はどうなるかと不安だったが、この地でも元気にやってくれていて本当に嬉しく思う。二人のこれからに乾杯」

「「乾杯！」」

さぁ食事会のスタートだ。ライアスはもちろんのこと、俺も料理スキルはかなり上がったと思う。だけど家族に振舞うのは初めてだし、ましてや公爵家で上質なものを食べている人達だ。喜んでもらえるだろうか……

「うむ。どれもこれもかなり美味いな。このカレーというのも風味が独特で驚いたが、癖になる味だ」

「スパイスを数種類混ぜるとこんな味になるんですね。ランドルフ様、これをクリステンでも食べたいです」

よっしゃ！　兄上やクィンシー様には気に入ってもらえたようだ。特にカレーは初めて食べる味だから不安だったけど、そう言ってもらえたのならよかった。後で使用人にレシピを渡しておこう。向こうでもたまに食べてくれると嬉しい。

「うぅぅ………こんなに美味い食事は、初めてだっ……！」

「旦那様っ……私達、こんなに幸せでいいんでしょうかっ……！」

……父上と母上は食べながら滂沱の涙を流している。食事中にこんなに泣くなんて本当に公爵家の人間だろうか……ま、それほど嬉しかったってことなんだろうけど。いや、泣きすぎだから。ちょっと落ち着いてくれ。

そして最後のアップルパイは焼き立てだ。それと共に食後のお茶も用意する。それも美味しい美味しいと喜んでもらえて、俺とライアスはハイタッチをして喜びをわかち合った。

翌日はソルズの街を観光、と言いたいところだが物珍しいところがあるわけじゃない。そこで俺達がいつも行っている冒険者ギルドへと行き依頼を受けることにした。

なんと父上と母上と兄上が、俺達が魔物と戦っているところを見たいというのだ。兄上が止めると思ったら、兄上までそれがいいとか言い出して……クィンシー様はカイルがいるからお留守番することになった。

ギルドへと馬車で移動し全員で中に入る。すると一気にざわっとギルド内が騒がしくなった。父上達はザ・貴族！　って感じの服装だし一目見てわかったんだろう。オットーとジャレミーの姿もあるが、流石（さすが）に気軽に俺達に声をかけられないみたいだ。

ここにずっといると冒険者の皆に迷惑がかかるなと思い、さっさと依頼を受けてギルドを出ることにする。依頼書の処理をしてもらったところでデイビットさんが出てきた。

「エレン、お前さんの両親が来ているなら声をかけてくれてもいいだろうが。薄情者め。ごほん。初めまして、私はソルズの冒険者ギルドのギルドマスターをしております、デイビットと申します。以後お見知りおきを」

俺達をじろりと睨んだ後、さっと顔を作り変えてにこやかに両親へ挨拶をするデイビットさん。

そういや元々貴族だったんだっけ。他の冒険者と違って貴族相手は怖くないか。

「ああ、貴殿がギルドマスターか。エレン達がいつも世話になっている。スタンピードの件も聞き及んでいる。街が無事で何よりだ」

父上もにこやかに挨拶をして握手までしてる。

「エレンとライアスには随分と助けてもらいました。二人のお陰で助かった命も多かったのです。ここへ来るきっかけはよいことではなかったと思いますが、このソルズにとっては喜ばしいことです。この街を移住先に選んでいただき、感謝いたします」

「そうか。そう言ってもらえてよかった。これからも二人をよろしく頼むよ」

デイビットさんとの挨拶を終えると早速馬車に乗って森へと向かった。今日は奥へは行かず手前で軽く討伐してさっさと帰る予定だ。

森の手前で馬車を降り進む。するとすぐに一角兎が現れた。俺が魔法でさくっと討伐するとライアスが袋へと詰め込む。また魔物が現れたので今度はライアスがさっと討伐し袋へとしまった。

「エレン、お前魔法がかなり上達したんじゃないか？」

「兄上にそう言っていただけて嬉しいです。最初はまともに当てることも出来なかったのですが、日々の訓練と依頼をこなすうちに上達しました」

「エレンちゃん凄い！　お母様、感激しちゃった！」

父上と母上はぱちぱちと熱心に拍手を送ってくれた。こんな簡単なことでそこまで褒められるとなんだか恥ずかしくなってくる。

「スタンピードの件を手紙で知った時は恐怖しかなかった。だが今の二人の姿を見て活躍したんだろうというのがわかったよ」

父上には頭を撫でられた。スタンピードはそうそう起こるものじゃない。だけど一度起こってしまえば街がなくなる危険性もある恐ろしい出来事だ。それはこの世界の常識として根付いている。歴史の中にはスタンピードによって街どころか国が滅んだこともあったという。それほど危険なものだ。

「お前達が冒険者として活躍していることは理解出来た。だが、どうか怪我には気を付けてくれ。お前に何かあったら私はどうしていいかわからないからな」

父上はそう言うとそっと俺を抱きしめてきた。そうだよな。いくら俺が大丈夫だって言っても、怪我や下手すれば命を落とすような危険な仕事をしているんだ。父上達はかなり心配していたんだろう。今初めてそのことに思い当たった。

「旦那様、大丈夫です。俺が必ずエレンを守り抜きますから」

「ライアス、頼んだ。今はお前しか頼れる者がいないからな」

そして討伐は終了し街へと戻ることにした。依頼完了報告を済ませて家へと帰る。明日はいよいよ結婚式だからな。家でゆっくりして早めに休む予定だ。

食事はギルド近くの食堂へ行くことになった。父上達だから高級レストランかと思いきや、俺が普段どうやって過ごしているのか見たいからそこでいいとのこと。まさかここまで柔軟な考えを持っている人だとは思わなかった。

クリステンにいた時は、貴族然とした父上達しか知らなかったからな。平民が行く食堂で食事をしたいなんて言われるとは想像もつかなかった。

夜は早めの就寝。明日は朝から忙しくなるからな。家には父上達に使用人までいるからえっちなことはなし。軽くちゅーだけして眠りについた。

翌朝。早朝から俺達は動き出す。家族全員分と使用人達の分の朝食を用意。使用人達は俺にこんなことをさせるなんて申し訳ないというが、そこは諦めてもらった。料理人を連れてきていないんだし、元々食事は俺達が用意する予定だったし。それにこうやって手料理を振舞えるのも皆が帰るまでだからな。今だけはやりたいことを存分にさせてもらうことにしている。

全員で朝食をとると父上達は正装へと着替える。全員が正装になると圧巻だった。流石公爵家、眩しいくらいだ。家族全員の用意が整ったところで馬車に乗って教会へ。俺達はここで準備があるから別行動となる。父上達は教会で待機となるが、中を見て回ったりお茶をしたりと時間を潰すそうだ。

俺達は用意されている部屋へと向かう。ここで持ってきた衣装に着替えるのだ。婚礼衣装は父上達が用意してくれた。ライアスのデザイン案を元に作られたものだ。生地全体の色は俺の髪色を使ったシルバー。

俺の方は、形はフロックコートだがレースがふんだんに使われていて、服の裾がひらひらと広がっている感じだ。正直俺の好みではないが、今の俺の顔には合っているんだろう。

袖や襟の縁などにはライアスの瞳の色である青が差し色で入っている。光沢のある青で光に当たるときらきらとして凄く綺麗だ。ところどころ宝石まで使われていて一体いくらするんだと考えると恐ろしい衣装になっている。

ここへ移住してからライアスの意向で髪は伸ばしてきた。今じゃ肩より長くなっている。それをライアスの手によってハーフアップにされ髪飾りを付けていく。この髪飾りには紫と青の小さな宝石がまるで紫陽花のように並べられている。

俺は知らなかったんだが、紫陽花には『家族』や『辛抱強い愛』っていう花言葉もあるそうだ。まるで俺達を表した言葉みたいでそれを聞いた時は笑ってしまった。ぴったりすぎるだろ。そして最後に『幸福な愛』の花言葉を持つブルースターを飾る。

「エレン……とても綺麗です」

仕上がった姿を見たライアスはうっとりと俺の全身を眺めていた。ゆっくりと俺の回りを見ておかしなところがないかチェックする。

「ああ、本当に美しい……エレン、あなたは紛れもなく銀の天使です。あなたと結婚出来るなんて今でも信じられません」

「何言ってんだよ……俺は天使じゃなくて人間だ。そんな大層なもんになったつもりはないぞ。ほらほら、ライアスも自分の支度を終わらせないと」

その言葉が恥ずかしくてライアスを急かす。まだ時間はあるが、このままだとまた何を言われるかわかったもんじゃない。

ライアスはすらっとしたフロックコートだ。生地は俺と同じシルバーで差し色には俺の瞳と同じ紫があしらわれている。こちらも光沢のある糸が使われていてライアスが動く度にキラキラと光を反射している。もちろん俺と同じように宝石がちりばめられていて高額なことはわかっているがライアスを見るに全く動じていない。長く公爵家で務めていたからこれくらいは慣れっこなんだろう。

短い髪は、今日は軽く後ろへと流している。額が出た形だがライアスの顔がはっきりと見え色気が増している。あーもう、カッコよすぎだろう！　そして最後にブルースターの花を胸ポケットへ飾った。

「ライアスもすげぇかっこいい……いつもかっこいいけど、今日は色気が凄いな」

衣装も髪もいつもと違うから余計に眩しく見えてしまう。俺の心臓はもうどきどきとうるさいくらいだ。

「ありがとうございます。エレンにそう言っていただけてとても嬉しいです」

ふわっと笑うと俺の唇に軽くキスをする。

「初めて会った時はまさかお前と結婚することになるとは思ってなかった。でも結婚相手がお前で本当によかったと思ってる。ずっと俺を想ってくれてありがとう、旦那様」

「ぐっ……旦那様っ……なんていい響きなんだっ……！」

口元を手で押さえぷるぷると震えるライアス。『旦那様』の一言がクリーンヒットしたらしい。そこまで感動するとは思わなかったぞ。

そろそろ時間だな、と考えたところでライアスが俺の前に跪いた。まるで公開プロポーズをしたあの時のようだ。

「ライアス……？」

ライアスがフロックコートのポケットへと手を伸ばす。そして取り出したものを俺の前へと差し出した。そしてそれは見たことのある青い宝石。もしかして――

「少し形を変えたのですが、あの日あなたが俺にくださったネックレスです。これは、俺があなたに付いていくと改めて覚悟を決めさせてくれた大切なものです」

俺が婚約破棄されたあの日。ライアスを従者から外し、売ればかなりの資金になるからとそのネックレスを渡した。俺にすればあの日でライアスとの縁は切れるものだと思っていた。だがそれは今も続き、そしてそのネックレスをライアスは大事に持ってくれていた。

「この思い出のネックレスを俺の気持ちを込めて作り直させていただきました。結婚式の時にはあなたにこれを付けてほしいと思って。受け取ってくださいますか？」

大きな青い宝石はそのままにネックレスのデザインは一新され、シンプルになったお陰で宝石がより輝いて見えている。

ライアスの瞳の色。力強く輝く碧眼。

これを付けてほしくて手直ししてくれていたなんて。これ一つにライアスの想いがどれほど込められているのだろう。その気持ちが嬉しくて堪らない。あー、こいつは一体どこまでカッコいいことしてくれるんだ。

「うんっ……うん！　当たり前だろ！」

そのネックレスを手に取って、俺は思いっ切りライアスにしがみついた。流石体幹がしっかりしているライアスは、難なく俺を受け止める。

「ありがとうライアス。俺は間違いなく、世界一の幸せ者だ」

「それは俺のセリフですよ。あなたとずっと一緒にいられる。これ以上の幸せはありません」

俺達はどちらかともなく唇を重ねた。もっとキスをしていたいところだがそろそろ時間だろう。

ライアスはそのネックレスを俺の首にかけてくれた。

首元にはライアスの瞳の色。もう一つ、俺の大好きな色を身に着ける。またこうして付けることになるなんて。それがライアスの気持ちが込められたものだなんて。その大切な宝石を指でそっと撫でた。

そして扉をノックする音が響く。時間になって教会の神官さんが呼びに来たらしい。

ライアスは白手袋をはめた手を差し出し、俺はそれに自分の手を重ねる。神官さんの後ろを付いていき式場へと向かった。

目の前には白い重厚な扉。ここが開けば式の始まりとなる。

式には家族以外にもこの街でお世話になった人を呼んでいる。ギルドマスターのデイビットさんに、奥さんのケリーさん。そして二人の子供達。それからオットーとジャレミーに八百屋のおっちゃんも。それ以外にも冒険者も市場の人も何人も出席してくれている。父上達公爵家の人間がいるから嫌がられるかと思ったけど、『緊張はするがぜひ出席させてほしい』と快諾してもらえた。

「では入場の時間です」

扉前に待機していた神官さんに言われ、俺はライアスの腕に手をそっと添える。するとゆっくりと扉が開く。扉が開き神官さんが礼をしてから、ライアスにエスコートされ前世で言うバージンロードを歩く。この世界での結婚式は伴侶と共に神様へ結婚の誓いを立てる場だから、入場から一緒だ。

俺の家族と参列してくれた人達皆が拍手を送ってくれる中、二人一緒に神官が待つ祭壇へ。一歩ずつ踏みしめながら長いバージンロードを歩いていく。

後ろの方には市場の人達が。あ、八百屋のおっちゃんが号泣してる。ポーションをよく買う薬屋の人は満面の笑みだ。

冒険者達が並んだ列の前を通る。オットーは笑っているがジャレミーが泣いていた。こいつって感動して泣くタイプだったんだな。初めて知った。

デイビットさんとケリーさんの姿を見つけた。デイビットさんはうんうんと頷いていて、ケリーさんはその横で号泣している。ケリーさんってプロポーズの時も感動して泣いたって言ってたな。この人も本当涙腺が弱い。

そして最前列には俺の家族が。俺の想像通り、父上も母上も号泣している。皆涙腺弱すぎだろ。そんなに皆に泣かれたらもらい泣きするからやめてくれ！　その隣では兄上とクィンシー様が笑顔で拍手を送ってくれていた。

そんな皆の顔を見ながらとうとう祭壇へと到着する。

神官が待つ祭壇の前へと来ると神官はゆっくりと口を開いた。

「今日、この佳き日に神が巡り合わせたもうた二人の結婚式を執り行います」

神官の言葉に合わせて教会の鐘が鳴る。

「まずは生涯連れ添う伴侶を得、結婚する誓約を神にいたしましょう」

その言葉を聞いて俺はライアスに添えていた手を外し、今度は少し高い位置でライアスと手を繋ぐ。

「私ライアスは、我が身にどんな災難が降りかかろうとも我が天使エレンを生涯守り抜き、愛し続けることを誓います」

おい！　お前！　なんでこんな厳かな式で『天使』だなんて言うんだよ！　堂々とそんな恥ずかしい言葉を言わないでくれ！

「わ、私エレンは、健やかなる時も病める時も、豊かな時も貧しい時も。ライアスを信じ慈しみ愛し抜くことを誓います」

ちょっと動揺して噛んじゃったじゃねぇか……くそぅ……

「では誓いのキスを」

俺達は向き合って両手を重ねる。ライアスの手の上に俺の手を添えて。

「エレン。一生を共に、二人で幸せになりましょう」

「もちろん。二人で一緒に」

唇が重なる。その瞬間、皆の拍手に包まれて祝福の鐘が鳴った。そっとライアスから離れると、柔らかく幸せそうに微笑むライアスの瞳にはうっすらと光るものが見えていた。

「エレン殿とライアス殿は、神に認められめでたく夫夫となりました。二人の行き先が幸多きものとなるよう更なる祝福の拍手を」

参列してくれた人々に向かって静かに頭を下げる。皆の割れんばかりの拍手と教会の鐘の音。それに包まれながら俺とライアスは夫夫となった。


婚約破棄された時は男同士の結婚が嫌で、結婚しないためにもと平民になることを選んだ。でも今はたくさんの人に祝福されてライアスと結婚した。

人生は何が起こるかわからない。まさか前世の記憶が蘇って異世界転生していることに気付くなんて誰が予想出来ただろうか。

その上、前世で異性愛者だった俺が、男であるライアスを好きになって結婚するなんて誰が予想出来ただろうか。

そしてそれがこんなに幸せなことなんだと、未だ夢なんじゃないかと思ってしまう。

あんなに大きく付けられた心の傷も、ライアスのお陰で綺麗になった。ライアスが俺を想い続けてくれたから。ずっと側にいてくれたから。

「エレン、あなたを死ぬまで、いえ、死んだ後もずっと愛し続けます」

「凄いなそれは。それじゃあもし、またどこかの世界へ生まれ変わってもライアスと一緒がいいな。俺もずっとライアスを愛し続けていたいから」

「ええ。俺はどこまでも追いかけますよ」

俺達は二人で一つ。ライアスと出会ってすぐにその青に惹(ひ)かれたのは、運命だと思うから。

俺達の魂は強い結びつきがあるんだろう。運命に神様が引き合わせてくれたに違いない。異世界から転生するなんてきっと運命の相手がいたからだ。

だからもう一度。神様、俺をこの世界に転生させてくれて、ライアスに会わせてくれてありがとう。ライアスと二人で一緒に幸せになっていきます。

どうかこの声が神様に届きますように――

エピローグ

「お母さん、ライリー寝ちゃった」

「お、知らせにきてくれてありがとうアシェル」

キッチンで洗いものをしていると俺の子供であるアシェルが知らせにきてくれた。

結婚して五年が経ち、俺は二人の子供を出産していた。長男アシェル四歳、次男ライリー二歳。

アシェルは俺にそっくりで、サラサラの銀髪にライアスの青い瞳を受け継いだ。

一方ライリーはライアスにそっくりだ。髪色はライアスの茶色で瞳は俺の紫を引き継いでいる。

子供達二人で絨毯(じゅうたん)の上で遊んでいたが、眠くなってそのまま転がって寝てしまったライリーを抱っこする。また重くなって来たな。子供の成長を感じる瞬間だ。

「アシェルも一緒にお昼寝だな。寝室へ行こう」

「うん」

ライリーを片手で抱っこし、もう片方の手でアシェルの手を引き寝室へと向かう。

ライリーをそっとベッドへ寝かせるとアシェルはその隣へ寝転がる。そっと二人に布団をかけてアシェルの頭を撫でてやる。

「お母さん、今日ね。グラタン食べたいな」

「はは。アシェルはグラタンが大好きだな。わかったよ、今日のご飯はそれにしよう」

「うん、絶対だよ」

頭を撫でていると段々とアシェルの瞼が下りてくる。そしてすぐにすーすーと寝息が聞こえてきた。その間に洗濯物を畳んで、夕食の準備でも済ませよう。

庭へ出て洗濯物を取り込んでいく。今日は天気がいいから乾くのも早い。それをリビングへと持っていきソファーの上で一着ずつ畳んでいく。ライアスと二人の時とは違い、洗濯物の量も格段に増えた。家族が増えるってことはそういうことだ。

「ただいま戻りました」

「お帰りライアス」

全ての洗濯物を畳み終えたタイミングでライアスが帰ってきた。

子供が生まれたことで、俺は冒険者稼業をお休みしている。ライアスも昔ほど頻繁に依頼を受けてはいない。ずっと家で俺と子供達と一緒に過ごしたいんだそうだ。正直貯えはかなりあるしばらく仕事しなくても大丈夫なんだが、ギルドの方がそれを許してくれなかった。

ライアスが指導していた冒険者達がメキメキと強くなり、今じゃAランク冒険者も増えてきた。そのお陰もあってライアスは初心者の育成にも駆り出されている。今日もその件で一緒に低ランクの冒険者を連れて依頼へ行ってきたんだ。

「アシェルとライリーはお昼寝ですか？」

「そう。少し前に寝たところだよ」

ライアスは子供のことを目いっぱい可愛がってくれる。二人が生まれた時はそれぞれ抱っこして泣いてたしな。本当にいい旦那様だぜ。

「ならばエレン、今から少しだけ……」

「バカ！　真っ昼間から何言ってやがるっ！」

子供が出来たことで全くないわけじゃないけどえっちなことも減った。正直俺も若干欲求不満気味だ。だけどまだ明るい時からヤるのはちょっと……

「今はダメだけど夜なら……いい」

ライリーも夜泣きが収まってしばらく様子を見ていたけど、たぶんもう大丈夫そう。前みたいに長時間やらなきゃ問題ないと思う。

「エレン、約束ですよ」

「うん。俺もその、久しぶりだし……シたかったし」

「ぐっ……あー、今すぐ押し倒したいっ！」

「そこは我慢しろ」

まぁそんな感じで俺達は相も変わらずラブラブだ。ライアスはちっとも俺への愛が冷める様子がない。それは俺も一緒だ。

アシェルとライリーという家族が増えた。産んだ時は魔力をゴリゴリ持っていかれて辛かったが、生まれた瞬間そんなことはどうでもいいくらいの感動でいっぱいだった。もう子供が可愛くて仕方がない。だけど俺の一番はライアスだ。きっとライアスだって同じだろう。

俺達はずっと変わらずこのまま歳を重ねていくんだろう。それってもの凄く素敵なことだ。

「なぁ旦那様。お前のことが大好きすぎて困るんだが」

「おや、奇遇ですね奥様。俺もあなた以上にあなたのことが大好きですよ」

そしてライアスからの優しいキスが降ってくる。子供達はまだ寝始めたばかり。

今少しだけ、このまま二人の時間を楽しもうと思う。

ハッピーエンドのその先へ ー
ファンタジックなボーイズラブ小説レーベル

アンダルシュノベルズ
&arche NOVELS

スパダリ王と
ほのぼの子育て

断罪された当て馬王子と愛したがり黒龍陛下の幸せな結婚

てんつぶ ／著

今井蓉／イラスト

ニヴァーナ王国の第二王子・イルは、異世界から来た聖女に当て馬として利用され、学園で兄王子に断罪されてしまう。さらには突然、父王に龍人国との和平のために政略結婚を命じられた。戸惑うイルを置いてけぼりに、結婚相手の龍人王・タイランは早速ニヴァーナにやってくる。離宮で一ヶ月間共に暮らすことになった二人だが、なぜかタイランは初対面のはずのイルに甘く愛を囁いてきて――？　タイランの優しさに触れ、ひとりだったイルは愛される幸せを知っていく。孤立無援の当て馬王子の幸せな政略結婚のお話。

詳しくは公式サイトにてご確認ください。
https://andarche.alphapolis.co.jp

異世界BLサイト“アンダルシュ”
新刊、既刊情報、投稿漫画、ツイッターなど、BL情報が満載!

ハッピーエンドのその先へ ー
ファンタジックなボーイズラブ小説レーベル

&arche NOVELS
アンダルシュノベルズ

孤独な令息の心を溶かす
過保護な兄様達の甘い温もり

余命僅かの悪役令息に転生したけど、攻略対象者達が何やら離してくれない

上総啓／著

サマミヤアカザ／イラスト

ひょんなことから、誰からも見捨てられる『悪役令息』に転生したフェリアル。前世で愛されなかったのに、今世でも家族に疎まれるのか。悲惨なゲームのシナリオを思い出したフェリアルは、好きになった人に途中で嫌われるくらいならと家族からの愛情を拒否し、孤独に生きようと決意をする。しかし新しい家族、二人の兄様たちの愛情はあまりにも温かく、優しくて――。愛され慣れていない孤独な令息と、弟を愛し尽くしたい兄様たちの、愛情攻防戦！ 書き下ろし番外編を２本収録し、ここに開幕！

詳しくは公式サイトにてご確認ください。
https://andarche.alphapolis.co.jp

異世界BLサイト“アンダルシュ”
新刊、既刊情報、投稿漫画、ツイッターなど、BL情報が満載!

この作品に対する皆様のご意見・ご感想をお待ちしております。

おハガキ・お手紙は以下の宛先にお送りください。

【宛先】

〒150-6019 東京都渋谷区恵比寿4-20-3 恵比寿ｶﾞｰﾃﾞﾝﾌﾟﾚｲｽﾀﾜｰ 19F
（株）アルファポリス　書籍感想係

メールフォームでのご意見・ご感想は右のＱＲコードから、
あるいは以下のワードで検索をかけてください。

ご感想はこちらから

本書は、「アルファポリス」（https://www.alphapolis.co.jp/）に掲載されていたものを、
改稿、加筆のうえ、書籍化したものです。

今まで我儘放題でごめんなさい！

これからは平民として慎ましやかに生きていきます！

華抹茶（はなまっちゃ）

2024年 2月 20日初版発行

編集－反田理美・森 順子
編集長－倉持真理
発行者－梶本雄介
発行所－株式会社アルファポリス
〒150-6019 東京都渋谷区恵比寿4-20-3 恵比寿ｶﾞｰﾃﾞﾝﾌﾟﾚｲｽﾀﾜｰ19F
TEL 03-6277-1601（営業） 03-6277-1602（編集）
URL https://www.alphapolis.co.jp/
発売元－株式会社星雲社（共同出版社・流通責任出版社）
〒112-0005 東京都文京区水道1-3-30
TEL 03-3868-3275
装丁・本文イラスト－hagi
装丁デザイン－ナルティス（稲見麗）
（レーベルフォーマットデザイン―円と球）
印刷－図書印刷株式会社

価格はカバーに表示されてあります。

落丁乱丁の場合はアルファポリスまでご連絡ください。

送料は小社負担でお取り替えします。


ISBN978-4-434-33453-5 C0093